因为爱情，不会轻易悲伤

YINWEI AIQING,
BUHUI QINGYI BEISHANG

蓝丫 著

广西人民出版社

图书在版编目（CIP）数据

因为爱情，不会轻易悲伤／蓝丫著.—南宁：广西人民出版社，2012.9

ISBN 978-7-219-07979-9

Ⅰ.①因… Ⅱ.①蓝… Ⅲ.①长篇小说-中国-当代 Ⅳ.①I247.5

中国版本图书馆CIP数据核字（2012）第142197号

监　　制　白竹林
策划编辑　梁凤华
责任编辑　梁凤华
责任校对　唐柳娜
印前制作　麦林书装

出版发行　广西人民出版社
社　　址　广西南宁市桂春路6号
邮　　编　530028
网　　址　http://www.gxpph.cn
印　　刷　广西大一迪美印刷有限公司
开　　本　710mm×990mm　1/16
印　　张　16
字　　数　200千字
版　　次　2012年9月　第1版
印　　次　2012年9月　第1次印刷
书　　号　ISBN 978-7-219-07979-9/I·1563
定　　价　26.00元

目录

CONTENTS

因为爱情，不会轻易悲伤

YINWEI AIQING，BUHUI QINGYI BEISHANG

第一章　回家

她是白雪雨，她回来了。站在她再熟悉不过的街道上，疲惫不堪的她露出了久违的淡笑。人们说落叶归根，无论树的枝干长得有多高多长，它的叶子最终还是要落回根下的一方土地上。这里，虽然充满悲伤和痛苦，她还是回来了。

“亲爱的，真的是你吗?”

一个美艳的女孩冲到白雪雨的跟前，拥抱住了她，一双明亮的大眼睛流下了激动的泪水。她不是别人，就是白雪雨最要好的朋友——赵雅邻。

“雅邻姐，我回来了。”白雪雨简短地说完，唇瓣上浮起一抹柔柔的笑意，笑意之中含有淡淡的酸涩和悲伤。她回来了，回到了合肥，这个生她养她的地方，她的家乡。

赵雅邻擦了擦眼角的泪水，打量了一番白雪雨后半带埋怨地笑着说：“你这臭丫头还知道回来啊？你可想死我了！你知不知道……我有多担心你……多想你啊?”赵雅邻一边说着话一边从白雪雨手中接过行李箱往她的住处走。

白雪雨闻言，心里泛起了内疚，“对不起，我让你担心了。”

赵雅邻白了一眼白雪雨，“我们之间还需要说对不起吗？要说对不起的话，那你可是说一万次都不够！”

白雪雨跟在赵雅邻的身后，心里感到特别的温暖。她已经很久没有听到赵雅邻的唠叨声了，至少有一年的时间了吧？

赵雅邻看了一眼白雪雨憔悴的面容，边掏出钥匙开门边问：“累了吧？”

白雪雨轻轻地点了一下头，“嗯，两天没有睡觉了。”

“是吗？那你赶紧洗洗睡觉吧！等你睡好了我们再好好聊聊。我有好多话想要和你说呢。”

白雪雨冲着赵雅邻露出一抹疲累而温柔的笑容，“好！”

赵雅邻进入屋子立即奔向更衣室，“睡衣和毛巾都在这里了，你先泡个热水澡，然后再补个美容觉，等你起来，我给你做好吃的。”

“嗯。回家真好。”白雪雨带有几分感慨地说了一句。

赵雅邻闻言，微微一愣。看着清瘦了很多的白雪雨，心里一阵心疼。一年前，白雪雨丢下了一封书信……不对，严格说是一张纸条，就音信全无了。不知道她这段日子去了哪里，又是怎么过的，怎么瘦成这样……今天，一接到她的电话，听她说在回来的火车上，她差点没有激动得晕倒，简直是不敢相信，直到现在她的心还在激烈地跳动着。

“雪雨，你真的给我带礼物了吗？”赵雅邻朝着阁楼上的床榻提高嗓音问。

睡在床上的白雪雨应了一声：“嗯，是你喜欢的，在包包里，你自己拿……”

白雪雨说完，翻了个身面向着墙壁沉沉地睡去。两天没有睡觉的她真的累了。此刻，她就好像是一块没有电的电池一般，疲累得只想好好睡一觉，补充能量。

赵雅邻一边忙着打开白雪雨的手提包，一边暗自嘀咕：“臭丫头，算你还有点良心，惦记着我……到底是什么东西啊？要是你敢骗我，看我不海扁你！”赵雅邻翻着包包，不承想手上一滑，包包掉在了地上。啪的一声，一个别致的本子从包包里掉了出来。赵雅邻小心翼翼地拾起了本子。

这本子里写了些什么？赵雅邻盯着本子一脸的疑惑。

翻开本子，白纸上的娟秀文字将赵雅邻带入白雪雨的世界里。

日期：二〇〇八年二月十四日

天气：多云转雨

心情：一般

遂，你在那边过得好吗？今天是你离开的第一个周年日，特别地想你……你知道吗？你的雨儿现在特别的坚强哦！没有你陪伴在身边，雨儿都过得很好，一点儿都不会伤心难过。

永远爱你的雨儿

赵雅邻看得心里一阵抽搐，心疼得红了眼睛，想到穆遂，她的心不禁揪在了一起，继续翻阅。

日期：二〇〇九年二月十四日

天气：多云

心情：低落

遂，今天一早醒来，心好痛。忽然发现，没有你的日子，这个五彩斑斓的世界，不再有任何漂亮的色彩了，它们变成了永恒的黑白……

如果……遇见你，爱上你，是我们之间注定的缘分，那……我愿意永远地珍惜它，守护着它。

遂，我们不曾分开过的，是吗？有时候我在想，我们现在只是生活在两个不同的空间里，因为相隔得太远，我们又都太忙，所以，我们彼此不能见面，也没有时间通电话，只能各自过着互不相干的生活。虽然我们不能见面，不能通电话，但我们的心还是在一起的，对吗？昨夜，我梦见你对着我笑，我特别开心，不停地叫你……可是，为什么我和你说话，我那么大声地叫你，你都不理我呢？你可知道我那时有多么伤心吗？遂，你永远都在我的心里啊，一直都在的。

永远爱你的雨儿

合上白雪雨的日记本，赵雅邻忍不住掉下了眼泪，日记本上的那些文字，看得赵雅邻好心痛。

那些日记，不只是简单的文字组合，那是白雪雨对穆遂至深的感情……至深的悲痛啊！她脑子里还依稀记得白雪雨在得知穆遂死去的消息时崩溃的样子。

一个人，曾拥有过一段刻骨铭心的爱，当有一天，那段爱只能变成过去，变成了记忆中的一页，永远都不能再去延续的时候，怎样才能再次温暖那颗已经苍老且支离破碎的心呢？身体上的伤口会愈合，恢复得好也许不会留下疤痕，就算是留下了疤痕，随着时间会变淡变浅。可是，心灵上一旦受了伤，那会需要多久才能愈合啊？

赵雅邻无法想象。

良久，赵雅邻平复了情绪，走到白雪雨的床边，将白雪雨伸在被子外的胳膊放进了被窝里，而后又细心地替她压了压被角。走到了洗手间，脑子里还盘旋着那些悲伤的文字，忍不住地哭泣了起来。她一边擦着眼泪，一边心疼地低语："臭丫头，这都过去好几年了，怎么还惦记着他啊？你一定要幸福，一定要早点好起来……"

在灯光的守护下，白雪雨慢慢地睁开了明亮的双眸，慵懒地盯着赵雅邻问："雅邻姐，我睡了多久？"

赵雅邻一边做出思考的样子，一边假装认真地数了数手指，说："不久不久，只不过十来个小时而已。"

"啊，我竟然睡了那么长时间！"白雪雨不好意思地吐了吐舌头。

"我看你睡得那么香，就没舍得叫醒你。"

"雅邻姐，你该叫醒我的，不然我会变成长睡公主的！"白雪雨一骨碌从床上爬起来。

赵雅邻轻轻地推了一把白雪雨的背，笑道："就你还长睡公主？脸皮倒是不薄，很会往自己的丑脸上贴金啊！快去洗洗，然后吃你雅邻姐为你精心准备的红烧排骨、糖醋排骨、清炖排骨……"

白雪雨闻言双眸闪亮，欢呼起来："哇，红烧排骨，糖醋排骨，还有清炖排骨？天啊，雅邻姐，你快来让我亲一个吧！我好感动啊！亲爱的，我爱死你了！"白雪雨话落，转身就要去亲赵雅邻，不承想却扑了个空，被赵雅邻一个单脚旋转给轻易地躲开了。

"去去去，你雅邻姐我已经名花有主了，小女子我要为郎君守身如玉，岂能让你这个野妮子占了便宜？"赵雅邻话落又是一个优雅的单脚360度旋转，还不忘冲着白雪雨甜甜一笑，笑得极其妩媚。

白雪雨扑了个空，冲着赵雅邻赞叹道："啧啧，真不愧是芭蕾舞演员出身的大小姐！不过，你真当自己是那天上飞的小天鹅啦？"

"天上飞的当然是小天鹅啦！"

白雪雨撇嘴说道："天上飞的还有乌鸦呢！不给亲就拉倒吧，我才不稀罕呢，哼。"白雪雨说完走进了洗手间。

过了一会儿，梳洗完毕的白雪雨从洗手间里走了出来，一张细致白净的脸，因为补足了睡眠，红润了许多；乌黑的鬈发被一支翡翠蝴蝶簪随意地绾着，看上去特别典雅；那纤细而又性感的锁骨以及雪白的颈脖，自然地袒露，在欧式吊灯下，多出了几分妖娆。

白雪雨瞪着满桌子的菜肴，带着几分崇拜的神情说："亲爱的，好香哦！你好厉害！谢谢你的排骨，爱死你啦！"

瞅着眼前的白雪雨，赵雅邻不禁为白雪雨的美丽而感叹，这真是个秀媚而亮眼的玉人儿，难怪穆遂会那么死心塌地地深爱着她。若是穆遂没有去世，他们现在兴许已经结婚了，真是造化弄人啊！

赵雅邻一只手托着下巴，压下心里的疼惜，夸赞道："啧啧啧，雪雨，你怎么可以这样漂亮呢？简直让我羡慕嫉妒恨啊。"

若不是偷偷看了白雪雨的日记，她这会儿一定会产生错觉，认为白雪雨已走出那段感情低谷。可是，她知道，此刻白雪雨的笑脸下是那满满的悲伤！她知道，白雪雨依然爱着那个叫穆遂的男人，丝毫未减。

白雪雨闻言莞尔一笑，摆出了一个妩媚的姿势，调皮地眨了眨眼睛，"那是，我白雪雨怎么可以不漂亮呢？"

"真受不了你啦，你果然还是那么自恋！"赵雅邻以手按着肚子很不给面子地做出了一个呕吐的表情说道。

"多谢夸奖，为了感谢你的真心赞美，这些排骨我保证消灭完！"白雪雨调皮一笑，拿起筷子吃了起来。

赵雅邻看着白雪雨，心里一阵疼惜，"好！只要你吃得完，雅邻姐就天天做给你吃。告诉你，我可不怕被你吃穷！"

白雪雨浅浅一笑，感动油然而生。在她的生命中，赵雅邻是她最爱的亲人兼死党。若是没有赵雅邻，也许她已经离开了人世；若是没有赵雅邻，也许她早就失去了感动的本能；若是没有赵雅邻，也许她会忘记家是什么样的感觉了。

白雪雨目光微落，盯着桌子上的排骨说："我一定要把你给吃穷！"

赵雅邻挑衅地撇了撇嘴角，"好啊，我会拭目以待的哦！加油！"

吃完饭，白雪雨认真观察了一下房子，没有发现男人用品，不由得疑惑地问道："亲爱的，你那如花似玉的郎君呢？"

赵雅邻瞟了一眼坏笑中的白雪雨，"去，瞎说什么呢！"

白雪雨开玩笑道："哦，你们还很纯洁嘛！"

赵雅邻白了一眼白雪雨，"死丫头，脑子都在想什么呢？"

白雪雨快速地吐了吐舌头，"说真的，你们什么时候结婚啊？"

赵雅邻神秘一笑，幸福满满地说："现在还不清楚，不过也就这两年吧！"

白雪雨点了点头，一副说教的口吻，"你可是老大不小啦！再不结婚，可就成老太婆啦！趁着还有人要，将就着嫁掉算了，免得青春没有了，想将就也没有人要了哦！"

赵雅邻甩了一下头，不忘白了一眼白雪雨，自信地说道："你损不损呀？你雅邻姐长得这样妩媚，还用担心这个不是问题的问题吗？"

白雪雨耸肩，举起手中的茶杯碰了一下赵雅邻手中的茶杯，说道："妩媚而又幸福的女人！来，祝你永远幸福，祝我永远比你漂亮，干杯！"

赵雅邻皱着眉头，瞪了一眼白雪雨抗议道："哎，你怎么还是老样子啊，真是一点儿没变啊！什么叫你永远比我漂亮啊？臭丫头，我也很漂亮的好不好？都十几年的台词了，能不能来点新鲜的？真老土！"

"哈哈，好好好！下回我换个新鲜的。"听完赵雅邻习惯性的台词，白雪雨忍不住笑了起来。

一阵欢笑后，赵雅邻认真地审视了一番清瘦了很多的白雪雨，问道：“这次回来不走了吧？”

白雪雨沉默了一会儿，耸了一下肩，幽幽地说道：“叶落总是要归根的嘛！与其在那鸟不生蛋的地方苟延残喘，倒不如赖在你的屋檐下享福。以后在这边工作，不走了。”

赵雅邻听完白雪雨的话，心里一阵欣喜，“雪雨，这是真的吗？”

白雪雨点了下头，“我还会骗你吗？”

“哇！真是太好了！知道吗？这是你给我最好的礼物了！雪雨，这里永远都是你的家！知道吗？”

“雅邻姐，这些年来，若是没有你，我也许早就不在这个世界上了，谢谢你，谢谢你给了我一个落脚点，给了我无限的包容。”白雪雨看着赵雅邻，不禁感激地说。

赵雅邻听完白雪雨的话，鼻子一酸，说道：“知道雅邻姐对你好了吧？你一定要好好犒劳我，以后也要一直陪着我，还有，要永远把我当成很重要的人，不可以再不声不响地走了，知道吗？”

白雪雨盯着手中的杯子，点了点头，“好！”

赵雅邻暗自松了口气，带有责备和埋怨地絮叨起来：“臭丫头，你知道联系不上你，我有多担心吗？虽然我比你高，外表也比你强势，可是小时候一直都是你在我身边保护着我不被别人欺负，你就是我心中的保护神，你突然间消失不见了，你知道我多害怕吗？”

“对不起，以后我再也不会了，真的对不起！”白雪雨抱着赵雅邻的胳膊，温柔地说道。

赵雅邻擦了擦眼角的泪水，“臭丫头，以后你要是再玩失踪，我可不饶你！”白雪雨淡淡一笑，再次深深地点了点头，转移了话题，“伯母和伯父都还好吗？”

“都很好，就是一直很想你，我都怀疑他们心中没有我，只有你啦!”

白雪雨闻言，摆出了一个很皮的鬼脸，“那是当然，谁叫我是白雪雨呢!”

看着白雪雨满溢笑颜的脸，赵雅邻的心情也轻松起来，“臭丫头，又开始得意了吧！对了，明天一起回去吧?”

白雪雨毫不犹豫地答应道：“好！我也很想他们呢。”

赵雅邻噌地一下站了起来，雀跃地说：“哈哈！真是太高兴了！我打电话告诉爸爸妈妈去。”

白雪雨一把拽住要去打电话的赵雅邻，皱起眉头说：“你疯啦，这都几点了?”

赵雅邻嘟起嘴巴，“你以为他们知道你回来了，今天晚上还睡得着吗? 等着啊!”“喂，妈，是我，雪雨回来啦！哎，偏心啊！忒偏心!”赵雅邻接通电话还没有说上两句话，电话那头就要求换人听了，“雪雨，快来接电话吧!”

白雪雨接过电话：“伯母，你最近身体好吗?”

赵雅邻的妈妈在电话那头慈爱地说：“最近我们都很好，就是特别想你，丫头，明天早点回来，伯母给你做好吃的，好吗?”

“好！我最喜欢吃伯母做的菜了!”

“妈，我也要好吃……”赵雅邻抢过电话，一句话没有说完，电话那头已经挂了，赵雅邻瞪着电话好几秒，惹得白雪雨扑哧一声笑了出来。

第二章　深爱如树

坐在沙发上，赵雅邻翻着白雪雨的相册笑着问道："这就是你所说的鸟不生蛋的地方？"

雪雨盯着赵雅邻指着的照片淡然一笑，平静地说道："对啊，我在那里待了整整一年，那里没有信号，就连寄信也很困难。那里的邮差，每回带着满满的邮包要走上好几天才能坐上车，特别的辛苦！"

赵雅邻闻言嚷了起来："是吗？天啊！难怪你瘦了，你怎么受得了啊？我简直太佩服你了……你怎么想起来跑到那种穷乡僻壤去啊？臭丫头，这该多么辛苦啊！"

白雪雨清瘦的容颜上露出淡淡的微笑，慢慢地站了起来，走到窗前，看着灯红酒绿的街道，黯然地说道："因为那是遂生前想去的地方，那是他的愿望，所以就去了……"

赵雅邻看着白雪雨悲伤的背影，起身走到白雪雨的身前，轻声问道："你……还在想着他吗？都这么多年了，该放下他了。你还年轻，不能一直这样……你要振作起来，穆遂知道你这样，他也会走得不安心的。"

两滴晶莹的泪珠从白雪雨的脸颊上滑落，窗台的秋风轻抚着白雪雨那头乌黑的秀发，她静如止水般恬静，忧伤。夜幕下的城市，在喧哗的车水马龙中显得更加寂寞。

许久，白雪雨扯了扯嘴角，苦涩地说道："我知道，雅邻姐，这些我都知道。我知道我该放手让他无忧无虑地离开，我真的努力过！可是，我真的忘记不了，他像一棵树，已经在我的心上生根发芽了。"

赵雅邻紧紧地抱着白雪雨，像是怕她会瞬间消失，她心疼地说："雪雨，学着忘记他吧！穆遂他那么爱你，他又那么善良，若是知道你为了他一直这样放逐自己，他会更加心痛的……他心中最希望的是你能幸福。"

只要她幸福吗？白雪雨凄然一笑。穆遂曾经在樱花树下对她说过："雪雨，我只要你过得幸福！"那些美好的记忆犹在昨日，那么的深刻，那么的清晰……可是，如今这一切都已经物是人非了……轻轻的一声长叹后，白雪雨喃喃地说："雅邻姐，过几天我要去北京。"

赵雅邻一听便急了，瞅着白雪雨的脸激动地问道："去北京？你不是说不走的吗？不行，我不答应！"

赵雅邻脸上的紧张触动了白雪雨内心深处的柔软，她轻轻地抱住赵雅邻，"雅邻姐，我是去北京玩几天而已，你别那么紧张，我白雪雨说话向来都是说一不二的，说不走，就不再走了。"

赵雅邻不确定地审视了一眼白雪雨，狐疑地说道："你最好不要骗我，要是这次你又不声不响地离开，我……我就永远都不原谅你，不再和你说话，没有你在场，我就永远不结婚。我是认真的哦！"赵雅邻在心里发誓，无论用什么方法，她都不会再让雪雨离开。去他的不干涉，她就是要干涉！去他的理解，她就是不要理解！就是要将白雪雨留下来！留在她看得见的地方，哪怕威胁！

白雪雨感动得一阵哽咽，连连点头，"好，我都答应你。去过北京之后，永远都不远游。我想去北京的798[1]看看，遂说那里很美，他很喜欢那个地方。看完他喜欢的一切……即使有多么的不舍，也要放手让他走了……”白雪雨布满泪水的双眸中，有着无尽的爱和不舍。赵雅邻说得没错，遂他很善良，她不该那么自私，她应该放手让穆遂无牵无挂地走。

“雪雨……”赵雅邻轻轻地揽着雪雨的肩膀，怜惜地看着雪雨欲言又止，雪雨能够想到放开穆遂，这是再好不过的事情了。

“姚雪她现在怎么样了？结婚了吗？”想到姚雪，白雪雨有些莫名的怅然。

赵雅邻撇了撇嘴，很不以为意地说：“我们三人就属她最春风得意啦！我告诉你啊，她现在已经是小有名气的演员了，不过我看了她演的电影，演技也就是一般般，纯属绯闻效应！”

“她真的当演员了吗？怎么突然进娱乐圈里了？”

赵雅邻耸了耸肩，“她啊，走狗屎运呗。在医院里值班的时候，遇到了大导演程思豪，然后……就进去了。”

白雪雨诧异地说道：“是吗？那真的不错。她自小就很好胜……我以前就觉得她会活得跟别人不一样。”

赵雅邻叹了一口气，说道：“是啊。你的性子是淡然，她的性子是争强好胜，我的性子就是中庸！如今混得最好的就是姚雪那丫头了，不过这丫头变了很多，演艺圈就是一摊浑水，进去了就避免不了被染色。”

“也不知道姚雪现在过得怎么样了……”白雪雨若有所思地说道。

赵雅邻接口说道：“她啊？我想她应该过得很好。最近报纸上说她和那个有名的影星兼歌星兼什么豪门公子司徒昊闹出绯闻啦！更夸

---

① 798艺术区，位于北京朝阳区酒仙桥街道大山子地区，故又称大山子艺术区。

张的说法是说她和那个花花大少连孩子都有了！”

白雪雨听完皱起眉头，接口否决道：“怎么可能啊？真是鬼扯，绯闻是没有可信度的。她那么深爱过……楚邵，应该不会那么容易就变心了。”

赵雅邻认真地审视了一眼白雪雨，问道：“雪雨，楚邵他好像还在等你，你……当初是不是为了姚雪才拒绝了楚邵？”

赵雅邻见白雪雨垂目不答，拍了一下沙发继而说道：“我就知道一定是这样，姚雪那臭丫头真的太过分了！怎么可以抢好朋友喜欢的人呢？”

白雪雨握住赵雅邻的手，说：“雅邻姐，不是这样的，这一切还是要看缘分的。如今，我还在心中感谢姚雪呢，当初要不是她喜欢楚邵，我也不会遇到穆遂。其实，当初我对楚邵也只是有好感而已，谈不上特别喜欢。再说，过去的事情都过去了，我们就不要再提了。我和楚邵是没有缘分的。”白雪雨脑海中闪过往日的些许片段，想到过去赵雅邻、姚雪和她，忍不住地感慨。她们三人之中就属姚雪最傲气，当初姚雪为了楚邵，她那么骄傲的一个人，竟然给她下跪……原本以为他们能幸福的，不承想他们还是分手了……

赵雅邻摸着白雪雨乌黑的秀发，温柔地说道：“雪雨，你有得到幸福的权利。楚邵这个人，其实很好的。你跟他何不试一试呢？给他一个机会，也给你自己一个机会。”

白雪雨将头轻轻地依靠在沙发的靠背上，望着明亮的水晶灯幽幽地说：“雅邻姐，我知道楚邵他很爱我，可是，如今的我……心中只有遂，已经装不下其他人了。即使我真的和楚邵走到一起，也不会幸福的。感情的事，向来都是相互的，我的心已经没有空间留给别的男人了，况且那样对楚邵来说也不公平。”

“雪雨——”赵雅邻还想劝白雪雨，不承想被白雪雨烦躁而又生硬地打断了。

“雅邻姐，你不要再说了好不好？你是我最好的朋友，难道连你也不能理解我吗?”

面对白雪雨强硬的态度以及冰冷的语气，赵雅邻鼻子一酸，有些委屈地说道：“臭丫头，我不管你了。”

白雪雨见赵雅邻默默地抹着眼睛，知道自己说话说得有点重了，慌忙道歉：“雅邻姐，对不起，我刚刚说话语气重了点儿，别生我的气好吗？雅邻姐，你知道吗？在这个世界上若是连你也不理我了，那我真是连个说话的人也没有了。”

赵雅邻红着眼睛看着白雪雨破涕为笑，嗔道：“臭丫头，我怎么会不理你呢？你就是欺负我善良!”

白雪雨认真地说道：“雅邻姐，若不是你，这个世界上可能早就没有白雪雨了。谢谢你，谢谢你这么爱护我、包容我。”

“知道我重要了吧？你可别忘记了，若不是我小时候救你，你早就见上帝了。你要记住，你可是欠我一条命，你一辈子都还不清的!”

白雪雨甜甜一笑，睥睨了一眼说：“你怎么还是那么小心眼啊?你就别老提那陈芝麻烂谷子的事情了好不好?”

赵雅邻不以为然地挑高声音，“不提？我要是不提，你这只小白眼狼会忘记的，我还是帮你记着的好。对了，回来后想找什么工作?还是做老本行吗?”

“暂时还不想找工作，等从北京回来了再说吧。”

赵雅邻起身走到书桌前，从抽屉里拿出一张银行卡递到白雪雨的面前，“给。这是你那些文字赚的钱。你以后别写那么悲伤的歌了，写点欢乐点的，别老是赚咱们女同胞的眼泪好不好？做——人——要——厚——道!”

白雪雨很用力地叹了一口气，无奈地说道：“好啦，我的教授，我的姑奶奶，你就别再说我了。你再说下去，我就成社会公敌了!”

“那好吧！今天就饶了你。一会儿早点睡，我先睡了。”赵雅邻伸了个懒腰，上床睡觉去了。

“嗯，晚安!”

白雪雨起身走到书桌前，看向窗外夜幕下的街灯，拿出她的笔记本，愣了许久，未曾下笔。

遂，雅邻姐说我该学着忘记你，若是真能忘记你……你会不会怪我？遂，我何时才能忘记你呢？也许，要到我死去的那一天吧？

夜，静静地守望着沉睡中的人们。街灯默默地注视着这个城市的一草一木，它是那么的恬静和慈祥，像极了一个为子女掌灯的母亲。喧嚣的城市，渐渐安静了下来，白雪雨的心也渐渐地平静了下来。她记不得有多少个夜深人静的时候，独自思念她和穆遂之间的点点滴滴了。

遂，除了北京的798，你还有想去没有去成的地方吗？

若是有，你在我的梦中告诉我，好不好？

从百货商场走出来的白雪雨，向着樱花街走去，赵雅邻和她约好要一起吃饭的。

站在樱花街，白雪雨盯着手中刚买不足一个小时的新手机微蹙眉头，此刻，它正不知疲倦地响着。犹豫了一下，白雪雨接通了电话，“喂，您好，请问您是哪位?”

电话那头沉默了一会儿，楚邵富有磁性的声音从电话那头传了过来，“雪雨，是我，我是楚邵。”

此刻电话那头的楚邵心里激动万分，他听着白雪雨熟悉的声音，有些不敢相信。之前赵雅邻告诉他白雪雨的手机号码时，他激动地连声问了好几次确认，打破了他向来话说一遍的惯例。

白雪雨闻声不由得一愣，抚了抚秀发，说：“是你……我的号码是雅邻姐告诉你的吧？”

楚邵平复了一下激动的情绪，说：“嗯。这一年，你过得好吗？”一年前突然失去了白雪雨的消息，他几乎要疯掉，派人四处打听，差点把整个中国翻了个底朝天。前几天得到她的消息，他正准备去找回她，不承想她回来了。

今天，他推掉了所有的公事和私事，只是为了心中的一个念头——他想见到她，并且一刻也不想再耽搁！

沉默了一会儿，白雪雨话语有些干涩地说：“我很好，你……过得好吗？”

坐进宝马车里的楚邵，苦涩地挑了挑嘴角，带着落寞的口吻说：“不好，很不好。”楚邵说话间戴上了耳机，启动了车子。

白雪雨闻言不禁皱起了眉头。不好？雅邻姐不是说他生意越来越好，年收入都好几百万元吗？难道出了什么事？思及此，白雪雨关切地问道：“怎么了？出了什么事吗？”

楚邵黯然地回道：“因为……特别想你。”失去白雪雨消息的这一年来，他曾不止一次地暗暗发誓，再相见，绝不要再错过她，一定要将她留在自己的身边。

楚邵突如其来的告白，让白雪雨有些不知所措，一阵语噎，陷入尴尬中。

电话这头的楚邵，良久没有听到白雪雨说话，心头一阵着急，“雪雨，我想见你，你在哪？我现在去找你。”他害怕白雪雨又一次不辞而别，因为她这个女人向来都不按常理出牌。

白雪雨犹豫了片刻，“我……你别——”

“不要拒绝我，好吗？”楚邵一语打断了白雪雨。

楚邵曾在心里告诉过自己，不能再像以前那样被动，绝对不能！

生意做得越大，工作越是繁忙，他的心就越是空虚、寂寞。每日回到家中，当他静下来的时候，那内心里对白雪雨的思念就越深。白雪雨失踪的这一年使他终于明白，他无法忘记她，更放不下她。

白雪雨原本想要拒绝楚邵的，可是一时间不知道怎么说，经过一番内心的挣扎，还是妥协了，“我在樱花街。”

白雪雨刚刚挂断了电话，手机的铃声又响了起来，一看来电是赵雅邻，按了一下接听键，正要开口说话，却被赵雅邻抢先了一步。

“喂，雪雨啊，我想起来我还有些重要事情，非常着急，所以，中午我就不能陪你去吃饭了啊！”

白雪雨听完大声地嚷道：“赵雅邻，你竟然出卖我！”

赵雅邻闻言得意地弯起嘴角，皱着眉头掉换了下拿手机的手，问：“亲爱的，你这话是什么意思？我对你可是一颗红心到底，你别冤枉人好不好？”赵雅邻说完偷偷一笑，暗想：一定是楚邵打电话给白雪雨了，楚邵这家伙算是开窍了，速度蛮快的嘛！

白雪雨见赵雅邻佯装不知，漂亮的双目渐渐眯起。臭丫头，还不承认？竟然跟她打马虎眼？白雪雨鼓起腮帮，愤懑地说：“你还装！我的手机号码是你给楚邵的吧？你知道我刚刚有多尴尬吗？”

赵雅邻一听不自觉地吐了吐舌头，“亲爱的，别生气了，他问我要我能不给吗？大家都是朋友的……”

白雪雨再次做了个深呼吸，嚷道：“赵雅邻，请你别侮辱我的智商好不好？本小姐的 IQ 还没有那么低！我刚换手机号才多久啊？一定是你主动告诉他的！哼！”

电话那头的赵雅邻张了张嘴，不禁又缩了缩脖子，“亲爱的，真的不是你想的那样。我在中间也不好做人嘛。别生气了，生气会长皱纹的。对了，楚邵是不是向你表白了啊？”

赵雅邻半会儿没有听到白雪雨回话，贼笑地说道：“你不说话，那就代表我的猜测是真的啦？楚邵这家伙总算是长智慧了，像个男人！”

白雪雨有些羞恼地说：“不和你说了，等我回来再找你算账！”

赵雅邻一听雪雨要挂电话忙喊道：“等等——”

白雪雨摸在挂机键上的手指又抬了起来，将手机拿到耳边，懒懒地问：“你还要说什么？”

赵雅邻语气非常关切而严肃地说道：“雪雨，看在楚邵苦恋你这么多年的分上，你就别那么残忍，给他一个爱你的机会吧！你真忍心让他当和尚吗？你知道吗？他这一年找你都快找疯啦！”

白雪雨蹙起眉，“赵雅邻！”

赵雅邻一听白雪雨的口气似乎真的要恼了，立即识趣地说了声“拜拜”，快速地挂断了电话。

挂断了电话，白雪雨如止水一般的心，被搅乱了。

樱花树依旧，却已物是人非。往事一幕幕地呈现在她的脑海，仿佛昨日才刚刚发生过一般。可是，那个人，却已经不在了。

在这片樱花树下，她和穆遂相识了。那是一个雨天，她的心情也如同天气一般，淅淅沥沥地下着小雨。穆遂像童话里的王子一般，走到她的身边为她撑起了一把雨伞，她永远都记得当时他那灿烂而干净的笑容。从此他们的生命发生了交集，她和他从相识走到相爱。穆遂曾经在这里对她说，要永远和她在一起，要为她披上白色婚纱，让她成为世界上最美丽的新娘，永远不分离，生生世世。他曾经在这片樱花树下对她说，他只希望让她过得幸福……

可是，甜蜜总是很短暂，命运是残忍而冰冷的，它无情地将穆遂从她身边带走了。

他走了，没有他在身边，她对生活失去了热情。没有他的世界，她的天空除了雨天，便还是雨天。

他让她知道了，永远，到底有多远！

世界上最远的距离，不是咫尺天涯，相逢却不相识；而是，她知道他死了，不会在她身边出现，给她一个温暖的拥抱，看着相同的太阳，从东边升起，由西边落下。

他让她知道了，幸福是什么样的感觉，也让她知道了，失去幸福的感觉有多痛。

爱情就像是一把锋利的双刃剑。当你拥有它的时候，会给你带来无尽的快乐和幸福，然而，有一天，你失去它的时候，它又会让你痛不欲生，就像她和穆遂。若说穆遂是她生命之中的一颗流星，那么他是那颗最璀璨的。她和穆遂之间的爱情之火，已经将她的激情烧得所剩无几，留下来的就只是那片一望无边的灰烬了。

她和穆遂的爱情留给她的是疼痛，可她一点儿也不后悔，不后悔那么全心全意地爱过，爱得轰轰烈烈，爱得肝肠寸断！

花店服务员看着穿着体面举止文雅的楚邵走了进来，立即上前招呼："先生，请问有什么需要我们替您服务的吗？"

楚邵在花店里转了一圈，暗自思量：玫瑰太艳，百合太淡，那送什么花好呢？他还没有买过花给女人，真的不知道送什么花给白雪雨。看来看去，拿不定主意的楚邵看向花店的服务员，彬彬有礼地问："你好，请问送什么花给久别重逢的朋友比较适合呢？"

"先生，你看这束紫罗兰行吗？紫罗兰的花语是永恒的美、质朴、美德，寓意着忠诚。"

楚邵摇了摇头，"不好，好像冷了点，不够喜悦。"

花店服务员微笑着问："请问先生是要送给什么样的朋友？"

送给什么样的朋友？一张美丽的容颜浮上楚邵的脑海，他抿嘴微微一笑，眼中泛起温柔，"一个我深爱的女孩，我想和她相伴到老。"

久别重逢、深爱、相伴到老……送什么呢？花店服务员快速地转动脑筋，忽然灵光一闪，“先生，你等等。”话落，服务员立即快速走进内室，拿出一束刚到的新花问楚邵道：“先生你看这束可以吗？”

楚邵诧异地看着服务员手中圣洁而又美丽的花，问：“这是……”

服务员从楚邵的眼光中得知她手中的花吸引了他，于是甜甜地说道：“先生，这花不仅美还有一个美好的花语。它的花语是——走进幸福。”

楚邵听了淡淡一笑，“走进幸福？好，就它了。麻烦你将它包好。”

“好的，请稍等。”

过了一会儿，楚邵捧着花走出了花店，心情一片晴朗。他希望他能如同这花的花语寓意的那般，可以走进幸福。

花店中的一名女孩瞅着楚邵离去的背影，颇有几分花痴地说：“紫灵姐，刚刚的那个男人，他好帅哦，真的好有型！我好喜欢……”

“你不是喜欢那个阿昊吗？怎么，这会儿见到帅哥就变心啦？”

“没有啦，在我的心中，阿昊他永远是第一位！不过，刚刚那个男人确实好帅哦！”

“真受不了你了，花痴女……”

楚邵小心翼翼地将花放在副驾驶位上，拿起手机一看，是赵雅邻的来电，他露出迷人的微笑，接通了电话：“喂……嗯，好！我知道了……我很感谢你……非常非常的感谢你！”

赵雅邻伸长了脖子看了眼远处樱花树下站着的白雪雨，一脸正色地对着电话那头的楚邵说：“楚大少爷，我告诉你哦，你这次一定要好好把握机会哦！等等……别忙着挂呀！你要安全地把她送回来，不许惹她难过，还有，雪雨她喜欢吃排骨。好啦，我不说啦，挂了。”

楚邵远远地看着静静地站在樱花树下的白雪雨，他的心一阵悸动。眼前的人儿正是那个让他魂牵梦萦、牵肠挂肚的女人。他鼓足了勇气迈步走上前去。

“雪雨……”

一声温柔的轻唤传来，白雪雨还没有反应过来，便被楚邵拥入怀里。

他是叱咤风云的商业才子，千万资产的公司法人，名牌大学毕业的高才生，一个呼风唤雨、无所不能的风云人物……在商界摸爬滚打这些年，他什么样的女人没有见过？可是，这么多年，唯一一个能牵动他心的人，在这个世界上却只有她——白雪雨一人。此刻，没有谁比他更清楚地明白，面对眼前的这个女人，他的心是多么的忐忑不安。经过几年的兜兜转转，他们又相见了，并且还都是单身，他又怎么会让她再一次地从他的身边溜走？

一阵错愕，白雪雨面色窘然，见楚邵没有松开手的迹象，又见路人纷纷投来诧异的目光，她俏丽的容颜蓦地红了，“楚邵，你快放开我。这好多人在看着呢……”

楚邵闻言，依依不舍地放开了白雪雨，后退半步清了清喉咙将花递到了白雪雨的面前，“雪雨，给，这是送给你的，我……这还是头一回买花送人……也不知道什么样子的花才是女孩子喜欢的……希望你喜欢。”

白雪雨伸手接过花儿，闻了闻，莞尔一笑，“这花真美，我很喜欢，谢谢你。”

楚邵听白雪雨说喜欢，这才松了一口气，本想说出花语的，又将到了嘴边的话吞回了肚子。想了一下，他提议道：“走，我们先去吃饭，你一定饿坏了吧？想吃什么？”

白雪雨爽快地说：“你拿主意吧，我无所谓，只要能吃就好，我不挑食。”

楚邵跨步走到车门前为白雪雨打开车门，笑着说：“那好，我拿主意了哦。”

白雪雨点了下头，坐进了车里，低眸看着手里的花。

“这一年来你在那里过得还好吗？为什么去那么偏远的地方？”

白雪雨盯着花，沉默了一会儿，幽幽地说：“我过得很好。那是遂生前想要去的地方。”

楚邵闻言，他的心猛然一抽，脸上多出几许黯然，一阵沉沉的失落感涌上他的心头。白雪雨的话很清楚明了地告诉他，她依然爱着穆遂，她所做的一切一切也都是为了穆遂！

楚邵看着白雪雨，他既心疼，又心痛。他好羡慕又好嫉妒那个死去的穆遂！

“雪雨，你该对自己好点。你知道吗？有时候我特别羡慕和嫉妒穆遂。他能够拥有你的这份深爱，真的很幸福！”

看向车窗外的白雪雨，苦涩浮上唇角，眸子一片幽暗，“是吗？遇到他，也是我今生最大的幸福。”

楚邵看了一眼白雪雨，沉默了一会儿，道：“雪雨，能够遇到你，我也觉得特别幸福。雪雨，如果你愿意的话，我希望……我可以给你幸福。”

“楚邵……”面对楚邵毫不遮掩的告白以及那道让她无法躲避和逃脱的眼神，白雪雨微锁秀眉，欲言又止，窘迫地扭头看向窗外。此时，她不知道该如何回答。她不知道如何去拒绝身边这个深爱她多年的男人，更不知道如何拒绝他，才能让他不受伤。

楚邵从白雪雨良久的沉默中明白，白雪雨这是拒绝了他。虽然早知道她会拒绝他的求爱，他的心还是忍不住地抽搐，忍不住地难过。

深深一叹，楚邵敛起悲伤，佯装平静地问：“雪雨，当初若是没有姚雪，你会不会答应和我在一起？”

白雪雨微微一怔，看向楚邵，一脸坦然地摇了摇头，“我不知道。”

楚邵闻言，双目间闪过一道忧伤，但随即被他的笑容给掩饰了过去，他皱了皱眉头不满地说：“哎，白雪雨，你真的很残忍！你知道吗？你这样说很伤我大男人的自尊心呢！告诉你哦，我这里受伤了哦！”楚邵说话间用手指点了点他的心口。

白雪雨一脸无辜地看着楚邵点着心口的手，“我……对不起。”

楚邵见白雪雨道歉时脸色沉了下来，不由得挑高嘴角朗声笑了起来，“雪雨，你到底有没有眼光啊？怎么说我也是一个成功男士吧，你好歹说句好听的话，安慰一下我这颗脆弱的心，好不好？啊，痛啊……”

楚邵说完表现出一副很夸张的受伤表情，将白雪雨给惹笑了。看着白雪雨微笑着的脸，楚邵也舒心地笑了，“你终于笑了，你知道吗？你板着脸的样子特别像灭绝师太！”

白雪雨瞅着楚邵笑道：“楚邵，你好像真的变了很多，竟然懂得开玩笑了。雅邻姐和我说你变了的时候，我还不相信，现在我终于相信啦！”

楚邵闻言快速地摆了个鬼脸，“是吗？是不是感觉我变得更加有魅力了？”

白雪雨立即反驳道：“去，才怪！你是变得更加油嘴滑舌了！”

楚邵耸了耸肩，为自己辩护了起来，“你懂什么呀，我这叫有情调。哎，雪雨，怎么话到了你的嘴里就变味了呢？你不会是在那鸟不生蛋的地方把脑袋弄锈掉了吧？”

“去！你脑子才锈掉了呢！对了，你和姚雪为什么分手了？我还以为你们会走进婚姻殿堂呢。”白雪雨话音一落，就后悔自己问错话了。

楚邵深深地看了白雪雨一眼，收起笑脸认真地说：“雪雨，我和姚雪没有真的交往过，当初是看你和穆遂在一起那么幸福，心里嫉妒，所以……也想幸福给你看看，向你示威。原本是希望你有那么一点点吃醋……可惜落花有意流水无情，你完全没有吃醋不说，还真以为我喜欢上了姚雪，给我祝福……你知道我当时掉了多少辛酸泪吗？”

白雪雨听完楚邵的话，除了冲着楚邵歉意地笑了笑，她也不知道该说什么好，楚邵虽然说得轻描淡写，她还是感觉楚邵难过了。

白雪雨跟着楚邵来到了一家装潢典雅，具有民族风格古韵味十足的饭店，服务员领着他们向着包间边走边说：“先生，你预订的菜已经准备好了。”

白雪雨盯着满桌排骨，诧异地问道：“楚邵，我没有看错吧？他们是不是上错菜了？”

楚邵的眼光随着白雪雨的目光投向餐桌，粲然一笑，“没有错啊！你不是说你不挑食的吗？所以我就自己拿了注意，怎么，不喜欢啊？”

白雪雨淡淡地笑了笑，笑得有些牵强，“没有，我喜欢！”一定是赵雅邻在帮楚邵，这一桌子的排骨就是有力的证明！

楚邵好笑地瞅着白雪雨面上丰富的表情，解释道：“喜欢就好。其实是雅邻告诉我的，她说你喜欢吃排骨，所以……我点了一桌的排骨。”

白雪雨在心里暗愤，果然是这个死丫头，赵雅邻，你就是革命时期的汉奸！

见楚邵看着自己，白雪雨回过神，微笑道：“是啊，我很喜欢吃排骨！因为每次吃雅邻姐做的排骨，就会感觉到家的温暖。”

楚邵心里一阵疼惜，口中不由得念了句：“家的温暖？”

看着餐桌上的排骨大集合，白雪雨的心也随着柔软了下来，喃喃说道：“自从爸爸妈妈不在了之后，雅邻姐就像是我的亲人，给我家的温暖。在我不开心的时候，总是会想方设法地哄我开心，做一些好吃的菜给我吃，尤其是排骨。其实，雅邻姐她不知道，她那回做的一桌菜，就只有排骨可以下咽，别的菜不是咸了就是酸了，就那盘排骨是没有盐的……她大概是见我只吃那盘排骨，便以为我最爱吃的是排骨吧！不过，吃惯了，还真的特别喜欢吃。”

楚邵心里不由得一阵心疼，“原来是这样啊！”

白雪雨点了点头，盯着菜肴调皮地笑着问道：“看样子很好吃，我可以开动了吗？”

楚邵瞅着白雪雨有那么一刻失神了，听白雪雨问自己话，这才回过神，忙点头说：“当然可以，吃吧！”

楚邵见白雪雨吃得津津有味，若有所思地说：“雪雨，若是你愿意，我可以给你一个家。”

白雪雨夹菜的手在半空中微微一僵，沉默了片刻，婉言拒绝道：“楚邵，我已经习惯了现在的生活，兴许是在外面待久了，我很喜欢这种无拘无束的单身生活。”

楚邵一边往白雪雨碗中夹菜，一边认真严肃地说道：“雪雨，我知道你现在还不能接受我，因为你心中还深爱着穆遂。我愿意等你，你也可以忘记我在等你，不要有任何的压力。可是，我希望你在需要一个人陪在你身边的时候，可以第一个想到我……不要拒绝我，好吗？”

白雪雨看着碗中堆起的菜，慢慢抬头看向楚邵，静默了一会儿，轻轻地点了点头。楚邵将话都说到这份上了，叫她怎么拒绝呢？

“雪雨，谢谢你。”楚邵激动地看着白雪雨，心里都乐开了花。只要她没有一口回绝他，那他就还有机会。

吃过饭，白雪雨和楚邵随便聊了聊，去茶馆里坐了一会儿，便借口困了，让楚邵送她回去。

“楚邵，你就不用下车了，今天谢谢你请客。”白雪雨说完，只手捧着鲜花关上了车门。

楚邵一下午都处在激动的情绪中，直到现在他还有些不敢相信，一双写满深情的眼睛瞅着白雪雨，“雪雨，我们之间还需要这样客气吗？以后和我不要这么见外了，好吗?”

白雪雨扭头避开楚邵深情的眼神，淡淡笑道：“楚邵，天色不早了，你该回去了，路上注意安全。”

楚邵笑着的脸微微一僵，心里虽然有些失落，但还是很开心地点了点头。

楚邵的宝马车渐渐离开了白雪雨的视线，望着楚邵离去，白雪雨脸上的笑容消失了。

她的心很沉重，其实她想拒绝楚邵，可是，在楚邵的深情目光下，她怎么也说不出口，她不想伤害楚邵。

白雪雨转身之时，忽然瞥见一个身影快速地藏了起来。白雪雨双眸微眯，直觉告诉她那个身影一定是赵雅邻!

“赵雅邻，你给我出来!”

赵雅邻知道被白雪雨发现了，怯怯地走了出来，走到白雪雨的跟前小声地问道：“亲爱的，你回来啦!”

白雪雨瞪着赵雅邻，很不淑女地愤愤说道：“赵雅邻，你就是一个汉奸，出卖朋友的小人!”

瞅着白雪雨愤怒的面容，赵雅邻赔着笑，快速地接过白雪雨手中的花，轻声问道："雪雨，楚邵是不是向你表白了，这花是他送你的吧？"

白雪雨的脸上嵌上了团团愁绪，想到楚邵便不由得忧伤了起来，"雅邻姐，我该怎么办啊？我都不知道应该怎么面对楚邵了。"

赵雅邻挑了挑眉头，瞅着一脸愁容的白雪雨，狐疑地问道："怎么了？不会是楚邵那家伙欺负你了吧？要是他敢欺负你，我这就找他算账去！"

白雪雨一把拉住赵雅邻，摇了摇头，"不是。楚邵今天和我说，他不曾和姚雪谈过恋爱，以前他只是做戏给我看，他说是向我示威……希望我会为他吃醋。他还说，他愿意等我，让我不要有负担，在我需要有一个人在身边的时候，可以第一个想到他。"

赵雅邻诧异地眨了眨大眼睛，不由得问："是吗？楚邵原来还是个极品啊？这样浪漫的话也是他说出来的吗？亲爱的，你的魅力真的不小哦！"

白雪雨一声叹息，苦笑道："雅邻姐，别开玩笑了，你让我抱抱好吗？我感觉好累，心里好难过……"

赵雅邻听着白雪雨带有哭腔的声音，鼻子一酸，心疼地问："雪雨，你怎么了？"

抱着赵雅邻的白雪雨轻轻地摇了摇头，一双美丽的黑目布满了深深的忧伤，低喃道："雅邻姐，我好想穆遂，真的好想他。今天我一个人站在樱花街，我才明白，穆遂他真的不要我了，他离开我了，真的不在了……"

赵雅邻抹了抹眼泪，柔声安慰道："雪雨，你还有我，我会一直陪着你的，会好起来的……"

"雅邻姐，我的心好痛，我该怎么办？我想穆遂，我好想他，我真的好想他啊……"

赵雅邻抱着流泪的白雪雨，心揪疼了起来，她不知道该说些什么好。

回到了住处，白雪雨的心情已经恢复了平静。赵雅邻吃着零食，好奇地站在翻着储藏室的白雪雨的背后，“雪雨，你这是在忙什么呢？这是什么？”这些东西，自从穆遂死后，白雪雨就没有碰过，一直放在储藏室里，今天她怎么要翻来看了？

白雪雨从皮箱里拿出一个没有解开包装的四方盒子，随口应道：“这是穆遂在北京出差时邮给我的生日礼物。当我收到的时候……他已经离开了。我一直没有打开过，不知道他送给我的是什么……”

白雪雨说着，小心翼翼地打开精致的礼品盒，看了后才知道是一款桃红色的相机。白雪雨轻轻地拿起相机，一张粉色的纸条闯进了她和赵雅邻的视线，上面写着一行字——“宝贝，生日快乐！相机里有我想要对你说的话！”

赵雅邻看完纸条上的字，神情立即紧张了起来，目光一直追随着白雪雨，看着白雪雨一脸平静地拿起相机和数据线走向电脑桌旁坐下，立马放下手中的零食袋，紧随着走了过去。

白雪雨打开相机里的录像，便看到穆遂如阳光般灿烂的笑脸，录像里的穆遂有些不好意思地抚了抚头发，坐了下来，傻笑着说：“宝贝，生日快乐！第一次录像感觉好紧张哦！呵呵……宝贝，对不起，不能陪你一起过生日了，我在这里真诚地给你道歉，要不，我先给你鞠个躬？宝贝，我的心为什么还是那么的忐忑不安呢？要不，等我从北京回来，我们立即去登记结婚好不好？哎呀！完了！我一定是被你下了蛊，不然怎么会这么迷恋你呢？呵呵！雨儿，你要负责哦！唉，真的好想你，我心里有好多好多话想对你说……怎么办？啊，完了，今天又要失眠啦！宝贝，我不在你身边的时候，记得要按时吃饭，按时睡觉，还有要经常露出漂亮的牙齿，让它们晒晒太阳，呼吸新鲜的空气……我最喜欢看你一脸笑容的样子……好了，不说了，我去加油工作，那样就可以早些回来见宝贝了。”

白雪雨白皙的脸颊此时更加苍白了，她死死地盯着录像里的穆遂，紧咬着嘴唇，心痛得无法自已。几年后，再次听到穆遂的声音，看着视频里的穆遂，她的心再一次被撕裂。

赵雅邻轻柔地搂着一脸苍白、全身发抖的白雪雨，温柔地说：“雪雨，想哭就哭出来吧，别憋坏了。”

白雪雨终于忍不住哭了起来，抽泣中的她狠狠地瞅着视频里的穆遂，撕心裂肺地说：“他就是个浑蛋！他就是个浑球！他是个超级大骗子！为什么要失言？为什么啊？明明说过要一直陪着我的，为什么要说话不算话？为什么……”

在这一刻，赵雅邻终于明白了，时间纵使可以改变一切，纵使它是最好的医生，它也不可能改变白雪雨和穆遂这对相爱的人阴阳相隔的事实。它更不可能治好穆遂给白雪雨留下的伤痛，因为，他们曾经如此真真切切地相爱过！时间纵使可以淡化一切，它也不能淡化白雪雨心灵深处的真爱。

赵雅邻拿着手机从教室里走了出来，站在走廊上轻声地问道：“喂，楚大少爷，你有什么事情吗？”

楚邵内心忐忑地问：“雅邻，雪雨她还好吗？她在家吗？从昨天到现在我一直联系不上她，打她的手机也是一直关机，我不知道，是不是我说错了什么……”

赵雅邻想到穆遂的视频，安慰电话那头的楚邵道：“楚邵，应该和你没有什么关系的。雪雨的心情不是很好，所以……也许她是想静静吧。”

楚邵听完赵雅邻的话后，如释重负地松了一口气。联系不上白雪雨，他的心就不上不下地悬着，左思右想，觉得白雪雨不理他的理由只有一个，就是他的话吓到她了，故意躲避他，所以才会将手机关机了。

楚邵想了想还是不太放心，追问："雅邻，雪雨她现在在哪你知道吗？"

赵雅邻抬起手腕看了下时间，迟疑地说："雪雨搭上午的飞机，这个时候恐怕已经在去机场的路上了。"

楚邵闻言，惶恐地脱口追问："飞机？她要坐飞机去哪？你怎么不留住她？"

"去北京啊。你又不是不知道雪雨的脾气，我说她她又不听，她可是个大活人，我也没有办法——"赵雅邻的话还没有说完，电话那头的楚邵便急急地挂断了，拿起靠椅上的外套，匆匆走出了公司。

电话这头的赵雅邻叹了口气，盯着手机微微一笑，转身走进了教室。

她去北京？她为什么要去北京？她为什么又一次不辞而别？

雪雨，难道在你的心中，就一点儿也不会想到我吗？到底是为什么？你怎么可以这样对我？

楚邵心急如焚地驾着车在车群里穿行，他害怕极了。

他害怕白雪雨这一走又是一个遥遥无期的开始，他讨厌杳无音信地寻找她……他要留下她，哪怕是"绑架"，他也要留下她！

白雪雨下了出租车，打开背包，拿出手机一看，发现手机没电了。也许是一年多没有用手机的缘故，她竟然忘记了手机会没有电，心里一阵懊恼。

糟了，雅邻姐让我在上飞机前给她打个电话的，手机没有电了可怎么办啊？我真是太粗心了！不打电话，雅邻姐一定会骂死我的。白雪雨边想边走到公用电话前。拿起话机，白雪雨才发现她竟然不记得赵雅邻的手机号码，她懊恼地拍了拍脑袋。

这个时候，雅邻姐应该在学校，她要是打家里的固定电话，雅邻姐肯定是接不到了……白雪雨放下电话，又是自责又是懊恼。她真不是一个称职的朋友，连好朋友的手机号码都记不住，看来，她只能到了北京找个旅馆给手机充电后，再打电话了。

思及此，白雪雨看了下手表，拎起包包便匆匆地向着候机室走去。不承想，在门口处被一堵健壮的身躯给挡住了去路，抬头一看，不由得错愕当场，“你……”

楚邵铁青着俊脸，额头上有着汗珠子，生气地盯着白雪雨，气喘吁吁的他一时间气得说不出话来。

白雪雨诧异地看着一脸铁青、流着大汗的楚邵问道：“楚邵，你怎么来了？”

楚邵很大力地将白雪雨拥进怀里，声音沙哑地说：“雪雨，不要走，不要走好吗？”

白雪雨想挣脱楚邵的怀抱，她一边用力地想推开他，一边说：“楚邵，你先放开我，我已经买好机票了。”

楚邵一听，将白雪雨抱得更紧，急切地说道：“我不要你走，雪雨，为了我留下来好吗？”

白雪雨有些气恼地挣开楚邵的怀抱，一脸认真地拒绝道：“不可以，我要去北京。”她要去北京，她要去看穆遂想看的798，她要去，谁也阻止不了。

楚邵见白雪雨铁了心要走，受伤地寒起了俊脸，二话不说，拉着她便向外走。

白雪雨先是一怔，继而有些生气地说：“楚邵，你疯了？你放手，你快放手！”

楚邵紧攥着白雪雨的手，没有丝毫松开之意，反而握得更紧，他冲着有些生气的白雪雨大声嚷道："我是疯了！不是疯了我怎么会来这里？雪雨，今天我是不会让你走的，你要是喜欢北京，我明天陪你一起去！你要是想在北京定居，我也陪你，可是你要给我时间。"

白雪雨也随之恼怒了起来，冷视着楚邵，"楚邵，你放手，你弄疼我了，你别这样孩子气好不好？"

楚邵被白雪雨的话刺伤了，刺得很痛，他凄然一笑，继而吼道："我孩子气？对，我是孩子气！你这一走又准备去哪？又要多少年？你才回来几天？你才刚回来为什么又要走？为什么一声不吭地就走？在你白雪雨的心中，我到底算什么？难道是一个连普通朋友也算不上的陌生人吗？"

白雪雨吃惊地看着愤怒中的楚邵，一时间说不出话来。面对楚邵的冷声质问，白雪雨的心泛起丝丝歉意，"楚邵，对不起。我没有把你当成陌生人，我没有想到你会这么在意。"

楚邵苦笑道："雪雨，我怎么会不在意？我爱你啊！你难道要我把心挖出来给你看吗？"

白雪雨黯然地垂下头，低声说道："对不起！我去北京只是待几天，几天后就回来了，这也不是什么大事……"

楚邵的语气忽然缓和下来，"你说……你说你只是去几天？"

白雪雨瞪着无辜的大眼睛点了点头，"是啊，我只是去几天。"

楚邵那张寒冷如冰的脸瞬间缓和下来，浮现出安心的笑容，他不确定地又一次问道："真的只是去玩几天就回来？你不是在骗我吧？"

"是啊，不信你问雅邻姐，再说了，我要是去得久，会不带行李箱吗？"白雪雨望着楚邵的笑脸困惑地说。

楚邵看着白雪雨，开心地傻笑了起来，原来是他弄错了。

白雪雨见楚邵忽然傻笑地看着自己一语不发，关切地问道："楚邵，你没事吧？你是不是哪里不舒服？”

楚邵笑道：“我以为……”

白雪雨忽然明白了过来，皱眉问：“楚邵，你不会以为我不回来了吧？”

“你真的只是去几天就回来吗？真的吗？”

白雪雨见到乘客一个个进了候机室，有些焦急地说：“当然是真的。啊……时间不早了，我该进去了，回来后再聊。”

楚邵对着白雪雨的背影大喊：“雪雨，在北京注意安全，回来的时候，打电话给我，我来接你！”

第三章　北京，爱人离开的地方

北京龙腾大厦的办公室。

林易冷冷地瞪着司徒昊，气恼至极地吼道：“你能不能消停点？你看你，又上报了！你……你以后和那姚雪少碰面，不对，你以后尽量避开她！”

司徒昊扫了一眼桌子上一堆零散的报纸，不以为然地说道：“为什么，我为什么要避开她？我又没有做什么见不得人的事情。”

林易气得差点从椅子上跌倒，他狠狠地扶了扶眼镜，噼里啪啦地说了起来：“为什么？人家现在已经是你孩子的妈啦！你……你必须避开她！”

司徒昊半躺在靠椅上，慵懒地看着发火中的林易，忍不住地笑了起来，向着他身旁的黄秘书招了招手，说道：“黄秘书，你去给林大倒杯可乐，记住，要加冰的可乐！”黄秘书稍作犹豫，快速地消失在门口。

啪！林易皱起眉头，将手中的报纸狠狠地甩在桌子上，愤愤地说道：“司徒昊，你到底有没有把我放在眼中？不许笑！你知不知道你现在在人们心中的形象是什么？花少！知道什么是花少吗？你别把自己的前途给毁了！”

司徒昊微挑眉头，瞬间弯起嘴角说道：“林大，我没有把你放在眼中……我，可是把你放在心中！”

林易瞪了司徒昊一眼，语重心长地说道：“你少跟我嬉皮笑脸的！我拜托你，你能不能别见了美女就上前凑？”

司徒昊瞬间收起脸上的笑脸，一脸无辜地说道：“林大，冤枉，绝对是天大的冤枉，我可从来不主动向美女身前凑的！”言下之意就是他司徒昊是不需要主动往女人身上凑的，向来都是女人主动送上门。

林易冷哼一声，说道：“那也差不多。”

司徒昊张口欲言又止，习惯性地摇了摇头，他知道只要林易啰唆一阵就什么事情都没有了，反正他都习惯了，就当是在听曲儿。

林易噌地一下从椅子上站了起来，看了看司徒昊的行程表，一脸严肃地说道：“你从明天开始，直到下周，都给我老老实实地待在家里，哪里都别去！”

司徒昊听完，不由得嘴角上扬，慵懒地站了起来，行了个军礼说道：“遵命，我的林大长官！”

司徒昊走至门口，看到黄秘书气喘吁吁地跑了过来，娴熟地从黄秘书手中接过可乐，露出一抹迷死人不偿命的邪魅笑容，“林大现在用不着了，谢了啊！”司徒昊说完，丢下发愣中的黄秘书，迈着优雅的步子走了出去。

林易追至门口，对着司徒昊的背影喊道：“别再给我惹事！”随后看着手中司徒昊的行程表，往黄秘书手中一塞，说道：“你看他……我就不信，我治不了他，他不避，我避！我将他和姚雪之间可能会碰到的档期，全给错开！”

黄秘书立即献媚地笑道："林大英明！"

林易一把拽回黄秘书手中的本子，厉声说道："你少拍马屁！还不快去盯着他！"

"是，林大。我一定看好他，不辱林大的使命。"黄秘书应声之后，向着司徒昊离去的方向紧追了过去。

一辆白色的法拉利在龙腾大厦下缓缓地停了下来，随之身着白色风衣的姚雪在车内整了整仪容，优雅地从车中走了出来。

"哎，雪雪来了！"一声高呼还未落下，一群已经在龙腾大厦旁等待许久的记者便蜂拥而上，片刻工夫，便将姚雪团团围住，闪光灯，抢问声，一阵沸沸扬扬……

由着保镖相护左右的姚雪有意地放慢了脚步，保持着完美的笑容，优雅地向着龙腾大厦走去。

"姚小姐，请问您是不是和程思豪……程大导演在拍拖？"一个二十出头的鬈发女孩开口问。

姚雪听完，脸上的笑容微微一僵，随即柔声说道："对不起，我和程导只是工作上的关系。"

"姚小姐，听说您与司徒昊先生同居了，这个消息是真的吗？"一个中年男人紧接着追问。

姚雪莞尔一笑，淡淡地说："对不起，对于此事我无可奉告。"

姚雪话音刚落，便又有人开口问道："雪雪，听说你怀了阿昊的孩子，这是真的吗？"

"姚小姐，您和司徒昊先生近期有可能结婚吗？"

"姚小姐，外界传说您是靠着绯闻走红的新星，您对此有何看法？"

……

“啊！阿昊出来了！”又是一记尖叫声，打断了围着姚雪问话的记者们，原先围着姚雪的记者全向龙腾大厦走出来的司徒昊奔了过去。

“司徒昊先生，请问你最近有没有出新唱片的打算？你最近有打算接拍新片吗？”

“阿昊，你有没有和雪雪一起拍电影的打算？”

“司徒昊先生，你和姚小姐是情人关系吗？外界传闻你们正在拍拖，是不是真的？”

……

司徒昊看着向他走过来的姚雪挑了挑眉头，露出那抹习惯性的完美笑容。

姚雪？孩子妈？这个女人确实长得好看，不过……这个姚雪让他不喜欢，他不喜欢靠着几分姿色耍心计往上爬的女人，她不是他喜欢的类型。

他已经很久没有心动的感觉了，无论是多么美丽的女人，都无法勾起他的兴趣。他的心仿佛是一潭死水，已经死了很久，又好像在沉睡……

姚雪大方地走到司徒昊的身边，温柔似水地说：“学长，你好！”

司徒昊原想开口说话，不承想却被突然从身后冲出来的黄秘书给接口回了过去，“姚小姐，您好！”

姚雪片刻错愕之后，优雅地点了点头，露出一抹极富魅力的笑容。

正在这个时候，一个记者脱口问道：“阿昊，你和雪雪同居了吗？你们会结婚吗？你可以透露一下吗？”

司徒昊松下蹙起的眉头，扬起唇角，深思的双眸盯着姚雪浮起一抹玩味的笑容，随之十分简短而认真地说道：“大家不要误会，我和姚小姐并非情侣关系。”司徒昊说完在保镖的保护下抬脚上了轿车，绝尘而去。

司徒昊毫不留情面的当场澄清，让姚雪一阵尴尬。她娇容上的笑意顿时僵凝了好几秒。她没有想到，司徒昊竟如此毫不留情面地对她。

那个鬈发的女孩再一次挤进记者群里，跟在姚雪身后，急声问道："姚小姐，司徒昊先生说与你并非情侣，你对此有什么要说的吗？"

姚雪看向那绝尘而去的跑车，缓缓扭过头，面色冷淡了起来，快速地转身，一言不发地走进了龙腾大厦。

司徒昊，华夏集团新任总裁的独生子，三年前，由海外留学而归的他进入了演艺界。因在《绝境》这部电影中的出色表演，一炮走红，被称为演艺天才。最近新出的一张唱片更是销售火暴。他有着一张让女人着魔的笑脸，他的身边更是美女如云，花名远播的他，就像是一个谜，让人忍不住地想探个究竟。没有人知道为什么这样优秀的才子至今还是单身。

姚雪一番深思，心中不自觉地对司徒昊好奇了起来。司徒昊，他到底是个什么样的男人？看似有情却无情的他，到底会喜欢什么样的女人？难道……自己不够美吗？

姚雪的脸上露出一抹若有所思的笑容，紧紧地攥着手中的口红，心里暗想：司徒昊，无论你是什么样的男人，我姚雪要定你了。

陈思思看着梳妆台前的姚雪，一脸平静地说道："姚小姐，您的电话。"说完，将手机递到了姚雪的面前。

姚雪懒懒地看了一眼面前的手机，微皱眉头，放下了手中攥着的口红，狐疑地问："是谁打来的？"

陈思思连忙回道："哦，电话那边说是您的老朋友。"

"嗯。"姚雪应了一声，接过陈思思手中的手机。

“喂，姚雪，我是雅邻啊。”雅邻清爽的声音从电话那头传了过来。

姚雪一听是赵雅邻打过来的电话，立即示意助理陈思思离开，然后才平静地问道：“雅邻姐，怎么是你啊？最近过得好吗？”姚雪心里起疑，赵雅邻怎么会突然打电话给她？难道有什么重要的事情吗？

赵雅邻沉默了片刻，说道：“姚雪，雪雨回来了。”

白雪雨？白雪雨回来了？她不是失踪了吗？怎么回来了？

姚雪淡淡地问：“是吗？她……还好吗？”

赵雅邻轻叹了一声，道：“她啊，还是那样，心里依然爱着穆遂。哦，对了，今天她坐飞机去北京了。你也知道她那个人一向都很迷糊的，她一个人住宾馆我不太放心，你要是方便的话，让她去你那住几天好不好？”

姚雪想了想，说：“是吗？我……那你把她的手机号码给我，我来联系她好了。”

“嗯，好的，你等等！”赵雅邻一阵欣喜，只要雪雨不是一个人在北京宾馆里住，她就放心了。要不是最近她的课程安排得紧，她就陪着雪雨一起去北京了。

白雪雨？看着纸上记下的手机号码，姚雪白皙的面颊上浮现出一抹淡淡的忧伤。走至窗口，感受着凉爽的秋风，思绪陷入到一片深海般的幽暗中。那段她不愿意再想起的记忆浮出记忆的海面，渐渐清晰。许多年前，她曾向她最深爱的男人表白，虽然已经过去了很久，可是在她的脑海里，那些记忆却仿佛发生在昨日……

“楚邵，我喜欢你，一直都很喜欢你！”

那天，她瞅着楚邵，那个她一直深爱的男人，瞅着那张堆满忧伤的俊容，终于忍不住上前一把夺掉他手中的杯子，大声地表白了。对她来说，那是需要多大的勇气啊！可是，楚邵只是怔怔地看着她，良久未语，眼神很淡，淡得她捕捉不到任何的信息，不知道过了多久，她才等到他的开口……

“姚雪，对不起，我喜欢的人是雪雨，一直都是她。”

当时她很尴尬，感觉整个酒吧的人都在看着她，嘲笑着她。她不敢抬头看，只是盯着从楚邵手中夺过来的酒杯，将酒杯里的酒一饮而尽。即便在众目睽睽之下被楚邵拒绝了，即便很窘迫，她还是想再争取……

“楚邵，雪雨她已经有了心爱的人，她爱的人是穆遂！难道你没有看出来吗？她没有因为你有了女朋友而吃醋，一点都没有！”

她知道，她说的那番话像是坚硬的钢刀，深深地插进了楚邵的心头，深深地伤了楚邵，她只希望那样说，可以让楚邵清醒，让他忘记白雪雨，可是，换来的却是楚邵的冰冷！

“姚雪，你走吧！我们不合适，我心里已经有了雪雨。你知道吗？就算她不爱我，我也无法不爱她，这里……我的心，不属于我了，我也没有办法。如果可以，我也希望自己可以不再爱她！呵呵！”

“楚邵，让我陪在你的身边好不好？不要离开我，我愿意等你，等你忘记她……”看着楚邵痛苦的面容，她心痛地紧紧抱住了他，卑微地乞求他……可是，换来的是什么？她抛弃了她的自尊和骄傲苦苦地哀求，换来的却是楚邵的短暂迟疑以及果断的拒绝，楚邵竟然那么冷漠地掰开了她紧抱着他腰肢的双手……他竟然连一丝犹豫也没有留给她，就那么冰冷地推开了她！

“姚雪，你别这样傻了好不好？我楚邵有什么好？你会遇到真心爱你的人，别在我身上浪费感情，不值得，也不会有结果。”

听完楚邵那无情而又坚决的话，满腔的失望和委屈使她忍不住当众给了楚邵一记狠狠的耳光。在离开时，她愤愤地丢下了一句气话——

“楚邵，我恨你，我永远不要原谅你，永远也不想再见到你!”

说完之后，她便跌跌撞撞，狼狈地逃出了酒吧……

每每想到这些往事，她的心就很痛，很痛！她的爱，到头来只是一场笑话，是不自量力的痴心妄想，更是屈辱！

她恨白雪雨，要不是因为她，她就不会这样痛苦。

她恨白雪雨不需要任何的努力，就可以得到楚邵的心——那颗她做梦都想得到的心。她更恨的是她放弃尊严和自我而得不到的东西，在白雪雨的眼里竟然是那么的一文不值，就像是丢掉不要的垃圾一样，毫不犹豫地丢了！她怎么可以，她怎么可以那么漠视和不屑呢？

“姚雪，我们是好朋友，难道因为楚邵，你就不要我这个好朋友了吗？”她竟然可以装得那么无辜地说是她的朋友？呵呵！朋友？情敌之间又有多少人可以成为朋友呢？

“白雪雨，你给我听好了，有些人是做不成朋友的。你知道吗？当我看着你，就会想到我深爱的男人爱的人是你而不是我！你说，我们还能再做朋友吗？”白雪雨竟然说她们是朋友？真不知道她到底是因为太天真，还是因为没有脑子才会那么说，她们之间怎么可能还是朋友呢？

这么多年过去了，楚邵依然深爱着白雪雨吗？她曾经以为自己会爱楚邵一生一世，不承想，时间已经淡化了一切。

穆遂死了，白雪雨宁愿孤单，也不选择楚邵，她是该为自己高兴，还是该为楚邵悲伤呢？如今，这些还重要吗？姚雪挑起嘴角，露出一抹冷漠的淡笑，将手中刚刚记下的手机号码撕得粉碎，从窗口处抛了出去，仿佛是在和过去告别。

“姚小姐，摄影师说十分钟后拍照。”助理陈思思走到姚雪的身边轻声提醒，打断了回忆中的姚雪。

姚雪敛起回忆中的心神，冷淡地说：“知道了，你去给我倒杯咖啡来。”

“好的。”陈思思应声之后，立即转身给姚雪倒咖啡去了。

北京的一家宾馆。

白雪雨到了宾馆之后洗了个澡，用干毛巾擦着头发，又将电视打开，拿着正在充电的手机，开机一看，发现有十几条的短信。

雅邻美女：臭丫头，到北京了吧？我打电话给姚雪了，她联系你了吗？我已经和她说好了，你住她那吧！

雅邻美女：雪雨，你这个臭丫头，怎么还是关机啊？哦，忘记了，现在你还在飞机上呢！不好意思。

雅邻美女：坏丫头，怎么还在关机？看到短信快点给我回个电话！

楚邵：雪雨，我是楚邵，已经安全到达了吧？

雅邻美女：雪雨，你这没良心的，快点开机，真让人担心，快点！

楚邵：雪雨，看到短信，给我回个信息好吗？

雅邻美女：雪雨，再不回电话，我立即冲到北京劈死你！哎，我要发火了哦！你这个不长心的坏丫头，你这只摇着尾巴的白眼狼，不知道我会担心吗？快点给我回个电话！

楚邵：雪雨，记得一定要吃饭，好好休息。

雅邻美女：雪雨，你这坏丫头，还不给我开机？坏丫头，你去哪里了？你不会又消失了吧？快给我回个短信！

楚邵：雪雨，你说过还回来，不是骗我的吧？雪雨，我会等着你的电话或者是信息，无论何时。

……

看完手机里收到的短信，白雪雨的心里暖暖的。被人关心着，紧张着，惦记着，是这么幸福。

白雪雨正想打电话，忽然听到电视里播到姚雪的新闻，不自觉地看向电视机里播放的节目。

电视里播道：“据传言，演艺新秀司徒昊和同为新秀的美女姚雪正在热恋，这个消息是不是真的呢？

今日在龙腾大厦下，司徒昊，也就是我们的天才演员阿昊，曾和多名女艺人发生绯闻的他，在昨日，首次澄清与女艺人姚雪并非情侣关系，这是真的还是欲盖弥彰呢……”

白雪雨盯着电视里的姚雪，浅浅一笑，荧屏里的姚雪好美，姚雪还是那么耀眼夺目！当她将目光投到司徒昊身上的时候，只是一闪而过，娱乐报道便换到了下一条，她没有看清司徒昊的长相，只记得是一头黄发。

“欲盖弥彰？睁眼说瞎话！姚雪是不会喜欢他的，姚雪爱的人是楚邵。那个黄头发的男人哪里有楚邵好看？一看就是个名副其实的花花公子，不可靠，不靠谱！”

白雪雨正嘀咕着，握在手中的手机响了起来，“美女来电话了，漂亮雅邻来电话了哦，美女来电话了，漂亮雅邻来电话了哦……”雪雨听到铃声，不由得笑了。这妮子还是老样子，不知道雅邻姐什么时候录制好了，帮她设定为铃声的。

“喂。”雪雨刚接电话，便被手机里的大声轰炸给震皱了眉头，立即将手机拿离耳朵。

“臭丫头，你到底有没有良心啊？你狼心狗肺啊？你知不知道我有多担心你啊？你怎么连个电话也不回？真是气死我了，急死我了……”

白雪雨吐了吐舌，说：“雅邻姐，对不起啦！下了飞机我就洗澡去了，你也知道，我第一件事就是洗澡啊，我才刚刚洗好……”

“你没骗我?”雅邻闻言立即蹙起眉头狐疑地问。

白雪雨坦诚地接口道:“没骗你!刚刚洗好,头发还在滴水呢!”

“那还不去擦头发?快去,别感冒了,天冷容易受凉,把空调也打开哦,我等下再给你打过来!”说完,不等白雪雨回话,赵雅邻直接挂断了电话。

白雪雨瞅了一眼手机,温暖地笑了笑,轻轻地一叹,这个雅邻姐,还是那个急性子,真是一点儿都没有变。

赵雅邻总是给她温暖,一种纯粹的幸福。这样的感觉,让她在脆弱中变得坚强,在黑暗中可以感受到光明,不会那么的无助,尤其是在穆遂离开的那些日子。在白雪雨的心中,赵雅邻就是她的亲姐姐。

走到落地窗前,俯览车水马龙的街道,以及来来往往的车辆,淡蓝色纱帘时不时地随风吹起,白雪雨的心中忽然升起一种奇怪的感觉。

人生如梦,转身恍如隔世,大概就是这样的感觉吧?

遂,你此刻在哪?你可知道我来了?

站在穆遂离开的城市,即便这个城市很美,她还是不由得感到难过,心口的疼痛压抑得她几乎要窒息了。过往的事情,仿佛是电影院的老电影,慢慢地浮出脑海,一段段拼凑了起来……

“雨儿,以后我们一起去北京度蜜月好不好?”

“谁要嫁给你了?少臭美了!”

“宝贝,你不嫁给我,那……我就立志当和尚算了!”

“当和尚?就你?现在啊……和尚也不是所有人想当就可以当的哦!哎,先说说为什么要在北京度蜜月?”

“只是一直想跟你去北京,说不上为什么,也许比较喜欢那个城市吧。怎么?你不喜欢吗?那我们去香格里拉,看一米阳光?”

“去哪都行，只要和你在一起。穆遂，你到底喜欢我什么啊?”

“喜欢……我喜欢你的眼睛、鼻子、嘴巴……还有……这样说吧，我其实……比较喜欢花瓶!”

“啊？好啊，穆遂，你给我站住！你竟然说我是花瓶！我什么时候那么肤浅啦？我是才貌双全的好不好？我设计的服装可是得过一等奖的好不好……”

泪，湿润了脸颊，秋风瑟瑟，白雪雨拭去脸颊上的泪水，心里那种撕裂心扉的疼痛却蔓延开来。

穆遂的笑声还在她的脑海中回响，她的泪又落了下来。

穆遂，你真是浑蛋，怎么可以丢下我独自走了呢？你怎么可以狠心地抛下我一人不管不问了呢？你为什么要让我独自面对你的离开？你可知道，我有多爱你？曾经你告诉我，要死在我的后头，不会留下我一个人孤单地生活，可是，你为什么没有做到？你知道吗？没有你的日子，我过得好辛苦，真的好辛苦！一直喜欢照镜子的我，现在竟然特别害怕镜子，因为，你曾经说过，你是我的一面镜子，你都不在了，哪里还有镜子呢？

遂，我好想你，真的好想你！我该怎么办才好？心好痛，真的好痛，为什么感觉呼吸也是痛的？

相遇在人海/聚散在重逢之外/醒来的窗台/等着月光洒下来/不要太伤怀/相信缘分依然在……

白雪雨手中的手机再一次响了起来，打断了陷入回忆之中的她。

白雪雨擦了擦脸上的泪水，接通了楚邵打来的电话：“喂。”

楚邵关切地问道：“雪雨，你已经到北京了吗？都安顿好了吗？吃饭了没有？”

不知道为什么，白雪雨感觉楚邵说的每个字，都像是千斤大石，让她感觉万分压抑。心里顿起一股烦躁，她语气生硬地说："楚邵，我很好，不用担心我，这些年来我都是自己照顾自己，过得很好。我想安静安静，先挂了。"

"雪雨，我……我只是担心你……"

楚邵低落的声音让白雪雨心生愧疚，她软下语气再次开口说道："楚邵，对不起，我知道你很关心我，可是……"

楚邵开口打断白雪雨要说下去的话，"没有关系，雪雨，你一定很累了吧？那你早点休息吧。"

"好。"挂断了电话，白雪雨感觉她整个人都虚脱了。一种前所未有的疲倦向她袭来，她倒在床上便沉沉地睡去。

电话那头的楚邵在白雪雨挂断了电话之后，脸上的笑意也瞬间凝结了起来，他点燃了一支香烟，深吸了一口。这些年来，他以为他的心脏已经可以负荷任何人的冷淡和漠视，到了坚韧不摧的地步，然而白雪雨无意间流露出的不耐烦，竟然狠狠地刺到了他的心，疼得他几乎喘不过气来。

雪雨这是怎么了？不行，他要去找她。一个念想闪过，楚邵毫不犹豫地拿起电话打到了秘书的办公室："给我订一张明日飞往北京的机票，越早越好！"

放下电话，楚邵感觉自己的心被人刺了一个很大的窟窿，没有底线大的窟窿！白雪雨的出现像是一根救命稻草，让他的生命重新点燃。若有人问他，这一生之中，最难忘的事情是什么，他一定会毫不犹豫地说，爱上了一个不爱他的女人！若是有人问他，这一生最不觉得遗憾的事情是什么，他也会毫不犹豫地说，爱上了一个不爱他的女人！那个让他活在悲伤之中，却又让他欲罢不能的女人——白雪雨。

黄秘书一边看着电视，一边哭着说道：“呜呜……真可怜，她真的好可怜哦……昊，你都不感动吗？”

司徒昊双眉紧锁，不耐烦地扫了一眼黄秘书，从沙发上站了起来，将手中的遥控器随手一扔，说：“很可怜吗？你一个大男人，都不长脑子的吗？拜托，你有点脑子好不好？那可是电视，假的！这个世界上，谁离开了谁都可以活，很好地活着，没有什么了不起的！况且，这世界上有很多更好的男人，是她自己选择了孤独终老，没有什么好痛苦的。”司徒昊说完走到落地窗前，神色黯然。

这个世界，没有谁离开了谁就不能活！就好像当年的他，被抛弃了之后，还不是活得很好？这个世界上，感情都是假的，全是假的，那些所谓的生死离别的爱情，感天动地的爱，只有电视上才会上演。

黄秘书边擦眼泪边说：“昊，你是不是没有感情细胞啊？我怎么感觉……很感人呢？那么深爱的人不在了，她是那么的悲伤，心都要碎了……为了照顾爱人的母亲，那么辛苦地坚持着，这是多么伟大的女人啊！一想到她说的那句——连呼吸也会痛，我的心都碎了——”

砰！一记洪亮的关门声，打断了黄秘书的话语。

黄秘书噌地一下跳了起来，快步冲到门前，一把打开了房门追问：“昊，你这是去哪儿？”

司徒昊不耐烦地说：“你在家里看你的电视，我出去随便逛逛，你最好别跟来，不然以后休想在我的家里这么悠闲地看电视了！”

“可是，林大要我跟着你……”黄秘书想到还没有看完的电视剧，犹豫了起来，眼巴巴地望着司徒昊走了。

从屋里走出来的司徒昊，心里一阵阵的空虚。明星之路，虽然才开始起步，可他已经开始厌烦了。他很讨厌出门被人追着喊着，更讨厌照相机的闪光灯。他讨厌照相，即使他长得非常帅气。

爱情？他不相信！

爱，是一种让人脆弱和恼怒的东西！在这个世界上，他最不需要的就是爱！

司徒昊上了电梯，到了地下车库，原想开车四处逛逛的他，看了一下自己的衣装，又折回到了屋里。

黄秘书听到门铃声开门一看，一阵惊喜，“昊，你回来了啊？”

司徒昊也不理黄秘书，径自走进了屋里，拿起了一顶黑色的帽子戴在了头上，随后又找出了一款黑色的墨镜戴上，他照了照镜子，忽然灵机一动，生出了一个主意。

黄秘书不解地问道：“昊，你这是做什么？”

司徒昊瞟了一眼黄秘书，唇角微微上扬，从衣柜里找出了一件很普通的纯白T恤，换在了身上，又拿了一把剪刀，将限量版的新款牛仔裤剪了好几个窟窿，随后使劲地在墙上磨了几下，穿在了身上，走到镜子前看了看，满意地压了压帽子，在走出换衣房的时候，顺手拿了一件休闲外套，问道：“黄秘书，北京什么地方比较好玩？”

“好玩的地方？”

司徒昊走到冰箱前，拿出一瓶罐装的果汁，对着黄秘书点了点头。

“哦，北京有很多好玩的地方啊！有故宫啊，长城啊，中华世纪坛啊，798……”

司徒昊蹙起眉头问道：“798是什么地方？”

黄秘书一阵语噎，继而说：“798啊，798我也不知道，只是听人家说过，昊，你要去哪儿？”

司徒昊忽然顿住脚步转身，看着他身后的黄秘书，说道：“算了，我自己决定好了。你就在家里好好看电视，要是林大来电话，就说我在睡觉，知道吗?”

“可是……”

司徒昊扫了黄秘书一眼，“你要是敢出卖我，以后你就不用在我身旁出现了。”

黄秘书迟疑了一下，极其为难地说：“那你可不可以早点回来?”

看着黄秘书忐忑的样子，司徒昊答了句：“知道了。”

走出了住处，司徒昊看了一眼天上高挂着的日头，心情大好。自从回国接拍了《绝境》，并由此一炮而红后，他的生活也相应地改变了。他已经很久没有如此随意地轧着马路，呼吸着自由的空气，感受被阳光温柔地照耀了。

人生向来都是如此，有得必有失，得失相依。

他得到了掌声，失去了这片安静的天空。

赵雅邻一早醒来，便拨通了白雪雨的电话，“亲爱的，起床了吗?太阳晒屁股了哦!”

“嗯，刚醒。”白雪雨声音带着睡意。

赵雅邻羡慕地说：“雪雨，我真羡慕你啊，快向我报告你今天准备去哪里玩吧，也好让我这个上班族同喜同乐。”

白雪雨想都未想，脱口说道：“去798!”

赵雅邻看了一眼闹钟，一骨碌爬了起来，一边穿着衣服一边说：“那你好好玩，回来和我说说都有些什么。呀，不早了，我先不和你说了，记住啊，有什么事情要和我联系哦!”

挂断了电话，白雪雨笑了，这就是赵雅邻，在她悲伤和孤单时，时时刻刻温暖她和在乎她的人。

静默了一会儿，白雪雨收起脸上的笑容，打开了电视，下床进了洗手间。一番梳洗后，她从洗手间里走了出来，刚巧听到电视里播放的一首忧伤的歌，也是近期网络人气排行榜上有名的一首新歌——《好像一场梦》。

忧伤的旋律以及熟悉的歌词，吸引了正准备收拾背包的白雪雨，没有谁比白雪雨更加清楚这首歌到底代表着什么！

因为，写这首歌的人就是她，那是穆遂死后，她在一个雪花纷飞的深夜里写下的。

《好像一场梦》

1＞

独白：曾经一直以为世界上最远的距离是咫尺天涯，相逢却不相识。如今，我才明白，世界上最远的距离，是我知道他死了，不会再在我的身边出现，给我一个温暖的拥抱，看着相同的太阳，从东边升起，由西边落下！

樱花开了/有落下的时候/太阳落了/有升起的时候。

爱/真的发生了/如此的一发不可收拾。

你的笑容/像花儿一样灿烂的绽放/那是我最喜欢的。

躺在你的怀中/吸吮着只属于我的温度/好想这样一直守着你。

幸福真的属于我吗/好像是一场梦。

2＞

独白：曾经以为你会一直陪着我，可是你只给我留下了一个遥远的背影。雨，淅淅沥沥地下着，我的心仿佛是那天空中的雨，一片片地飘落。

路灯亮了/有熄灭的时候/街道静了/有繁华的时候。

爱/不能继续了/叫我如何放下不再想你。

你的笑容/在视线的深处渐渐模糊/那是我真的心痛了。

眼睛慢慢红了/只能在记忆里寻找和感受/好想这样永远记着你。

幸福真的走了吗/好像一场梦。

幸福真的走了吗/好像一场梦/一场梦。

走出了宾馆，雪雨拦下一辆出租车。

“姑娘，你要去哪儿?”出租车师傅看了一眼白雪雨，问道。

“798!”白雪雨跟师傅交代了一下行程，便闭目养起神来。

出租车师傅再次看了眼白雪雨，问道：“哎，姑娘，你不是北京人吧?”

“嗯。”

出租车师傅见白雪雨没有兴趣和他说话，便无趣地打开了收音机。

大约十几分钟后，出租车师傅歉意地对着雪雨说道：“姑娘，不好意思，堵车了。”

白雪雨睁开眼，看了看窗外排列成长城似的车辆，蹙起了眉头，淡淡地说道：“没关系。”白雪雨说完又闭上了眼睛。

出租车师傅听后，又看了一眼雪雨。他开车多年，还第一次见到这样冷漠的姑娘，明明看起来这么年轻，为何全身上下都散发着一种沧桑呢?

出租车师傅沉默了许久，好意地说：“姑娘，现在是深秋，早上和晚上，天气寒冷，在北京温差大，你出门应该多穿点衣服，这样才能预防感冒。”

“谢谢，我不冷。”白雪雨淡淡地说。

出租车师傅扭转起收音机的按钮，跳过音乐台的时候，原本打算听早间新闻的他，稍作犹豫又将频道扭回音乐台。

音乐台的播音员甜甜的声音，在一首老歌结束后，说道：“好美的一首老歌，小溪都忍不住陶醉在歌声里了，下面小溪要给你们播放的是雨甜的一首新歌，这首歌可是雨甜的新作，新专辑主打歌哦！想必你们知道是什么歌了吧？很好听的一首歌——《好像一场梦》。”

这是白雪雨一天里第二次听到这首歌，闭着眼睛的白雪雨，在听到熟悉的旋律时，手心一紧，心痛了起来。

出租车师傅从后视镜中看了一眼白雪雨，“姑娘，也很喜欢这首歌吗？这歌现在很火，小姑娘都很喜欢。”

出租车师傅见白雪雨不理他，又继续自言自语道：“现在的年轻人啊，整天都是爱来爱去，其实这人啊，都有死去的一天，这是自然规律所在，缘分要是尽了，也是强求不来的事情，看开了，就好了，日子总是要过下去的嘛！你说是不是？”

出租车师傅话落又看一眼白雪雨，不禁吓了一跳，“姑娘，你怎么哭了？是因为这歌吧？我女儿也是，听这歌也忍不住难过地掉眼泪，其实这歌里写的大部分都是假的，你别当真，别哭了。”

白雪雨慢慢睁开眼睛，看向窗外，悲伤地说道：“是真的，是真的……”

出租车师傅笑了起来，说道：“你要以为是真的，那你就错了！唱这首歌的雨甜都公开说了，这首歌里的故事其实是虚构的，我女儿一开始也不相信，后来我找到那份报纸给她看，她看了才相信。”

白雪雨在出租车师傅话音落下之后，苦涩地扯了扯嘴角，喃喃说道：“一切就像是梦，一场让人心碎的梦，你知道吗？爱得太深，呼吸也会痛！”

出租车师傅看着默默落泪的白雪雨，听着白雪雨的一番话，整个人都蒙住了，一时间说不出话来，呼吸也会痛？这话怎么那么像台词啊？

“姑娘，你说的好像和真的一样，你不是演戏的吧？”出租车师傅缓缓行驶着车子，问道。

白雪雨没有答出租车师傅的问话，只是静静地看着街道上匆匆而过的人群车辆。对于别人来说，或许是故事，或许是台词，可是，对于她来说，这是生命中很重要的记忆，曾经真真实实地拥有过，如今，她和他确确实实地分开了。一道阴阳线，划出了两个世界。

窗口处，柔和的秋风吹拂着白雪雨的秀发，她洁白的面容上还挂着未干的泪珠。出租车师傅不再言语。对于他来说，白雪雨只不过是他今天遇到的一名神秘而又美丽的旅客，和他的女儿一样喜欢雨甜的那首歌——《好像一场梦》，一样的多愁善感，一样的会为歌流泪。

北京，这就是穆遂喜欢的城市吗？这就是带走穆遂的首都吗？不知道沉默了多久，出租车师傅的话语打断了白雪雨的思绪："姑娘，798到了。"

白雪雨怔怔地盯着那三个鲜艳的阿拉伯数字，紧了紧衣服，付了车费走下车。

798？这就是穆遂喜欢北京的原因之一吗？

出租车师傅收了钱，开了几米远，又倒车到白雪雨的身边，问道："哎，姑娘，那歌里写的是真的吗？"

白雪雨淡淡地看了一眼出租车师傅，点了点头，刚要离去，却被出租车师傅给再次喊住。

出租车师傅对着白雪雨说："姑娘，不好意思，冒昧地问一下，你为什么说……那首歌是真的？我是一个做父亲的，我想让我的女儿从我的口中得到的都是正确的答案，所以……"

白雪雨怔怔地盯着出租车师傅的脸，随后抬头看向那头顶上蔚蓝的天空，眼神很淡，很淡，片刻之后，幽幽地说道："她爱的那个男人叫穆遂，那首歌是她为他写的，他是在这所城市离开的。"

出租车师傅在白雪雨回答过后，忽然间明白了什么，临走前歉意地说："对不起，姑娘，祝你幸福！"

白雪雨瞅着绝尘而去的出租车，双目一片幽暗。

幸福？没有了穆遂，她还会有幸福吗？没有他，她还能幸福吗？

正在这时，一个好听的女孩声音在白雪雨的耳边响起，“姐姐，姐姐，你能帮我们照合影吗？”

白雪雨抬头看了一眼女孩以及女孩身边的男孩，点了点头，“好！”

女孩见白雪雨答应，雀跃地说：“谢谢你哦，我们是第一次来这里玩，其实我们现在是在度蜜月！”

女孩说完，将手中的相机递给白雪雨，立马拉着她的老公，走到798的牌匾下。

白雪雨拿着相机，看着笑靥如花的女孩，有些失神。她的心仿佛被针刺了一下，再次抽痛起来。穆遂曾经与她说过……

“雨儿，以后我们一起去北京度蜜月好不好？”

“谁要嫁给你了？少臭美了！”

“宝贝，你不嫁给我，那……我就立志当和尚算了！”

女孩见白雪雨失神，不由得催道：“姐姐，可以了吗？”

白雪雨敛起悲伤，向女孩淡淡地点了点头，“好了！”

女孩从白雪雨的手中接过相机，微笑地道谢：“姐姐，谢谢你！”

“没有关系。”白雪雨话毕转身向798里走，刚走出几步，又被女孩叫住。

“姐姐，等一下！”

在白雪雨回首间，女孩按了一下相机的快门，捕捉住白雪雨那瞬间的表情，女孩微笑地摇了摇手中的相机说：“哎，姐姐，你知道吗？你很美哦，这张照片我可以保留吗？”

白雪雨浅浅一笑，向女孩点了点头，柔声说道：“谢谢！”白雪雨说完回首迈步走开，隐隐约约听到身后的女孩在和她的老公在议论她。

“老公，她长得好美，刚刚要是笑起来的话，会更美！老公，你看，她很美吧？长得真好看！”

“老婆，在我的眼中，只有你才是最美的！”

“花言巧语，我才不相信你的话，哼……老公，我在你眼中真的最美吗？”

“当然是真的……”

第四章　不美好的初见

走进 798，白雪雨便被 798 里浓厚的艺术气息给深深吸引了。

这里就是穆遂喜欢的地方吗？真的很美！白雪雨从背包里拿出了穆遂给她买的桃红色照相机，一路拍了起来。

走在处处充满艺术气息的廊道里，在一处房屋的拐角处，白雪雨瞥见了一尊雕像，不由得拿起相机拍了起来。就在她按下相机快门的时候，一个不速之客闯进了她的相机。白雪雨还未反应过来，耳边便响起了一声愤怒的男子说话声。

“你这讨厌的狗仔队！”司徒昊话音还未落下，人便已气恼地冲到了白雪雨的跟前，一把抢过了雪雨手中的相机，狠狠地摔在了地上。

白雪雨整个人都愣住了，盯着地上的相机，心猛然一窒，不敢相信地眨了眨眼睛，火速地向地上的相机冲了过去，口里愤怒地骂道：“你这野蛮的男人，你到底有没有教养？你竟然敢摔我的相机？若是相机坏了，我和你拼了！”

蹲在地上的白雪雨，小心翼翼地捡起被摔破的相机，眼泪大滴大滴地掉落下来。

这一刻，她的心仿佛随着相机一同被摔在了地上，痛得无法呼吸。

这相机是穆遂给她买的，这相机里有穆遂的声音，有穆遂的笑容，有穆遂的味道……

原本愤怒的司徒昊，瞬间愣住了，当他瞟见白雪雨脸上的泪水时，他的心莫名其妙地一抽，开始发痛。原先躲避记者烦躁的心情瞬间消失了。他面色复杂地盯着蹲在地上低泣的白雪雨，颇为吃惊。他没有想到，他会因为一个陌生女人的眼泪，而忍不住难过，他的心竟然开始痛了！这样的感觉好陌生……他的心也会痛吗？原来，他的心还是会痛的！

司徒昊看了一眼被他摔烂的桃红色相机，不以为意地说："哎！你有必要哭吗？不就是一个破相机吗？有什么了不起的？你的眼泪也太不值钱了吧！"他不喜欢女人哭泣，尤其是漂亮的女人哭泣，有些女人总是用眼泪来博得男人的同情，他不喜欢。

白雪雨冷冷地瞪着让她愤怒的男人，大声吼道："破相机？你这个浑蛋！你凭什么砸我的相机？你知道这相机对我来说有多重要吗？"

面对白雪雨伤心的质问，司徒昊抿了抿嘴，心虚地说："大不了我赔钱给你，也不能全怪我，谁让你拍我？"

司徒昊话毕，又扫了几眼被他摔破的相机，暗想：看起来也不是很贵的那种相机嘛！就算是很贵……唉，不就一个相机吗？有必要哭得稀里哗啦的吗？虽然相机对于狗仔来说就是饭碗，可是，也没有必要这样大惊小怪的吧？

虽然她的跟踪拍照让他气愤，可是，一气之下摔了她的相机也是他的不对。思及此，司徒昊从口袋里掏出了钱包，拿出了一沓钞票放在白雪雨身前的地上。

司徒昊不以为意的话语和态度，彻底地触怒了白雪雨，白雪雨一把抓起地上放着的钞票，噌地一下站了起来，冲到司徒昊的面前，狠狠地摔在了司徒昊的脸上，随即冷冷一笑，“哼，拍你？你以为你是谁啊？你以为你很了不起吗？就你也配吗？这些钱……你以为金钱可以解决一切问题吗？”

司徒昊看着洒落一地的钞票，摸了摸被砸疼的脸颊，刚刚还心存歉意的他顿时被激怒了，“你这女人是神经病啊！这些钱是我赔给你的相机钱，足够你买好几个这样的相机了。”司徒昊说完转身就要走，却被白雪雨一把死死地揪住。

啪的一声，白雪雨狠狠地甩了司徒昊一记耳光。

司徒昊惊诧地瞅着白雪雨，一只手捂着脸颊，通红的双目愤怒地瞪着白雪雨，“你这个疯女人，竟然出手打我？”

白雪雨冷冷地扬了下嘴角说：“我打的就是你，你今天必须给我道歉，给我的相机道歉，否则，你休想离开！”

司徒昊冷哼一声，“你这女人不是疯了吧？给你道歉？给你的相机道歉？你以为你是谁啊？你若是再这样纠缠着我，我绝不放过你，放手！”

白雪雨紧紧地抓着司徒昊，毫不怯弱地冷声说道：“道歉！不要让我再说一次！”

司徒昊气得说不出话来，他还是第一次见到这样凶悍泼辣的女人！

只不过是个破相机……至于这样吗？就算是他砸了她的相机，那也是她的错吧？谁让她没有经过他的允许拍他了？

“你说，你是哪家报社的？你以为这样纠缠着我，你就可以出名吗？你想出名想疯了吧？疯子！”

“既然你不道歉，那行，我们一起去公安局！”白雪雨话落立马从口袋里掏出了手机，拨通了110，愤怒至极的她已经无法静下心来。

公安局。

到了公安局，不过片刻的工夫，公安局的门口便被一群记者和粉丝团团地围住了。

白雪雨气愤地静坐着，等待司徒昊给她道歉。她很少这样生气，如果他不是那么藐视她的相机，如果他诚心给她道歉，她也不会抓着他不放。

太过分了，以为有钱就可以为所欲为了吗？

“您好，白小姐，我是司徒昊先生的助理——齐涵涵。司徒先生先前以为您是狗仔，所以才会在冲动之下摔坏了您的相机，对此我代表司徒先生向您致歉，真的很对不起。我们会负责修好您的相机，并且给予您一定的精神损失费，您看……您和司徒先生之间可不可以就此和解？”

精神损失费？和解？白雪雨冷冷一笑，非常坚持地说：“他必须主动向我道歉！”

齐涵涵沉默了片刻，说道：“白小姐，在相机事件中，您出手打了司徒先生，这已经给司徒先生造成了身体和精神上的伤害……只要您愿意做出退步，司徒先生本人表示，不追究您任何的法律责任。白小姐，您看……您可不可以退一步？退一步海阔天空，您也不希望简单的事情变得复杂吧？”

白雪雨冷冷地说：“你不需要威胁我，请你转告他，我就算是坐牢，他也必须向我道歉。是人，总该知道什么是教养！”

齐涵涵见白雪雨非常坚持，十分为难地站了起来，“这……好吧，我先和司徒先生商量一下。”说完，她起身向着司徒昊走去。

司徒昊拿起被他摔破的相机，取下了相机里的存储卡，换在齐涵涵刚买回来的同一款相机里，按了一下相机的查看按钮，看起相机里的照片，最后打开了相机里唯一的一个录像文件。

相机里出现了一个帅气的小伙子，吸引了司徒昊……

“宝贝，生日快乐！第一次录像感觉好紧张哦！呵呵……宝贝，对不起，不能陪你一起过生日了，我在这里真诚地给你道歉……”

关上了相机，司徒昊了然地扬了下嘴角。

难怪会那么在乎……原来是男朋友送的生日礼物。

齐涵涵走到司徒昊的身边，问道：“昊，白小姐表示，需要您主动向她道歉，您看，我们——”

齐涵涵的话还未说完，司徒昊起身打断了齐涵涵的话，说：“这件事情，我自己解决。”

这个女人的脾气真不是一般的倔啊！还特别的固执，再闹下去，对他也没有什么好处，况且，的确是他误会了她，而他也没有想要追究她出手打他的事情。摸了摸脸颊，司徒昊的思绪一片凌乱。

他的心，仿佛潜意识地要求他，不要让那个打他的女人伤心。心头生起的这个念头，让司徒昊倍感惊讶。先前他很是气愤，可是，想到她会让他有了心痛的感觉，气便也消了不少。

既然是人家男朋友送的生日礼物，又在相机里说出求婚……

算了，他是个男人，还是他退一步吧！

虽然他没有退步的习惯。

司徒昊走到白雪雨的面前，深深地看了一眼白雪雨，说道：“原来那相机是你男朋友送给你的生日礼物啊，我无意摔坏了它，向你道歉，很真诚地道歉！这款相机和你先前的那款是同款，虽然不是你男朋友买的那个，不过，相机里原先的内存卡已经装在里面了，若是没有事情，我先走了。”

“站住！这个相机你拿回去，你把我的相机还给我！”白雪雨冷声说完，便毫不犹豫地取出了相机里的内存卡。

司徒昊蹙起了眉头，转身盯着白雪雨冰冷的脸，有些窝火。这女人就是为了让他说句对不起，非得闹出这么一出吗？他对着身边的齐涵涵说：“将她的相机还给她。”然后望着白雪雨说：“你还有什么事情吗？”

白雪雨看也不看司徒昊一眼，冰冷地接话道：“没有了，你可以走了。”

本要转身离开的司徒昊，因为白雪雨冷漠的态度，心里一阵憋闷，他掉头走到白雪雨的面前说：“你是叫白雪雨吧？你出手打了我，难道不应该向我道歉吗？”

白雪雨抬起双目，面无表情地对上司徒昊的眸子，平静地说：“我打你，是让你明白，即使你再有钱，即使你再有地位，你也没有权利用金钱来侮辱人！对此，我没有什么好道歉的，若是你觉得因此受到了伤害，你可以起诉我！”

“你……”

司徒昊半天没有说出话来，他在相机这件事情上，总算明白了一件事情，那就是——女人真的得罪不起，倔强的女人更是惹不起。这种女人的思维完全短路，毫不讲理！满腔郁闷的司徒昊，走到门口时被一个男人撞得一个踉跄，正想发火，撞了他的男人抢先开口，儒雅地跟他道歉：“先生，对不起！”说完，迈步向里面走。

“雪雨！”

白雪雨闻声抬头看向走近她的人，有些不可置信地眨了眨眼睛，诧异地问：“楚邵，你怎么来了？”

“刚到北京，听雅邻说你出了事，就赶过来了。你的脸色怎么这样差，是不是哪里不舒服？”

白雪雨摇了摇头，“没有。”

“事情已经解决了吗？”

白雪雨点了点头。

“我们走吧？”楚邵说话间将他身上的外套脱了下来，披在白雪雨的身上。

白雪雨盯着手里的相机，难过地说：“楚邵，相机坏了，都是我不好，没有好好保管它。”

楚邵来北京的时候，赵雅邻已经告诉了他关于相机的事情，所以，他很清楚这款相机对于白雪雨来说是多么的重要。

楚邵接过白雪雨的相机，安慰道：“这是个意外，他不会怪你的。”

司徒昊冷眼看着，面色一片阴暗，迈步离去。这个奇怪的女人，前一刻还为了相机对他凶神恶煞的，转眼间就在另外一个男人面前做出一副楚楚可怜的模样，这叫什么事？真让他恼火！

在保镖的护佑下，司徒昊和他的助理齐涵涵一同上了车，离开了公安局。坐在车里，他的脑海里全是白雪雨的面容，越想心情越是烦躁。

她到底是谁？为什么见到她掉眼泪时，他的心会痛？为什么见到她和别的男人在一起，他会生气？这太奇怪了，太匪夷所思了！到底是为什么？

白雪雨？她叫白雪雨？

难道他对她一见钟情了吗？这怎么可能？可是，为什么他看到她掉眼泪会心疼？看到她跟另外一个男人很亲近时会这么嫉妒呢？

司徒昊沉默了许久，忽然抬目看向齐涵涵说：“给我查查那个女人，还有那个男人，三天之内，我要拿到他们的详细资料！”

齐涵涵迟疑了一下，应了下来：“是。”齐涵涵的话音刚落，她的手机便响了起来，她看了看手机，对司徒昊说：“昊，是总监的电话……”

司徒昊听是林易打来的电话，眉头皱了起来，刚接过电话，就听到电话那头的林易发起飙来。

“你到底在搞什么啊？不是让你在家老实地待着吗？你怎么出去了？你到底知不知道你现在又成了《实时星息》的头条？说什么当红男星摔了别人的相机，对一个女人大打出手进了公安局，你……你能不能给我消停点？你能不能让我不用那么累……”

司徒昊看了一眼手机，将手机丢在了座位上。

从林易激昂的语气中，他知道这个电话会很长；还有，电话即使不在手里拿着，也不会影响到接听效果。

电话那头时不时地传出林易激动的声音，就是最好的证明。

“你说，你被人家打了，为什么不请律师？怎么就这样放她走了？你可知道，你这样做不是在做善事。报纸上是怎么说的，你知不知道？你……你看看特报的头条！喂，你到底在不在听我说话啊……喂……”

司徒昊不耐烦地捡起座位上的手机，“喂，喂……这里信号不好，先挂了哦！”林易还未来得及说话，手机的通话已经被司徒昊给掐断了。司徒昊用最快的速度拆下了手机电池，并将手机和电池递还给了愣愣地望着他的齐涵涵。

他很烦报纸，很讨厌那些奇奇怪怪的报道，厌烦那些胡编乱造的报纸！

那些无处不在的狗仔队，让他感到厌烦，想要有自己的隐私，私人空间，就得像小偷一样生活着，躲躲藏藏……

今天发生的误会，全是因为那该死的闪光灯……

这种生活越来越让他反感了。早知道当明星让他如此心烦，当初真不该步入这个圈子……不过，想到某个人或许会在这个世上的某个角落默默地注视着他——被无情地抛弃却仍然能光鲜亮丽的他，他就舍不得放下。这是他喜欢的事，在见到那个人之前，他不会放弃的！

除非，他有更好的理由，能够说服他离开的理由。

如果，真的遇到了那样的理由，他会离开。

看着车窗外快速向后移动的建筑物，司徒昊的脑海中，再次浮现白雪雨那张冰冷的面孔。闭上双目的他，心里起了涟漪，不自觉地蹙起了眉头。

她到底是谁？为什么她让他有心痛的感觉？

他到底有多久不曾有过这样的感觉了？

竟然还会有人能让他疼痛？还是一个陌生的女人？是不是错觉？若是错觉的话，这种要窒息了一般的心痛该怎么解释？

司徒昊紧闭着双眼，冰冷英俊的面容在阳光的照射下，显得更加冰冷。他就像是一座冰山，全身上下都冒着寒气，让人难以接近。

齐涵涵望着一脸冰冷的司徒昊，一阵心疼。她跟随他这么久，她很清楚，司徒昊只要露出这种表情，最好不要去招惹。这个时候的他，才是真实的他。冰冷，无情，全身上下散发着冷漠。当他收起习惯性的灿烂笑容，他就是一个冷到骨子里的男人！

那个平日里璀璨耀眼的司徒昊，笑容像阳光一样温暖的他，不过是他伪装出来的。只要用心地去感受、观察，就不难发现，他的笑容是没有温度的。

司徒昊是一个没有多少爱的男人，他的冷漠，尤其对女人的冷漠，好像是天生的一般。

司徒昊的花边绯闻不少，那些女人个个都很漂亮，可是却没有一个女人可以走进他的心。

他不只是冷漠，还是个吝啬的男人，无论对谁，他都不愿意敞开他的心扉。

齐涵涵收回看向司徒昊的眼光，半眯着眼睛，暗思起来。

那个漂亮的女人是谁？今天的事情，只是偶然吧？

以她多年的经验来推断，她不是为了成名而不择手段的女人。她看着司徒昊的眼神是那么的冰冷、淡漠……她敢肯定，那个女人对司徒昊不感兴趣！想到这里，齐涵涵又扫了一眼闭目养神的司徒昊，她的心毫无预兆地漏跳了半拍，难道……司徒昊对她感兴趣？

“停车！”司徒昊突然喊道。

“停车？现在……在这里停车吗？”司机诧异地问。

司徒昊冷冷地说：“我再说一次，停车！”

司机为难地看了眼齐涵涵，见齐涵涵向他点了点头，便停下了车。

“都下车！”

齐涵涵和司机对视了一眼，不明所以地下了车，还没有反应过来怎么回事，司徒昊已坐在了驾驶位上启动了车子，以飞一般的速度，消失在茫茫的车海中。

他是在生气吗？望着那辆远去的车，齐涵涵的眼神一片幽暗。

电话……想起要打电话的齐涵涵不禁一愣，她的包包和手机都在车里。

司机错愕地望着前面，满头的雾水，“齐助理，我们现在该怎么办？他不是……把我们丢在这里了吧？”

齐涵涵回神看向司机，“先不说这个了，借你的手机给我打个电话。”

“我的手机在车上。”

齐涵涵无奈地问：“你身上有钱吗？”

“有。不过，这里不好打车。”

齐涵涵郁闷地环视了眼高架桥下的车群，说：“我们先走下去吧！”

“阿昊，他这是要去哪里?”

齐涵涵冷声说:“你都不知道，我怎么会知道?”

“哦!”司机听完齐涵涵的话，一阵语噎，闷闷地看了眼齐涵涵阴沉的脸，暗想:女人变脸真是比翻书还快!

公安局的大门外。

楚邵和白雪雨从公安局里走了出来，一边将相机装进包包，一边问:“楚邵，你怎么会来北京?”

“我……”楚邵很想说他是为了她才来的，可是话到了嘴边又变了，“因为公事，刚好忙完，就接到了雅邻的电话，这才知道你出了事情。”

白雪雨淡淡一笑，“谢谢你过来看我。”

楚邵接过白雪雨的背包，一脸的温柔，“跟我就别这么见外了。雪雨，你在这里等我，我去把车开过来。”

白雪雨诧异地看着楚邵，“你开车来的?”

楚邵微微一笑，挑了下眉头，“忘记告诉你了，其实我在这里有套房子，车也是以前读书时买的。等我一下，我一会儿就来。”

司徒昊盯着远处的白雪雨，脸色一片阴沉。没错，就是这种感觉，她给他的就是这种感觉！以为或许是错觉，现在得到了更进一步的确定。他的心的确有为她发疼！他忽然启动跑车，猛然提速后紧接着又是一个急刹车，跑车冲到白雪雨的身前，猛地停了下来。

白雪雨听到急刹车的声音，扭头看向停在她身后不到三十厘米的跑车，吓了一跳，从震惊中回过神的她正想要开口斥责，不承想话还没有说出口，人已经被下车的司徒昊强行塞进了车里，想要下车，车门已被司徒昊锁了起来。

白雪雨被这突发的状况惊得花容失色，她一边拍着窗户一边说：“哎，你疯了吗？你到底想干什么？放我下车！”

司徒昊冷着脸发动了车子，飞速地驶入马路上的车流中。司徒昊一边开车一边对着白雪雨说：“扣好安全带，我不会对你怎么样。”

白雪雨气急败坏地说：“你这人有病啊？我再说一次，快放我下车！楚邵找不到我他会着急的！你这个浑蛋，你到底懂不懂什么叫礼貌？你听到我说话了吗？你……你简直……你……”

司徒昊冷瞟了一眼白雪雨，问：“他着急，你很心疼吗？你跟那个男人是什么关系？”

白雪雨很不客气地回道：“那是我的事情，和你没有什么关系吧？你知不知道，你这样的行为我可以告你绑架！我叫你放我下车，你到底有没有听到？浑蛋！”

司徒昊随手拿起司机的手机丢给了白雪雨，冷声说道：“是和我没有关系。你又想报警吗？看来你很喜欢用法律来解决事情，给，你拿它报警吧！”

白雪雨瞪着一张臭脸的司徒昊，毫不犹豫地抓起手机按号码，可是，号码还没有按全，手里的手机被司徒昊抢先一把夺了回去，司徒昊二话不说，将抢回去的手机从车窗扔了出去。

白雪雨望着手机画了一道弧度，消失在窗外，气得全身发抖，“你真是疯子！你说吧，到底要做什么？”

白雪雨看着司徒昊越看越生气，索性转头看向窗外。

司徒昊半带讥讽地接话道：“你以为我要做什么？和你上床？还是把你卖了？”

白雪雨扭头，十分震惊地瞪着司徒昊，一时间被噎得说不出话来，她像是看着怪物一般瞪着司徒昊，“你……你简直就是个流氓！”

司徒昊闻言不怒反笑地说：“流氓？能够当流氓也不错！不过我

不是流氓，你也最好别把我当成流氓，流氓很好色，你长得这样好看，若是流氓见到，怎么会放过呢？难道……你希望我是流氓？”

白雪雨再也忍不下了，伸手去夺方向盘，“司徒昊你个浑蛋，停车，停车！”

司徒昊冷声问道：“疯女人，你是想我们一起出车祸，全都死掉吗？”白雪雨听到“车祸”二字，瞬间愣住了，脸色一片惨白。穆遂是死于车祸的，每当白雪雨听到车祸二字，她的心便狠狠地抽搐，好像被刀绞了一般。

白雪雨收回抓着方向盘的双手，扭开了头不再看司徒昊，不再和司徒昊说话。

司徒昊见白雪雨面色瞬间变得惨白，双眸漆黑一片，愤怒的情绪也随着消散了。在这一刻，司徒昊终于承认了一件事情，坐在他旁边的这个女人让他的心痛了。这不是错觉，绝对不是错觉！司徒昊不由得扯起嘴角，笑起来，他还会感到痛？他竟然还会感觉痛。

司徒昊伸手要给白雪雨扣上安全带，却被白雪雨冷冷地挡开了。司徒昊看着冷冰冰的白雪雨自己扣好了安全带，他似笑非笑地挑了挑眉头，猛然加速，车速瞬间上升，跑了片刻又突然来了个急刹车，惊得白雪雨面色霎时苍白如纸。

瞟见白雪雨慌乱的目光再次落在自己的身上后，司徒昊不以为意地问：“怎么？你怕出车祸？你怕死啊？”

白雪雨紧握的拳头不停地颤抖着，忍不住地瞪着司徒昊怒斥道：“你真是个残忍的人，你是个十足的浑蛋！”

司徒昊微微一愣，涩涩地笑了，“谢谢！”

他是故意惹她生气，因为看着这个女人生气，他的心就会痛！这样的疼痛让他觉得生活非常真实，让他觉得他还是活着的，痛并快乐着。虽然这样的行为很变态，他还是这样做了。

然而，当他看到白雪雨眼眶里溢出的眼泪从脸颊滑落时，他开始后悔了，他想伸手去擦白雪雨脸颊上的泪水，还是忍住了。他这是怎么了？到底是怎么了？一阵无明火，让他按捺不住一拳狠狠地擂在方向盘上。

砰的一声，拳头撞击在方向盘上发出的声音，吓了白雪雨一跳。看到司徒昊的手开始流血，白雪雨的心微微一颤。这个司徒昊是个自虐狂吗？他不会是神经病吧？瞟见司徒昊在看着她，她不由得收回了看向司徒昊的目光，冷漠地闭上眼睛。

司徒昊不爽白雪雨冷淡的态度，说："不要用你那冰冷的眼光看着我。还有，擦干你的眼泪，你这样冷漠的女人掉眼泪有点滑稽！"司徒昊话音一落，就后悔了，他不是这样刻薄的男人，可是他竟然忍不住对她说出刻薄的话来。

他生气，生自己的气，生气为什么他的情绪受到这个陌生女人的影响，生气为什么对她的冷漠会那么在意，更生气的是，他竟然希望这个女人关心他，哪怕是看他一眼。

他是不是疯了？

白雪雨压下心中的怒火，用手背狠狠地擦去她脸上挂着的泪水，偏头看向窗外，她决定用沉默来和这个男人抗争！

司徒昊见坐在他身边的女人不再说话，他也沉默了下来。漫无目的地开着跑车，在车流里穿行。他突然希望可以这样一直开下去，身边的这个女人可以一直坐在他的身边。

随着时间的流逝，一直坐在车中保持沉默的白雪雨，终于捺不住性子对着司徒昊冷声质问："你到底要干什么？你到底有完没完？你疯够了没有？"

司徒昊嘴角上扬，粲然一笑，"你终于说话了，我还以为你永远也不会和我说话了呢！"

“如果可以，我希望这一辈子都不要再见到你！”白雪雨愤愤地说。

司徒昊看着被他彻底激怒的白雪雨，抽了抽嘴角，露出一抹玩味的笑容，只是瞬间，他便猛然一个急刹车，停下车的同时，打开了车门，一脸认真地对着白雪雨说道：“你想让我消失对不对？你下车，我会在你面前消失！”

白雪雨脸上的表情微微一愣，只是犹豫了片刻，就迅速地下了车，她不想再和这个男人有任何的牵扯。

司徒昊望着逃离般下车的白雪雨，挑起嘴角，目光中看不出半分玩笑，他对着下了车的白雪雨大声说：“白雪雨，如果这是你希望的，我会让你看到我是怎么消失的，明天新闻上就会报道司徒昊死于车祸。”

在司徒昊话音刚落的那一刻，白雪雨扭头看向车里的司徒昊，她的心仿佛停止了跳动。

看着司徒昊开始发动车的举动，白雪雨心里一窒，她知道他真的很有可能会那么做！她要不要阻止他？在白雪雨犹豫的瞬间，司徒昊的车加速向着路边的房子上撞去。

在车即将撞上房子的时候，白雪雨双手捂住眼睛大叫了起来：“不要！”

她仿佛看到了穆遂躺在血泊之中挣扎的样子！眼泪终于忍不住掉了下来，整个人瘫坐在地上。

司徒昊在即将撞上房子的那刻，闻得白雪雨的声音，刹住了车子。其实他也只是在赌，赌这个白雪雨是个善良的女人。

他的心仿佛早就料定了这个冷漠的女人会阻止他。他下了车看着瘫坐在地上的雪雨，得意地扬起了嘴巴。

司徒昊蹲在了白雪雨的身边，笑问：“你这眼泪是为我流的吗？

放心，我不会那么容易死掉，看来你也不是很想让我消失啊。怎么？你喜欢上我了吗？”

白雪雨从地上爬了起来，全身都在发抖，说不出是心痛还是生气。

司徒昊对着起身的白雪雨若无其事地问：“哎，刚刚这个游戏好玩吗？”

啪的一声，司徒昊的脸颊上出现了一个五指印。

白雪雨紧握着拳头，对着司徒昊大声吼道：“这个世界上怎么会有你这样的人？怎么会有你这样恶劣的人？你可知道，人的生命是多么的脆弱？又是多么的宝贵？你怎么可以拿生命来开玩笑？”

司徒昊有那么一刻的失神，愣愣地捂着脸颊看着白雪雨，说不出话来。他没有想到这个冷漠不可一世的女人会发这样大的脾气，他是不是真的太过分了？

白雪雨愤怒地吼完，转身就走。她要离开，一刻也不愿意停留。

司徒昊快步上前，一把拽住白雪雨，“你去哪？这里是郊区，上车吧！”

白雪雨鄙弃地扫了一眼司徒昊，不带任何感情地说：“你放手，不要用你那肮脏的手碰我！从这一刻开始，你要死也好，要活也好，你要玩你的自杀游戏也好，你尽管去玩。你和我本来就没有任何的关系，对于你这样恶劣的人，对于你这种不懂珍惜生命的人来说，死去或许更好！”

司徒昊冷冷地放开抓着雪雨的手腕，“你想看我再一次在你的面前自杀吗？”

白雪雨冷冷一笑，像看着垃圾一样的眼神瞅着司徒昊，冷酷地说：“随便！你不是我爱的人，你也不是我的朋友，你的死活对我来说没有任何的意义，你以为你死了，我会为你难过吗？司徒昊，你真是幼稚！方才我掉眼泪，只是一个正常人的反应，但凡有良心的人都会有这样的反应！怎么，你以为我会喜欢上你？你以为你是什么？是演艺圈的大明星？是我的爱人吗？呵呵！你真是可怜，一点都搞不清楚状况，你对我来说就好比那垃圾。知道垃圾的命运是什么吗？就是注定要被扔掉！”

白雪雨的话彻底刺痛了司徒昊，火红的双目冷冷地瞪着白雪雨，他一字一板地问：“你竟然说我注定要被扔掉？”

“不错，像你这样只会发神经的男人，注定了要被人扔掉，被人厌恶，被人遗弃！没有人会喜欢你，更没有人会爱你的！”

司徒昊扬起了手掌便想打向白雪雨冷漠的脸，手在半空却硬生生地停了下来。

白雪雨冷眼看着扬在半空的手掌，讽刺道：“怎么，说痛你了？想打人吗？你心里觉得痛吗？真没想到，像你这样的人竟然也会心痛……”

司徒昊怒极反笑，问：“心痛？像我这样的人竟然也会心痛？呵呵！这么多年来，我竟然会在遇到你这样一个冷漠的陌生女人时感到心痛，我也觉得很奇怪，你告诉我为什么，为什么见到你我会有心痛的感觉？”

白雪雨从牙缝里挤出两个字：“疯子！”

司徒昊一把拽着想要离开的白雪雨，冷冷地说：“你说得没有错，我就是疯子，我就是个恶劣的男人，我就是天生注定要被人扔掉，被人厌弃的男人！没有人会喜欢，没有人会爱，甚至死掉更好，可是……真是可惜啊，像我这样的男人，早该死掉一万次的男人，竟然还能好端端地活着，并且站在你的面前。”

啪！又是一声甩耳光的声音，白雪雨再一次失控地抽了司徒昊一个耳光。

司徒昊一把攥住白雪雨的手腕，“你这个女人，竟然敢屡次打我的脸？怎么？你还打上瘾了吗？我看你是活腻了，看来不给你点教训，你根本就不知道男人的脸是不能随便打的！”

司徒昊的话音一落，抓着白雪雨手腕的手，猛然一扭。白雪雨还未回神，便被司徒昊毫不温柔地吻住。

白雪雨一阵惊诧，挣扎不开的她不停地向着司徒昊挥着拳头。

白雪雨越是挣扎，司徒昊吻得越深。开始司徒昊只是惩罚性地吻，不承想越是吻越是欲罢不能。直到白雪雨彻底失去力气，几乎要窒息才恋恋不舍地松开了白雪雨。

司徒昊盯着白雪雨含着恨意的眼睛，眯眼问道：“怎么，难道是这个吻不够让你记忆深刻？让你失望了吗？”

白雪雨握着颤抖的拳头，第一次感觉到什么叫屈辱，眼泪仿佛是决堤的大海，流淌下来。

司徒昊看着白雪雨威胁道：“怎么，你还想打我？还是你想我再吻你？上车，若是你是真心不想让我吻你，就老老实实地上车，你该知道，我就是个品行恶劣的男人，什么都敢做！”

在司徒昊的威胁下，白雪雨僵持了片刻，败下了阵，上了车。面对这样不按照一般人思维行事的男人，也许顺从才是最明智的，虽然她现在很想离开这个羞辱她的男人。

司徒昊见白雪雨乖乖地上了车，也跟着上了车。看着车内的白雪雨不停地擦着嘴唇，红艳的嘴唇都快擦破了皮，他终于忍不住地冷声说：“你的嘴唇上已经有了我的味道，你擦不掉了！若是你不想激怒我，你最好别做出让我生气的事情，吃过午饭，我便送你回去。”

司徒昊话毕，打开了车里的收音机，扭到了音乐台，车厢里瞬间被美妙的音乐包围。白雪雨无奈地闭上双目，睫毛轻颤着。

在一家司徒昊经常光顾的西餐厅门前，司徒昊将车停了下来，

“下车吧!”

白雪雨仿佛行尸走肉般下了车，面上没有丝毫的表情。

“走吧，你一定饿了。”司徒昊一脸平静地对着白雪雨说，说话间伸手去挽白雪雨的胳膊，不承想刚碰到白雪雨的衣服，便被白雪雨冷冷地甩开，仿佛是躲开瘟疫和病毒一般。

“拿开你的脏手，别碰我!”

司徒昊看了一眼迎宾，放低了声音说:“你要是聪明，最好别在人多的地方和我闹，你该知道后果。”

面对司徒昊威胁的话语，白雪雨除了瞪大了愤怒的眼睛，仇视着司徒昊，她几乎没有任何可以对付司徒昊的办法。她知道司徒昊是那种什么都做得出的大变态。

走进了西餐厅，白雪雨感觉有很多的眼光在盯着她，这种仿佛被放在聚光灯下的感觉让她非常的不习惯。两人由着服务员领着走进了包间。

啪的一声，司徒昊将菜单抛到白雪雨的面前，“想吃什么?这里的牛排还不错。”

白雪雨看了一眼司徒昊，瞟都没有瞟菜单，生硬地说:“你要吃什么就快点吃，我不饿。”

司徒昊沉脸瞪视着白雪雨，片刻，向服务员投出灿烂的笑容，说道:“把这里最好吃的菜每样给我来一份!”

“是，请二位稍等。”

服务员的离去，房间里瞬间安静了下来。

“怎么?你是在担心那个男人找不到你会着急吗?”

“楚邵?”经司徒昊这么一提醒，白雪雨忽然想起楚邵，脸上立刻现出担忧的神色。正想起身，不承想被不知何时绕到她身边的司徒昊给吓了一跳。

“你有病啊?”

司徒昊皱了皱眉头，低头在白雪雨的耳边，挑衅地说：“你的台词就这么点儿吗？有没有更有创意点的？老是这么几句，我都听烦了。”

“你……”

“给！给他打个电话吧，他兴许正在走街串巷地急着找你。”

白雪雨拿起了手机，正要按键，手指却在键盘上停住了。

打电话吗？她连赵雅邻的手机号码都不记得，更何况是楚邵的手机号码呢。看来，她真的很失败。白雪雨自嘲地笑了笑，将手机重新放在了桌子上。

“你不会是不记得他的手机号码吧？还是担心他知道你和我在一起会伤心?”司徒昊目光流转，狐疑地揣测道。

白雪雨被问得有些羞恼，“是啊，记不得了，那又怎么样？和你有关系吗?”

司徒昊唇角瞬间上挑，他的心情突然大好。看来那个男人不是她的爱人，谁会连自己爱人的手机号码也不记得呢?

司徒昊望着摆满饭菜的桌子，有些愉悦地说：“不知道你喜欢吃什么，我都点了。这么多……应该有你喜欢吃的吧?”说完自己拿起了刀叉，“吃吧，别和自己的肚子过不去。”

白雪雨咬了咬嘴唇，冷扫了一眼桌子上的饭菜，有些噎气。她第一次仔细地审视着对面的司徒昊。一头黄发，乌黑的大眼睛，直挺的鼻梁，棱角分明的俊脸，健硕协调的体形，这个男人真的是电视上的那个大明星吗？他到底是个什么样的男人？一点儿正常的事情都做不出来吗？怎么如此的阴晴不定，说变脸就变脸?

司徒昊感觉到白雪雨在看他，抬目迎上白雪雨的目光说：“你别这样直勾勾地看着我。我会觉得你对我有意思。难道说，那个吻让你心动了？”司徒昊见白雪雨不理他，继续说：“我的吻技是不是很好？那个叫楚邵的男人，没有吻过你吧？”

“你……”

“你又生气啦？女人最好别老是生气，很容易老的。还有，这一桌子吃的，你要是饿了尽管吃好了，别想着把我吃到肚子里，我不是美食。”司徒昊慢条斯理地吃着说着，完全无视白雪雨握着碗正发抖的手，他笃定白雪雨不会用碗砸他。

“我没有时间和你玩游戏！”白雪雨说完起身就走。

人刚到门口，司徒昊的声音又一次响起：“怎么？你要走了吗？是去见送你相机的那个男人吗？”

“闭嘴！像你这样只会让人厌恶的人，像你这样没有教养的人，根本就不配提他！”

“为什么不配？难道他是被供起来的神仙吗？难道他死了？怎么？真的死了？死了好，早死早投胎啊！”司徒昊面无表情地说。

白雪雨一阵屏气，一步一步走到司徒昊的面前，扬起手掌想要打司徒昊，可是被司徒昊一把给抓住。

司徒昊擦了擦嘴角，慢慢地站了起来，一把甩开白雪雨的手腕，冷冷地说：“你这个莫名其妙的女人，你以为你是我什么人？打人很上瘾？简直是不自量力。”

白雪雨感觉她要被司徒昊气疯了，大吼道：“你滚，你给我滚！”

司徒昊阴下脸，“你以为我想留下来吗？服务员，埋单，找她！”司徒昊说完夺门离开，丢下了白雪雨独自一人在包间里。接着，服务员走了进来。

“凭什么是我埋单？我一点儿也没有吃，饭菜是你点的，司徒昊你这个浑蛋你给我站住！”站在门口的白雪雨，对着司徒昊的背影大喊。

司徒昊吹了一个口哨，就这样抛下了身无分文的白雪雨，扬长而去。

白雪雨想追，却被服务员给拦了下来，眼睁睁地看着司徒昊离去。她真的不敢相信，这个司徒昊竟然可以如此无耻地丢下她走了。他是故意的，司徒昊绝对是故意的！他就是想让她难堪，他就是在整她！

服务员在白雪雨的身边提醒道："小姐，请付款，你们的饭钱总共是七千……"

白雪雨一语打断了服务员的话："哎，是他点的，是他吃的，凭什么要我付账啊？你们凭什么只拦下我？我又不是他什么人，凭什么让我给他埋单啊？你们让开！"

"小姐，请你付账，若是你执意不肯付账，我们将会用法律维护我们的权益。"

僵持了良久，白雪雨总算领悟了，什么叫倒霉，看着挡着她去路的服务员问："有没有手机？我要打个电话。"她可不想因为吃霸王餐进派出所。白雪雨将电话打到了赵雅邻的家里，问到了赵雅邻的手机号码后，她拨通了赵雅邻的手机："喂，雅邻姐吗？"

赵雅邻一听是白雪雨的声音，开口嗔骂道："臭丫头是你吗？你死去哪了？楚邵先前给我打电话说你不见了，你知不知道我刚刚多难过，我以为你又走了……你现在在哪啊？"

白雪雨一听赵雅邻的声音，眼泪便止不住了，拿着手机哭着说："雅邻姐，我……我身上没有钱，现在在一家西餐厅……"

赵雅邻听完白雪雨的一番叙说，又气又恼又急："什么？浑蛋，这个世界上竟然有这样的浑蛋！"

白雪雨委屈地接话道："雅邻姐，我不记得楚邵的手机号码。"

赵雅邻定了定神，对着白雪雨宽慰道：“雪雨，你先别着急，我这就给楚邵打电话，让他去接你。”

白雪雨挂上了电话，等待着楚邵的到来。

白雪雨回到摆满饭菜的桌子前，坐了下来，做了个深呼吸，然后吃了起来。既然是她来付钱，不吃白不吃，吃不完的，她决定打包。这么贵的午饭，她还是第一次吃，一定不能浪费。

楚邵接到赵雅邻的电话后，悬着的心放了下来，他开着车，向着白雪雨在的西餐厅赶。

若说司徒昊的名字已经刻在了白雪雨的脑中，那么司徒昊这个名字更是刻在了楚邵的心头。想到在公安局里，司徒昊那回头间带着邪气的眼睛，他的心就开始紧张。

若是可以，他希望将白雪雨装进他的口袋，让天下人都看不到白雪雨的美。那个司徒昊为什么会这样对待白雪雨？楚邵想不明白，也不想去想。

楚邵风风火火地赶到白雪雨跟前的时候，白雪雨已经疲累地坐在椅子上睡着了。

站在门口处的楚邵轻步走到白雪雨的身边，看着熟睡中的白雪雨，心生爱怜。

他快速地解开了身上的西装，轻轻地盖在了雪雨的身上，转身出门付账去了。其实能够为白雪雨付账，能够这样近距离地接近她，他的心就感觉很幸福了。楚邵在心里自嘲，他一定是疯了。

白雪雨醒来的时候已近六点了。她淡淡地扫了一眼身上的衣服，心里一片温暖。她不抬头都知道，是楚邵来了，这衣服一定是楚邵给她披上的。现在这个世界上除了赵雅邻和楚邵，还会有谁在她睡着的时候给她盖上衣服呢？更何况这是在北京。

白雪雨抬目看向对面拿着报纸的楚邵，淡淡一笑，带着睡意的眼睛看了看窗外，问道：“你来了？我是不是睡了很久？”

楚邵优雅地放下手中的报纸，倒了一杯热水，递到了白雪雨的面前，温柔地说：“不是很久，看你睡得那么香，舍不得吵醒你。”

白雪雨接过楚邵的水杯的同时将身上的衣服递到了楚邵的手上，“谢谢，你一定等得着急了吧？”

楚邵露出温和的笑容，“不着急，可以一边看着报纸，一边陪着你，感觉很好。”

楚邵走到白雪雨的身边，将白雪雨递还给他的西服重新为白雪雨披上，轻蹙眉头，带着宠溺的语气道：“已经深秋了，披着吧，免得着凉。”

白雪雨看着已经清理干净的桌子，用手轻轻地揉了揉眉头，问：“你什么时候来的？吃饭了吗？”

楚邵温柔地接话道：“午饭吃了，晚饭还没有，在等你醒来后一起吃，晚餐想吃什么？”

“随便吧，我都不饿。”白雪雨话落，见楚邵幽暗的双眸盯着她一眨不眨，诧异地皱起眉头，“你为什么这样看着我？”

楚邵握住白雪雨的手，一脸认真地说：“雪雨，答应我，以后不要突然消失不见，好不好？你知道吗？我今天都要急疯了。”

“楚邵，对不起，今天一定吓到你了吧？我真的不是有心的，对不起！”白雪雨自责地说。

“你是该和我说句对不起的，雪雨，你怎么可以记不起我的手机号码呢？你知道当雅邻告诉我你不记得我的手机号码时，我心里有多么难过吗？”

“楚邵，对不起，其实……其实雅邻姐的手机号码我也记不住的，我不喜欢记号码，何况我已经很久没有用手机了……”

楚邵不确定地问：“你的解释，我可以理解为你还是在乎我的，是不是？”

白雪雨挣开楚邵握着的手，答非所问：“楚邵……天黑了，晚饭你想吃什么？”

楚邵收起心里的失落感，笑道：“雪雨，你这是在转移话题敷衍我。不过……想到雅邻的号码你也没有记住，我的心理平衡多了。雪雨，你说雅邻要是知道你连她的号码都记不住……猜猜她会怎么样？”

白雪雨微皱眉头说：“还能怎么样？她首先会撅嘴，然后会噼里啪啦地骂我。她会说：‘臭丫头，你到底有没有良心啊？你就是一只喂不熟的白眼狼。’再接下来会说：‘臭丫头，你给我记好了，以后要是敢忘记你雅邻姐的手机号码，你雅邻姐我决不饶你……’”

楚邵看着白雪雨扮起赵雅邻，有模有样，不由得开口朗声笑了起来。楚邵觉得他的确是疯了，疯狂地迷恋白雪雨，她的一举一动，她的一颦一笑，他都想藏在脑海里，舍不得错过。

楚邵走到了白雪雨的跟前，情不自禁地将白雪雨拥进怀中，“雪雨，能够在茫茫人海中遇到你，是我这一生中，最开心的事情。”

楚邵突然的拥抱，让站在窗前的白雪雨整个身子忍不住微微一颤。沉默了片刻，白雪雨淡淡地说：“楚邵，北京的夜，竟然也可以如此的宁静。”

楚邵知道白雪雨一定在想着穆遂，环抱着白雪雨的手臂，不禁紧上了几分，“雪雨，穆遂他一定走得很安详，很平静……为了他，你也该过得幸福，让自己幸福起来，好吗？”

白雪雨轻轻地拿开楚邵环在她腰间的双手，黑瞳幽深而悲伤，“楚邵，幸福对我来说太遥远了。自从穆遂离开……我的世界就只剩下黑白，你知道吗？穆遂他会永远在我的心里，这是无论如何也改变不了的事情，我忘不了他，也舍不得忘记他。让你和一个心里装着其他男人的女人一起生活，你能忍受吗？”

“雪雨，我可——”

白雪雨打断了楚邵要说下去的话，“楚邵，你先别急着回答我，给你自己一点儿时间考虑，也给我一些时间认真考虑，好吗？”

楚邵看着白雪雨，深深地叹了一口气，“好！”只要是白雪雨提出的要求，楚邵都无法拒绝。自从认识了白雪雨，他就觉得自己像被判了刑，还是无期的那种。

此时，她就如此静静地站在他的身边，他为什么会有一种离她很远的感觉？

楚邵感觉命运和他开了个玩笑，明明是他先认识白雪雨的，可是，半路杀出了一个姚雪来搅局，紧跟着就是穆遂的出现，他眼巴巴地看着白雪雨被穆遂抢走。

当他决定放弃的时候，穆遂却突然间发生了意外，死于一场车祸。原本以为有机会接近雪雨，不承想她却背着包袱玩失踪。

此时此刻，他就站在他这一生中最爱的女人身边，却无法打破他们之间隔着的那堵墙，他一个活生生的好男人，竟然斗不过一个已经死去的男人？除了无力地接受和等待，他还能怎么做呢？是啊，他就是这样心甘情愿地被她吃得死死的。

砰！

西餐厅的监控室，少了一张绝版的座椅。司徒昊愤愤地摔门走出了监控室，心情非常复杂。

紧跟着走出监控室的安冉楠，惋惜地回头看了一眼被摔坏的椅子，问司徒昊：“昊，你该不是喜欢上她了吧？”

司徒昊从安冉楠的口袋中搜刮出一支烟，点着之后，吸了起来。袅袅的烟圈在空气中渐渐淡掉。沉默了良久，司徒昊带着气愤的口吻说：“你胡说什么？我和她今天才第一次见面。”

“那你为什么要监视她的一举一动？你看到她和另外一个男人在一起，为什么会这么愤怒？为什么你要丢下身无分文的她，让她来付饭钱？你这一系列的举动，真的让我倍感困惑。知道吗？这样的你一点儿都不像你了。”安冉楠话毕也点燃了一支香烟，抽了起来。

司徒昊冷冷一笑，问道：“那到底什么样的我才像我？”

安冉楠若有所思地说：“你若是喜欢她，就不应该这样对她，让别人去英雄救美。你若是不喜欢她，更不必如此大费周章地在监控室里待好几个小时。这一切的举动，实在让我想不明白。”

司徒昊面色深沉，叹了口气，说：“冉楠，你知道吗？她让我有心痛的感觉，见到她难过，我的心会痛，她坐在我的身边，我的心会很平静，哪怕是在和她大声地争吵，还是觉得内心很平静，呵呵！这就是我为什么如此关注她的理由。”

安冉楠听完司徒昊的话，面色严肃了起来，狐疑地问：“你是说她让你感觉到了心痛？”

司徒昊耸了耸肩，苦苦一笑，“你以为是什么？是司徒昊对白雪雨一见钟情了，还是司徒昊太闲了找乐子？或者说是司徒昊神经错乱，变成神经病了？”

安冉楠凝起脸色，说：“昊，你知道我不是那个意思。过去了这么多年，那些不快乐的往事，你应该学着放下。你该知道的，伯父伯母他们不希望你过得不开心。”

司徒昊狠狠地吸了一口烟，幽幽地说：“我知道，你不要把我的事情告诉他们。”

“放心，为了我们兄弟之间的感情，伯父伯母那边我是一直报喜不报忧。哎，对了，你和那个姚雪到底是怎么回事，最近关于你和她的绯闻可是空前的多哦。伯父和伯母都有打电话来追问我，就连你的上头林大也来找我诉苦，你到底是怎么回事？”

司徒昊眼睛一片幽暗，似笑非笑地说："安大少爷，你也相信那些报纸上的绯闻吗？"

安冉楠白了一眼司徒昊，说："我倒是希望自己可以相信那些报纸上的绯闻。你我好歹兄弟一场，如今你也老大不小的了，身为你的兄弟，当然希望你可以有个好的归宿。最关键的是，伯父伯母他们二老一直期盼着你早日成家啊！"

司徒昊开玩笑道："冉楠，你今天好让人心烦。岁月真是残酷啊！你怎么衰老得这么快呢，我坐火箭都赶不上你的迂腐。"

安冉楠一脸认真地看着司徒昊说："昊，放逐了这么多年，你该对你的人生负责了，试着改变也没有什么不好。你若是喜欢那个女人，兄弟可以帮你把她抢过来。"

司徒昊微微一怔，他知道安冉楠说的女人是谁。

她？结婚？他这辈子是不会结婚的。

司徒昊冷漠地说："你想要老婆，你就去抢。我这辈子没有打算结婚。"

安冉楠劝慰道："昊，你别那么固执己见好不好？生活……"

"天色不早了，我也该回去了。"司徒昊打断了安冉楠想要继续说下去的话，转身离开。

安冉楠看着司徒昊孤单而又冷漠的背影，感到挫败。认识司徒昊已经很多年了，起初他以为他只是一块冰，此时他却很肯定，他不是冰，而是铁，是钢铁！顽固，坚硬，冰冷，无情！

那个女人让他有心痛的感觉？看来他要调查调查那个女人的底细了。昊好不容易遇到一个有感觉的人，不能错过！安冉楠思及此，帅气的面容露出了一抹得意的笑容。安冉楠快步走到监控室，过了一会儿，他从监控室出来，拿了一盒东西，追到车库，对着坐进跑车里的司徒昊说："昊，等一下，今天我有样东西要送给你。"

司徒昊凝眉问道："这是什么？"

安冉楠神秘地说道："你回去看看就知道了。"

司徒昊蹙眉接过安冉楠手中的盒子，脱口说道："真是麻烦，搞什么神秘！"

安冉楠用女人的口吻，对着司徒昊笑道："路上开车小心点哦！"说完对着司徒昊抛出了一记飞吻。

司徒昊听得一阵哆嗦，虽然他已经听安冉楠说过无数次了，可是每一次听到他说，还是忍不住浑身起鸡皮疙瘩，他这是在恶心他！司徒昊忍不住脱口骂道："滚！"

安冉楠习惯性地一阵哈哈大笑。

看着司徒昊的车飞一般离去之后，他忍不住一阵兴奋。阿昊这小子，对女人有感觉了？呵，好事，真是好事情，看来他有好戏看了。

虽然不知道那个女人的底细，不过，她能抽阿昊的嘴巴，并且让阿昊暴跳如雷，确实值得人拍手称赞！安冉楠扬起美丽的唇角，抱着拭目以待看好戏的心情，转身向着西餐厅走去。

坐在楚邵的车中，白雪雨的脑海中浮现出她与司徒昊之间发生的事情，还是忍不住恼怒地说："他就是一个变态，疯子，神经病，浑蛋！"

楚邵惊诧地看了眼白雪雨问道："雪雨，你在说谁？"

"我在说今天碰到的那个坏蛋！世界上怎么会有这么无耻的男人？"白雪雨越想越觉得倒霉，先是穆遂送给她的相机被他摔坏了，后来又被他……真是遇到瘟神了！

司徒昊？雪雨说的是司徒昊吧？开车的楚邵若有所思地看了一眼白雪雨。她不是那种很容易就生气的女人，也不是那种很爱计较的女人，更不是那种随口提起别的男人的女人。

一种不安像虫子一般，在楚邵的心里乱钻乱咬。

楚邵随口应了句："是吗？"

"难道不是吗？这个世界上怎么会有这样的男人？对了，他好像就是那个和姚雪闹绯闻的男明星……算了，不提他了，免得想起他就来气！"

楚邵立即赞成地说："对，那就别想他了，反正一切都过去了。"

白雪雨想到姚雪，幽声问楚邵："你来北京有没有见过姚雪？好久没有见到她……不知道她现在过得怎么样？"

楚邵垂下眼帘，平静地说："你想见见她吗？我也很久没有联系她了。"

白雪雨想到姚雪几年前说的那些话，心情黯然了下来，也许姚雪一辈子都不想再见到她了吧？

"不知道，姚雪现在当明星了，应该很忙吧！还是不要去打扰她。若是她想……她有时间见我，会联系我的，雅邻已经将我的号码告诉她了。"

"准备在北京待几天？"

白雪雨淡淡地摇了摇头，"不知道，想回去的时候再回去吧，你呢？"

他就是为了她而来的，公司里的事情他不能耽搁太久，因为决定得比较仓促，所以很多事情还来不及安排处理，这次在北京他不能待太久。

楚邵犹豫了片刻，说："我准备后天回去，要不你和我一起回去吧？"

白雪雨沉默了片刻，说："我现在还没有想好什么时候回去。到时再说吧，好吗？"

楚邵微笑道："好，反正我还有两天的时间可以在这里。明天你想去哪？我可以做你的专职司机陪你去。”

“你的公事都办完了吗？和我在一起，会不会耽误了你的事？”

当然会啊！楚邵心里虽然这样想，可是嘴里却没有这样说，就算是耽误，也是没有办法的事情，谁叫他喜欢她呢，谁叫他喜欢得那么卑微和小心翼翼呢？而且，他还是那么心甘情愿！

“不会，工作上的事情都已经安排好了，你就不用为我担心了。”

“楚邵，那我们去逛夜市好不好？”白雪雨看向车外川流不息的人群，忽然开口说道。

楚邵闻言微微一愣，心里泛起了甜甜的感觉。我们？雪雨刚刚用的是“我们”？感觉真好！

他们这样算不算是在约会？

“好啊！”

白雪雨收回看向车外的眼光，看着楚邵浮着笑意的脸，不解地问：“你在笑什么？”

楚邵干咳了下，接话道：“哦，没有什么，想到一个笑话！”

白雪雨好奇地问：“笑话？什么笑话让你觉得好笑，说来听听？”

“是……”楚邵被问住了，他就不应该撒谎的。

楚邵脑子一转，想到曾经看过的一个视频笑话，说道：“哦，是一个……一只猪爸爸和猪儿子之间的笑话。笑话里的猪儿子问猪爸爸，爸爸，地上有两张钱，一张是五块，另一张是十块，你会选择哪一张呢？猪爸爸想了想说道：当然拿十块的那张啦！你猜猪儿子是怎么说猪爸爸的？”

白雪雨眨了眨眼睛，听得一脸认真，“怎么说的？”

楚邵笑着回道：“猪儿子就说，爸爸，你真笨耶，你就不会两张都拿吗？”楚邵话音一落，白雪雨不由得扯起嘴角笑了起来。

看着白雪雨露出笑容的脸，楚邵的心情大好。他喜欢白雪雨的笑容，她的笑容永远都是那么干净。如果可以，他想一直守护着她，让她的笑容永远都可以这么灿烂、纯净。

“雪雨，你还是笑起来好看。知道吗？你开心的样子最可爱。”

“今天谢谢你为我解围，要不是你在，我真的不知道该这么办才好。”

楚邵笑着接道：“这是我的荣幸。不过，你要是想感谢我呢，我也不反对。”

白雪雨淡淡一笑，“好啊，我请你吃老北京的糖葫芦。”

楚邵挑了挑眉，问道：“就吃糖葫芦吗？你是不是有点小气了？”

“哎，楚大少爷，我可是平民老百姓呢！不吃拉倒，就当我什么也没有说。”

楚邵立马接过话说：“等等，我吃！我吃！好不容易敲你一次，我怎么能放过呢？我今天无论如何也要多吃几串糖葫芦！”

“瞧你那出息，还是总裁呢，怎么和葛朗台是一个德行了啊？不就是几串糖葫芦吗？小意思！”

楚邵挑了挑眉头，“不行，我改变主意了，既然被扣上了吝啬的高帽，那我也豁出去了，吃不完的我要打包，回去送给我的那些职员吃也好啊！”

白雪雨撇了撇嘴说：“不愧是生意人，算盘打得倒是精明。行，看在你一直都对我那么好的分上，今天我心甘情愿地请客，只要是我力所能及的，我都答应你。”

“这可是你说的，你可别后悔。”

“绝对不后悔！”

楚邵还是头一回陪着白雪雨逛街，虽然只能这么干巴巴地站在她的身边，不能像情人一样手拉着手，但他也感到很满足。

看着白雪雨已经吃下了好几串糖葫芦，又看了看自己手中的半串没有吃完的糖葫芦，他诧异地问："雪雨，这糖葫芦就那么好吃吗？"

白雪雨闻言浅浅一笑，若有所思地说："酸酸的，甜甜的，很好吃啊！有人说，爱情的味道就像是糖葫芦的味道，有酸有甜。怎么？你不喜欢吃吗？"

"没有，很好吃。"

白雪雨伸手拿过楚邵手中的糖葫芦，"你要是不喜欢吃，就别勉强了，吃东西最忌讳的就是勉强。不但吃不出味道，也吃不出好的心情，与其花钱买罪受，倒不如不吃，扔掉好了！"

楚邵将白雪雨从他手中夺过去的糖葫芦抢了回来，盯着糖葫芦问道："雪雨，你是真的喜欢吃糖葫芦吗？还是因为喜欢甜的味道，才喜欢吃的？"

白雪雨微微一愣，一脸无所谓地问道："有什么区别吗？"

"有！有些人，因为心里很苦，所以，才会喜欢吃甜的东西……"

"楚邵，你可不可以不要将我看得太透？你知道吗？你这样……我会连一个躲藏的小角落都没有。"

楚邵脸上的笑意因白雪雨的话，瞬间冻结，"对不起！"

白雪雨见楚邵脸上浮起受伤的表情，语气软了几分，咬了咬嘴唇，沉默了片刻，说道："该说对不起的应该是我，是我欠你的太多。楚邵，你对我的心，我明白……你可不可以答应我一件事情？"

"什么事情？"

白雪雨忧伤地说："楚邵，我真的不想伤害你。在这个世界上，能有这么一个你，如此纯粹地对我，我真的很感动。在我还没有想好的时候，你可不可以不要问我？我……我真的好累。"

"好，我答应你。"

白雪雨感激地说："谢谢！"

她还是不能接受他吗？楚邵心里虽然很不好受，可是，脸上却洋溢着灿烂的笑容。也许，他应该给白雪雨多一些时间。他第一次听到白雪雨说到累字，他有一种说不出的心疼和怜惜。这一刻，他真的有些怨穆遂。

穆遂，既然相爱，你就应该好好地活着，给自己心爱的女人幸福，为什么这样一声不响地走了？让她爱你爱得那么心痛呢？

楚邵知道这一切都怨不得穆遂，可是心里还是忍不住有怨愤。怨，穆遂的死；怨，当年自己没有努力争取，错失良机！愤，他如此的努力，还是不能让白雪雨开心；愤，他不能站在白雪雨的身边照顾白雪雨。

为什么会变成这样？为什么他感觉如此的无力？为什么他向她靠近一步，她就要连退好几步呢？

咫尺天涯也不过如此吧？

白雪雨在楚邵失神的时候，跑到一家烤羊肉串的铺子前买烤串子。接过串子时，才发现楚邵一人站在几米开外的地方发着愣，不由得冲着发愣的楚邵摇了摇手中的串子，边吃边走向他，问："楚邵，你在想什么呢？这里的串子味道很好，要不要吃？"

看到走过来的白雪雨手里拿着一把串子，其中一串是还在动的蝎子，楚邵不自觉地后退一步，诧异地问："这个……好吃吗？"

白雪雨从手中一把串子中挑出了唯一一串蝎子，递到楚邵面前说："嗯，很好吃，我特意为你挑了这串。"

"你给我挑的是这串？"楚邵眉头紧锁，瞪大了眼睛，盯着那串蝎子，心里直发毛。

白雪雨憋着笑意，很用力地点了点头，无辜地眨了眨乌黑的大眼睛，"是啊！怎么？你不喜欢吃啊？老板说这个很好吃的。"

楚邵面带迟疑，看着白雪雨说："我……我还是先吃糖葫芦吧！这个等会儿再吃……"

“可是，这个趁热才好吃，老板说的。你一个大男人，不会害怕吧？”白雪雨带着激将口吻说。

楚邵支支吾吾地说：“我……我才不怕，我是怕烫……雪雨，你怎么不吃？我让老板也给你烤一串！”

白雪雨在心里嘀咕了起来，不敢吃就不敢吃嘛，还死撑着说怕烫做什么？

真是死要面子！

“我才不要，我就免了。我是女孩子，我胆子小不敢吃，不像你，你是男人，胆子大。楚邵，你快趁热吃，尝尝是不是像老板说的那样好吃！”

楚邵眉头深锁，看了一眼冲着他笑的老板，走了过去，“老板，你这串子没有烤熟，它们还活着，不烤熟就杀不死细菌，你再烤一下。”

老板立即指了指另外一个吃蝎子的男人说：“你就放心吃吧，就是这样吃的，你不信问他！”

楚邵看到身边的男子正吃得不亦乐乎，深锁的眉头又紧了几分。这种半生不熟的串子真的可以吃吗，吃了不会生病吧？他从来没有吃过这种还能动的食物，就连醉虾他也不敢吃。

白雪雨望着楚邵，憋住笑意，平静地看着楚邵催道：“你再不吃可就凉了，快吃吧！”

楚邵心里原本就在纠结怎么拒绝吃，可是，在白雪雨的催促下，又不好意思说出口，一时间思维冻结。她在看着他，要是不吃，会不会让她觉得他不像个男人？唉，吃就吃吧，豁出去了！他在她的面前怎么能不像个男人呢？

扑哧一声，白雪雨忍不住笑出声来，将楚邵手中的串子抢了过来，“哎，你还真的敢吃啊？”

“我……”

白雪雨摇了摇从楚邵手中夺过来的串子，笑道：“我是逗你的，我和老板打赌你不敢吃这个……这串我可没有买哦！”

反应过来的楚邵瞪了一眼白雪雨，“好啊，鬼丫头，你竟然戏弄我！”

白雪雨躲过楚邵向她伸过来的手，捂着心口，笑道：“呵呵，是你自己傻嘛，不敢吃就不吃呗，还死要面子找借口说什么怕烫，杀不死细菌……哈哈！楚邵，真没有想到，你也有这样的一面！”

“调皮！”

白雪雨吐了吐舌头，“看看有什么想吃的，我让老板给你烤，请你！”

楚邵摇了摇头，在白雪雨的耳边放低声音说：“不用了，我对这些不感兴趣。你们女生为什么喜欢吃这些路边的小吃呢？不觉得不卫生吗？你也不要吃太多，对肠胃不好！”

“楚大少爷，做人随意点好不好？偶尔吃吃有什么关系？现在环境污染那么严重，有害的东西还少吗？要是什么事情都计较……做人太认真会很无趣的！很好吃的，不信你尝尝！”白雪雨话毕，从手中拿出一串羊肉串递到楚邵面前。

楚邵伸手去接羊肉串时，手刚碰到竹签，串子就被白雪雨收了回去。

“算了，你还是不要吃了，我这是为了你的安全和健康着想哦！”

楚邵一把从白雪雨手里抢过羊肉串说：“刚刚某个老师还在批评说：做人不能太认真。被教育的人，应该虚心接受教育，不是吗？”

白雪雨见楚邵说话间吃了一口，忙追问：“怎么样？我没有骗你吧？真的很好吃吧？”

楚邵很坦白地评价：“味道有点奇怪，不过还蛮好吃的，有些不足的是太辣了，吃多了会上火。”

白雪雨见楚邵皱起的眉头，莞尔一笑，“要是不辣，就不够味了。辣的好，听说吃辣的可以减肥!”

“减肥？你还需要减肥吗?”

“就是这么一说，你还当真了啊？走吧，我们去淘宝贝去。”白雪雨看着远处的地摊，说道。

“什么，淘宝贝?”楚邵微微一愣，不明所以地问。

白雪雨见楚邵愣着不动，一把拉起楚邵的手，拽着他往前走，边走边说道：“你别愣着啊！你看那些地摊上的衣服，既便宜又经济实惠，样式还多，去淘淘。”

任由着白雪雨拽着走的楚邵，眼睛盯着白雪雨拉着他的手，傻乎乎地笑了。

“楚邵，别在那傻笑啦，快帮我看看，这两件毛衣，你觉得哪一件更好看?”白雪雨一手拿着蓝色的毛衣长裙，另一只手拿着白色的毛衣蝙蝠衫问。

楚邵看着白雪雨在身上比试之后，想了想说：“嗯，如果是你穿的话，两件都会很好看!”

白雪雨闻言白了一眼楚邵，“哎，你这个回答真烂耶！我问的是哪一件更好看。大姐，你觉得这两件，哪一件比较适合我穿?”

地摊老板看了眼说：“妹妹，你男朋友说得没错，你长得这么漂亮，这两件衣服，你穿哪一件都会很好看的!”

白雪雨犹豫了一会儿，难以取舍，两件衣服她都很喜欢，“大姐真会说话。这两件我都要了，不过，你要给我便宜点哦!”

“小妹，你放心，我给你的是最便宜的价格了。你要不要看看男装？你男朋友长得这么帅气，这件他穿上一定很好看的。”地摊老板说话间挑了一件白色的T恤衫，递向白雪雨。

“其实我不是……”楚邵怕白雪雨不高兴，正想跟地摊老板解释他们之间的关系，解释的话还没有说出，便被白雪雨给打断了，“楚邵，这件你喜欢吗?”白雪雨接过T恤衫问。

楚邵受宠若惊地望着白雪雨，狐疑地问道：“你要给我买吗?”

白雪雨拿起白色T恤在楚邵面前比了比，想了想，自言自语地说：“怎么了?你不喜欢啊?这和你那些名牌是没得比，还是算了吧!”

楚邵一把将白色T恤抢了过来，急忙说：“没有，我喜欢!这衣服我很喜欢!”

白雪雨狐疑地看着楚邵问：“你真的喜欢吗?你要是真的喜欢我就一起买下来了，就算是我送给你的礼物，不过这个不是很贵……”

楚邵喜滋滋地说：“不用我花钱，白收的礼物我当然喜欢啦!”只要是白雪雨送的礼物，他都会喜欢的，这句话楚邵藏在心底没有说出来。

“喜欢就好!我还怕入不了你的眼呢!”

楚邵伸手接过衣服，“雪雨，你这张损人的利嘴，真是越来越厉害呀!我什么时候在你面前耍过大牌啊?”

“好好好，我说错了，你大人有大量别放在心上了，好不好?”

楚邵笑道：“你呀，这个世界上就只有你才会道歉道得这么理直气壮。”

白雪雨调皮地挑了挑眉头，“走吧，去那边看看，也许还能淘到好东西呢!”

“好!”楚邵温柔地点了点头，随即跟了过去。

第五章　假想敌

啪的一声，正坐在休息室里喝着咖啡的姚雪看完报纸上的报道之后，将手中的瓷杯狠狠地摔在了地上。

一旁的陈思思不由得吓了一跳，小心翼翼地问：“是不是咖啡不合胃口？”

姚雪看了一眼地上的碎瓷杯，缓了口气，冷声说道：“与咖啡没有关系，你先去忙你的事情吧！”

陈思思闻言立即走开。自从她做了姚雪的助理，只要姚雪一不开心，她就准要倒霉的！姚雪让她走，她当然走得比跑还快。

姚雪盯着地上的报纸，伸手捡了起来，将报纸上白雪雨的照片狠狠地撕了下来，双目间一片冰冷。

为什么她又出现了？为什么她要回来？为什么她要来北京？为什么她不随着穆遂一起去死？

为什么她的出现总会打乱自己的生活？为什么只要是自己看上的男人，她就偏偏过来和自己抢？为什么？为什么她总是阴魂不散？

她和白雪雨是不是上辈子结了仇？不！这一次，她一定不会让她得逞，不会再让白雪雨抢走她看上的男人，司徒昊是她的，只能是她姚雪的！

白雪雨，我恨你！你知不知道，我最恨的人不是楚邵，而是你！若是你还要和我作对，我会毁了你！

与其这样被动，她还不如主动出击！

想到此处，姚雪拿出手机，找出赵雅邻的手机号码，快速地拨了号，“喂，是雅邻姐吗？我是姚雪，你在忙吗？”

赵雅邻微微一愣，因为姚雪没有找白雪雨，她心里对姚雪有些不爽，“啊，姚雪啊，我当是谁呢！你这位大明星怎么有空给我打电话呀？”

“雅邻姐，你在生我的气对不对？”

赵雅邻心口不一地说：“没有，我怎么会生你的气啊？你又没有得罪我。”

“雅邻姐，你不知道，这几天我特别忙，这个圈子就是这样，很多时候身不由己。唉，不但要看人脸色，还没有自由空间……雅邻姐，我们是好姐妹，别人不理解我没有关系，你要是也不理解我，我会很伤心的！”

“嗯。我知道你很忙，我能理解！虽然你那个圈子我没有进去过，可我知道你那林子大着呢，林子大了什么鸟都有，还会有很多狼的哦。雪雪，你可要好好照顾自己！”赵雅邻言下之意，姚雪是个白眼狼。

姚雪听了赵雅邻的话，面色一沉，揣着明白装糊涂地说道：“雅邻姐，谢谢你的理解，我就知道你会理解我的。你放心吧，我会好好照顾自己的。对了，雪雨的号码是多少？你再给我报一遍好吗？”

赵雅邻听姚雪问她要手机号码，不高兴地皱起眉头，“雪雨的号码我不是已经告诉你了吗？你不会没有记下来吧？”

电话这头的姚雪，面不改色地说："嗨，别说了！我那个没用的助理，办事一点儿头绪都没有，让她记个手机号码，她都能给我弄丢，我正为了这件事情准备处分她呢！"

姚雪的话，赵雅邻一向不全信，但想到姚雪有可能会处分助理，她接话道："是吗？算了，算了！你就得饶人处且饶人吧，谁不会犯个错啊？我再给你报一次不就行了吗？也不是多大的事情。工作上出点差错，也是很正常的事情。"说完，赵雅邻就把白雪雨的号码报给了姚雪。

"雅邻姐，你还是老样子，一点儿都没有变，还是那么善良。"

"唉，有些东西是与生俱来的，改变不了的！就好比个人的性格！我们三姐妹改变最多的就是你了，雪雨还是老样子，一点儿都没变，还是那么爱穆遂，这么多年了，她心里装着的还是穆遂一个人！她就是一个又痴又傻的笨蛋！"

"是吗？"姚雪话落，冷冷地歪了下嘴角，心里很不舒服。赵雅邻还是老样子，每次和她聊天的话题，总是离不开白雪雨！在她的心中，白雪雨才是她最珍惜的好朋友！

"可不是！这次她去北京也是为了穆遂才去的。说去看穆遂喜欢的798。要是穆遂还活着，那该多好，真希望雪雨可以早点从悲伤的感情中走出来，过上幸福的生活。"

姚雪若有所思地说道："我见到她，会劝劝她的。"

"嗯，那好吧，雪雨就先交给你了啊，你也早点休息吧！"

"嗯，好，拜拜。"

寂寞就好比都市里的夜灯一样，会随着夜的脚步渐渐浓郁，喧嚣而又繁华的都市渐渐地静了下来，白雪雨脸上的笑容不知不觉间消失。看着被寂寞紧紧包裹着的白雪雨，楚邵有点不知所措。他不知道如何打破白雪雨身上的蜗牛壳，也不知道怎么才能走进白雪雨的心里。

如此静静地陪在她身边，明明近在咫尺，却有种隔着千山万水的感觉。看着她，他的心就忍不住地疼。可是，即使如此，他心间还是忍不住地翻涌起幸福的潮流，能够守在她的身边，对他来说就是幸福。

一阵秋风吹过，白雪雨不由自主地用双手抱起了臂膀。楚邵见势立即脱下了身上的外套，为白雪雨披上。

“楚邵，我不冷。”从沉思里回过神的白雪雨看了一眼身上的外套，想要从自己的身上扯下来，被楚邵给制止了。

“披着好吗？你就给我这么个大男人，一个满足自我的机会好不好？”

“楚邵，我真的不冷，还给你。”

白雪雨避开了楚邵那双犹如大海般深邃的黑目，那其中的温情，她心里是清清楚楚的，可她能做的，就只有视而不见了。

“雪雨，你……连件衣服都不能接受吗？”

“我……”看着楚邵受伤的表情，白雪雨心里也是一阵难受。当她游离的目光定格在不远处的一个招牌上时，心头升起了一个主意。

“楚邵，我不是这个意思……你也不能只为满足你自己啊！”

楚邵被白雪雨突然变脸说的一番话给说得有点发懵，看着白雪雨平静的面容上浮起的笑意，楚邵整个人瞬间被融化了。

白雪雨将她手中的外套递到楚邵的面前，用眼光扫向酒吧的门说道：“先把衣服穿上吧。为了充分满足你的自我，你请客！”

“好。”

楚邵跟着白雪雨走进了酒吧，这才缓过神来。

这不是酒吧吗？雪雨什么时候……我记得她不喝酒的啊！

白雪雨走进了酒吧，直奔吧台。调酒师望着白雪雨，眼睛闪过一道光亮，随即微笑地问：“美女，要喝什么？”

“雪雨，喝酒伤身……”楚邵的话还未说完，但看到白雪雨轻轻皱起的眉头，把剩下的话咽了回去。

“能为我调制出一种酒，叫‘三杯欲醉心’吗？”

“三杯欲醉心？好，美女稍等。”调酒师开始为白雪雨调酒。

“给我也来一杯同样的。”楚邵对调酒师说道。

白雪雨端起调酒师刚刚调好的三杯欲醉心与楚邵一同走到了酒吧的一个角落坐了下来。

酒吧里的光线昏暗，美丽的装饰墙上洒落着微弱的灯光，光线虽不是很明亮，却给酒吧里的男男女女营造出一种浪漫的气氛。

在这样的一个场景下，人们很容易卸下伪装的面具。

有三五成群聊天的，有在舞台上扭动腰肢的，有眉来眼去调情的，当然，还有坐在角落里静静喝酒的她。

女人来到这个场合，若是有着几分姿色，就不缺乏送酒献殷勤的男人。白雪雨刚刚坐下，便有两个男人注意到她，端着酒杯走了过来。

“嗨，美女，怎么一个人坐这里？”

“美女贵姓？”

“她不是一个人。”楚邵一副护花使者的架势，提醒对方注意自己的存在。由于白雪雨的冷淡不语，两个搭讪的人自觉无趣，转身离开了。

“雪雨，别再喝了，你已经喝了好几杯，会醉的。”

白雪雨盯着酒杯皱眉说：“不要管我，我想喝。”

坐在二楼的安冉楠，看了眼面色漆黑的司徒昊，目光落在楼下白雪雨的身上，问：“昊，要不要下去打声招呼？”

一个小时前，司徒昊和安冉楠喝完酒，正准备离开的时候，一抹熟悉的身影闯入司徒昊的视线，于是他又重新坐了下来。这其间，司徒昊的目光一直追随着白雪雨，未曾离开。

安冉楠见司徒昊不答话，接着说：“她长得漂亮，酒量好像也不错。她身边的那个男人好像对她很痴情。这样要是喝醉了，那……”

安冉楠话未说完，司徒昊起身向楼下走去，大步走到白雪雨的跟前，二话不说一把夺了白雪雨手中的酒杯，“别喝了，女人喝什么酒？”

白雪雨气恼地瞪着司徒昊，好一会儿才说：“你，多管闲事。”

“今天是不是你欺负雪雨的？”楚邵见来者不善，脑子里闪过白雪雨说的话。雪雨说的那个极品男不会就是这家伙吧？楚邵突然想起自己之前到公安局找雪雨的时候见过这个男人。

司徒昊很不友善地说：“你是什么人？我们之间的事情，需要向你交代吗？”

楚邵被问得一愣，很不友善地瞪着司徒昊说：“我是她朋友，会一直守护她，不允许任何人欺负她！”

司徒昊不屑地一笑了，“朋友？哼！可惜，你不是她男朋友。我能让她对我心动，你能吗？”

白雪雨一把拽住楚邵，紧接着端起酒杯，直接泼在了司徒昊的脸上，“楚邵，我们走。”

送白雪雨回宾馆的这一路，楚邵心情很复杂，很乱。看着静默不语的白雪雨，他的心仿佛在烈火上炙烤。雪雨难道真的对司徒昊动心了？不，他不会再让别人抢走他心爱的人。可是，刚刚在酒吧里，司徒昊与白雪雨争执的时候，他感觉自己好像一个局外人。

楚邵看了眼白雪雨，打破沉默，话里有话地说：“姚雪怎么会交这样的男朋友？真是不可思议。”

白雪雨抬起狐疑的眸子，望着楚邵问道：“他真的是姚雪的男朋友？”依姚雪的性子，司徒昊应该不会是她喜欢的类型吧？她喜欢的不该是……楚邵吗？

楚邵沉默了一会儿，接话道：“报纸电视都是这么说的。无风不起浪，应该是吧。”

白雪雨在宾馆的楼下送走了楚邵，她没有让楚邵去她的房间坐坐。今天发生了太多的事情，她心里好乱。带着几分醉意的她，只想一个人静一静。也许，这一年多的时间她都是一个人，已经习惯了与孤独和寂寞为伴，更喜欢一个人的空间。一个人的时候，她可以卸下伪装，做回她自己。

坐在车里的姚雪，看着楚邵落寞的身影，目光冷厉。她没有想到楚邵可以那么痴情，她更没有想到，她看到楚邵和白雪雨在一起时，心里是那么的恨。记忆里那些耻辱全部钻出脑海。她握着方向盘的纤纤细手不由得一紧。她深呼了口气，压了压帽子，戴上了墨镜走下车，向着宾馆门口走去。

“雪雨。”

白雪雨拿着门卡的手闻声不禁一颤，她缓缓回头，看向电梯门口站着的身影，愣住了，“雪雪？”

“嗯。”姚雪拿下了墨镜，向着白雪雨挤出了一抹灿烂的笑颜。随即快步走到白雪雨的跟前，一把抱住了白雪雨，“雪雨，我好想你哦！”

“雪雪，真的是你吗？”白雪雨进了房里，看着姚雪，欣喜得有些不敢相信她的眼睛。她原以为姚雪这一辈子都不想再见到她，原以为姚雪永远都不会原谅她，不承想，姚雪竟然亲自来找她，叫她怎么能不开心呢？

姚雪拉着白雪雨的手笑嘻嘻地说：“当然是我。雪雨，你瘦了，是不是还想着穆遂？别想了，你要快乐起来才行。”

白雪雨闻言，原来满是笑意的脸布上了一层阴云，提到穆遂，她的心还会痛。

“雪雨，对不起，我不该再提穆遂的，你别难过……”姚雪见白雪雨难过，忙面带内疚地说。

白雪雨摇了摇头，望着姚雪转移话题道：“雪雪，你心里还怪我吗？对不起。”

姚雪一怔，接话道：“你说的是关于楚邵的事情吗？那都是很久以前的事情了，我早就放下了。只是……当时我有点偏激，说了很多伤害你的话，之后我特别的后悔。雪雨，你不会怪我吧？”白雪雨竟然提楚邵的事情？还表现出一副无辜和内疚的样子？哼！她这是在报复方才我提到穆遂吗？白雪雨，你就是这个样子，总是表现出很大度，很善良的样子，让所有的男人围着你转，身边有了楚邵你还不知足，竟然……竟然连司徒昊都勾搭上了，你可真是我的克星啊！

白雪雨立马摇头，“没有，怎么会呢？我们是好朋友，我知道那时候你很难过……雪雪，我心里从来没有怪过你。”

“那就好！雪雨，这么说我们还是朋友，对不对？”

白雪雨点头说：“嗯，当然。在我的心里你和雅邻姐一直都是我的朋友，永远都是。”

“谢谢你原谅我。雪雨，你知道吗？自从那次我们吵架之后，我一直活在痛苦和后悔中，直到遇到昊，我才从单恋楚邵的痛苦中走出来，也才有勇气面对你，向你道歉。”

昊？姚雪说的昊难道是司徒昊？难道电视上说的都是真的吗？姚雪真的爱上了那个浑蛋？她怎么会喜欢这样的人呢？

“雪雪，你说的昊是……是司徒昊吗？”

姚雪一脸柔情地点了点头，“你已经知道了吧？我和昊都是演员，所以我们不能公开恋人的关系。”姚雪说完，见白雪雨陷入沉默，又追问道：“雪雪，怎么了？”

“他……司徒昊对你好吗？”

姚雪娇羞地红了脸，点了点头，“嗯，他对我特别好。我们……你有没有看报纸上写的报道？”

报纸？她没有看。

看雪雪甜蜜的样子……看来，她是真的坠入爱河了，可是，司徒昊……司徒昊值得雪雪托付终身吗？他们之间发生的事情……白雪雨不知道怎么和姚雪说。怎么办？她怎么说才能提醒姚雪？

“那你们……有准备什么时候结婚吗？”她不能说出她和司徒昊发生的事情，免得雪雪误会，受到伤害。

“嗯，我们很幸福。只是……昊说，我们都还年轻，应该以事业为重，所以……我们现在还不打算结婚，可是……我不知道该怎么办。雪雨，我真在乎他。”姚雪说话间，用手摸着自己的小腹，面色复杂。

白雪雨诧异地问：“雪雪，你……是不是？”

姚雪拉着白雪雨的手摇头说：“没有。雪雨，你是我的好朋友，你一定要支持我，好不好？我真的很喜欢他。娱乐圈很复杂，我这一路走来很不容易。雪雨，你知道吗？我其实没有那么坚强……若是有你的支持，我想再难我也会挺过去……雪雨，你会支持我吗？”

白雪雨很想对姚雪说司徒昊这个人不值得她倾心，也不值得她托付终身，可是，在姚雪充满期盼的目光下，她无法说出打击姚雪的话。她眉心紧蹙，看着姚雪点了点头，“只要你觉得幸福，我会支持你，雪雪。”

“谢谢你，雪雨。”

“你会幸福的。”白雪雨微微扬起嘴角，瞅着姚雪的目光一片温柔。若是下次她有机会再遇到司徒昊，为了姚雪，她一定要说说他。

姚雪见目的已经达到，觉得也没有什么好与白雪雨絮叨的，便拎包起身说：“雪雨，我明天还要参加一个活动，我……我先回去了，你也早点休息。”姚雪说完戴上了墨镜，压了压头上的帽子，向着门口走去，边走边说：“你别送我了，免得被人看见。”

白雪雨跟着姚雪走到门口，“雪雪，路上小心点。”

“嗯。有时间我会电话联系你的。”姚雪说完头也不回地走向电梯。在电梯门合上后，姚雪娇颜上的笑容瞬间冷却。

第六章　两个人的天长地久

姚雪走后，白雪雨一个人坐在窗前，许久未动。窗口秋风瑟瑟，夜幕中的灯火星星点点，白雪雨思绪凌乱纷飞。今天发生了很多事情，让她有些应接不暇。拿着被司徒昊摔坏的相机，白雪雨的眼睛有些湿了。

这个相机是遂送给她的生日礼物，她没有保管好，让那个司徒昊给摔坏了。遂，雨儿今天心情好乱，你说，雨儿要不要告诉雪雪司徒昊是个不值得她依靠的男人呢?

白雪雨的脑海里浮现出白日里她与司徒昊在一起的画面，想到司徒昊，白雪雨的眉心不自觉地凝结了起来。

“心痛?像我这样的人竟然也会心痛?呵呵!这么多年来，我竟然会在遇到你这样一个冷漠的陌生女人时感到心痛，我也觉得很奇怪，你告诉我为什么，为什么见到你我会有心痛的感觉?”司徒昊到底是什么样的人?他说的那些话是什么意思?为什么说他见到她会心痛?他只是随口说说的吗?她为什么要想起司徒昊?白雪雨甩了甩头，给赵雅邻发了几条短信。洗过澡后，她困倦地躺在床上睡着了。

清晨，她在一阵敲门声中醒来。开门一看，见是楚邵站在门口，手里拎着保温桶和一些零食。楚邵一脸温和的笑容，瞅着睡眼惺忪的白雪雨说：“睡好了吗？”

“嗯。”

“那就好。你快去刷牙洗脸，我给你煲了排骨汤，收拾好了赶紧过来吃。”

白雪雨的目光落在楚邵的手上，有那么一刻的失神。楚邵对她的好，让她很感动。“谢谢。其实，我可以去下面餐厅吃早饭，不用这么麻烦的。”

“餐厅里做的未必有我做的好吃。快去洗洗过来吃早饭，免得凉了不好喝。”

“好，那你先坐。”

梳洗后，白雪雨走到桌前，看着楚邵已经为她盛好的排骨汤，温婉一笑，“好香哦，谢谢！”

“快吃吧！”楚邵见白雪雨喝完了汤，又为白雪雨递上了削好皮的苹果，问，“你今天要不要和我一起回去？”

“今天？”白雪雨见楚邵点头，摇头说，“我今天还不想走。你今天回去吗？”

楚邵点头说：“嗯。公司有些重要的事情需要回去处理，所以……我今天必须赶回去。”

“几点的航班？”

楚邵接话道：“十点，和你打声招呼就要走。”他今天不想回去的，可是，公司里有份很紧急的合同需要他签字，没有办法，只能回去。

“十点吗？时间不早了，你快去机场吧，别误了航班。”白雪雨说话间站了起来，将楚邵的外套递给了他。

楚邵接过外套，边走边问："那……你什么时候回去?"

"明天要是回不去，就是后天回去。"

"嗯，那你买过机票给我打个电话，我去机场接你。"楚邵听了白雪雨的回答，忐忑不安的心定了一些。

"知道了，快走吧，再晚就赶不上飞机了。"白雪雨催着楚邵。

白雪雨送走了楚邵，一个人在宾馆里待着无聊，拎起了包走出了宾馆。一个人漫无目的地走在街道上，长长的鬈发随风时不时地飘起，看上去有着几分脱俗的气质。

在一家奶茶店的门口，白雪雨停下了脚步，瞅着奶茶店怔怔失神。

她到底有多久没有喝过奶茶了?

"要喝奶茶吗?"司徒昊的声音在白雪雨的耳边响起。

昨夜楚邵带着白雪雨从酒吧离开，司徒昊一直暗暗地跟在后面。今日一早，他就过来了，准备进去找白雪雨时，碰巧见到白雪雨从里面走了出来，于是就偷偷地跟在她的身后。

看着白雪雨孤独的身影，他的心里很不好受，他为她心疼?这感觉他无法解释。难道真的像安冉楠说的那样，他对白雪雨一见钟情了吗?

白雪雨扭头看向说话的司徒昊，一脸的诧异。司徒昊?不是错觉吧?他怎么会出现在这里?为什么从昨天到现在，他总像幽灵一样老是出现在她的面前?

"走吧！我请你喝奶茶。"司徒昊说完不等白雪雨拒绝，便拉着白雪雨的手，走进奶茶店里。

"你放手。"白雪雨有些尴尬地拽回了她的手。不想与司徒昊有任何牵扯的她，本想转身离开，离司徒昊远远的，可是一想到姚雪，她忍下了想要离开的冲动，在靠近窗户的椅子上坐了下来。

司徒昊扫了一眼坐下来的白雪雨，暗暗高兴，他一边翻阅单子，一边问：“想要喝什么？”

“随便。”

“‘天长地久’怎么样？你不说话，那就是它了。”

天长地久……白雪雨有一瞬间失了神。他为她点的是天长地久？怎么会……

司徒昊见白雪雨瞅着他失神，开口追问：“怎么了，我脸上有什么东西吗？”

为什么是天长地久？是巧合吗？

天长地久，这种奶茶是穆遂介绍她喝的，只有和穆遂在一起的时候，她才会喝的奶茶……

片刻，服务员送过来两杯奶茶，司徒昊见白雪雨盯着奶茶不动，将奶茶往白雪雨的面前推了推，说：“喝吧，暖暖身子。这种奶茶要趁热喝。”

盯着奶茶，白雨雪眼睛有些发涩，双手控制不住地颤抖，她的心乱得厉害。

“知道它为什么叫天长地久吗？”司徒昊见白雪雨低垂着眸子盯着奶茶杯里的奶茶不言不语，也不理他，继续说，“你看，蓝色是天空的颜色，代表着天长，绿色是大地的颜色，代表着地久……”

“遂……”白雪雨惊诧地望着司徒昊，眼泪大滴大滴地掉了下来。这一刻……她从他的身上感觉到了穆遂……

“雨儿，你知道为什么它叫天长地久吗？”

“为什么？”

“因为……雨儿，你看，蓝色是天空的颜色，代表着天长，绿色是大地的颜色，也就是代表着地久，所以呢，它就是天长地久啦！”

司徒昊望着掉泪的白雪雨，心猛然一紧，他说错什么了吗？她怎么哭了？懵了好一会儿的司徒昊，缓过神来问："你怎么了？什么遂？"司徒昊问话间扭头看了一眼自己的身后。

他不是穆遂，他是司徒昊……白雪雨紧咬着嘴唇别开眸子，将悲痛的情绪压了回去，平复情绪后对着司徒昊说："你要好好对待姚雪！"话落，白雪雨起身夺门而出。

姚雪？他和姚雪什么关系都没有！司徒昊紧跟着追了出去，一把拽住白雪雨的胳膊，解释说："我和姚雪没有任何关系，你怎么了？"

白雪雨听了，愤愤地甩开了司徒昊抓着自己的手，气恼地瞪着司徒昊怒斥道："司徒昊，你真够低劣的！你怎么能说出这样的话？你……像你这种人根本就不值得有人爱！"

白雪雨的话仿佛利刺，深深地扎在司徒昊的心上。看着渐渐远去的身影，被人群团团围住的司徒昊，忽然笑了，一脸凄然。

上午在街道被围住，让司徒昊在龙腾大厦里挨了林易一个多小时的狂轰滥炸。不过，这一次，司徒昊从头到尾一句话都没有说，这是他唯一的一次从头到尾一言不发地听着林易发火、发牢骚。

"你知不知道有多少人默默无闻地努力五年、十年都无法拥有你这样好的机遇？你到底还要不要你的事业了？你到底要我说多少回？啊？你——"

砰砰砰！齐涵涵的敲门声打断了林易的话。

"进来。"

齐涵涵快速地扫了眼怒火中烧的林易，对着司徒昊低声说："昊，这是你让我给你调查的资料。"

林易狐疑地瞟了眼司徒昊接到手中的文档，当他看到文档上的三个字时，忍不住地皱眉，"你不会真的对这个女人动心了吧？"

动心？司徒昊想到这两个字，心一沉。他没有搭理林易，掏出文件袋里的资料，看起资料里有关白雪雨的材料。一页一页，他的脸色渐渐沉下。他终于明白了，为什么他的心会在见到白雪雨时感到难过了。

“你去哪？”见司徒昊起身向外走，林易立马追问道。

“去见一个人。”司徒昊话落，边走边摇了摇手中的资料，大步流星地走了出去。

人生也许就是这么奇妙。若不是看了资料，司徒昊做梦也不会相信，他和白雪雨之间竟然还有着这么一层奇妙的关系，难道这就是所谓的缘分吗？

司徒昊将资料丢进了车里，双手一撑，跳进了敞篷车里。车子穿行在人群之中，他心急如焚，恨不得下一刻就见到白雪雨，他还要确认一件事，刻不容缓。

前台服务员对着戴着墨镜，压低帽子的司徒昊微笑地说：“先生，住在 2068 的房客半个小时前退房离开了。”

司徒昊有些诧异，“离开了？你知道她去哪里了吗？”

前台服务员摇头正想说不知道时，脑子里闪过白雪雨打电话时说的话，对着司徒昊的背影喊道：“先生，她应该是去机场了。”

机场？她要去哪？离开北京回合肥吗？不行，他还有话要和她说，他不能就这样让她走了。

开着车，司徒昊打通了个电话，让齐涵涵帮他查一下飞往合肥的航班时间，正准备挂电话的时候，被电话那头的齐涵涵给叫住了，他有些不耐烦地问：“还有什么事？”

齐涵涵立马回说：“昊，先前你手机关机，伯父打电话来了，让我务必联系上你，伯父说……伯母病倒了。”

司徒昊有些不敢相信自己的耳朵，忽然一个急刹车，“你说什么？”

“伯父说伯母病倒了，我已经为你订好了机票。”

“我知道了。”司徒昊一刻没有多耽搁，心急如焚地赶去机场，这回不是去追白雪雨，而是赶往美国。

多少年了？该有十七年了吧？妈妈？呵呵！他有两个妈妈，一个是住在美国的养母，另外一个是十七年前抛弃他的生母。那年他九岁，那是一个雪花纷飞的冬天，那个女人带着他去逛游乐园，后来带着他去电影院，再后来……她将他抛弃了……

司徒昊隔着玻璃看向窗外，墨镜下的双眸干涩得发红。十七年过去了，那个女人如今过得怎么样？她有没有后悔过？她是不是在世上的某个角落里默默地注视着他，后悔她对他的残忍？她为什么要那么狠心？她有没有想过找回他？呵呵……她不会想起他的，若是真的会想他，会后悔，当年也就不会抛弃他了！

他不会原谅她的，永远！

美国，乐园别墅。

司徒昊急急忙忙地赶到了美国，一进家门才知道他是上当受骗了。他的养母没有生病，对他说生病了，只是为了骗他回美国。因为他们从报纸和电视上看到的关于司徒昊与姚雪之间的绯闻，原计划是骗回儿子后，先兴师问罪，后逼婚的，不承想听完司徒昊的一番解释，一家人都失望地摇头叹气。

“这么说，你真的和姚雪没有关系？”

司徒昊挑眉点了点头。

司徒昊的养母一脸的失望，打量着儿子问：“昊昊，你身体最近还好吗？要不要去看看医生？”

“妈，我的身体很好，不用担心。”司徒昊以为养母担心他的身体。

“身体很好为什么对女孩子不动心呢？昊昊，你不会是……喜欢男人吧？”昊的养母迟疑地问。

“妈，你说哪去了。我的性取向很正常！其实……也不是没有女人让我心动……”

养母闻言脸色瞬变，欣喜地追问：“哦，有让你心动的女孩吗？是谁？她家在哪里的？她是做什么的？是艺人吗？她……你为什么不把她带回来让妈妈见见？”

“哥，她漂亮吗？”

司徒昊向着妹妹点了点头，说：“她叫白雪雨，不是圈子里的女孩，我对她还不是很了解——”

司徒昊的话还未说完就被养母的话给打断了，“不了解？这个简单，你多和她在一起相处就了解了。玥玥，送你哥哥去机场。”

“妈，我才回来，沙发还没坐热呢！”司徒昊颇为无奈地望着火急火燎的养母。

“婚姻大事要紧，好不容易遇到了一个让你心动的女孩子，要是不早点出手，就让别人抢去了，不行，别耽搁了，要是被别人先下了手，我抱孙子不就遥遥无期了吗？”司徒昊的养母一边说一边拽起坐在沙发上的司徒昊，又对着女儿杨玥使眼色。

养母的话就像一颗石头，投在司徒昊的心湖上，荡起层层涟漪。她的话让他想起出现在白雪雨身边的楚邵，他心里也很担忧。他决定到了北京机场，直接买飞机票去合肥。

合肥市。

“先生，你这是要去哪？”司徒昊拎着行李箱坐进了出租车，半天没有说话，司机师傅忍不住开口问。

“去……”资料里有写……资料……司徒昊忽然间想起，齐涵涵给他提供的有关白雪雨的资料被他放在车上，未曾随身带上。

“我……对不起。”司徒昊下了出租车，走在陌生的街头，他忽然间自嘲地笑了。他觉得他很可笑，为了一个只见了几面的女人变得如此疯狂，好像是某一部电视剧里的傻男人喜欢上了一个女人。喜欢？想见她想得发疯，满脑子都是她，生气的、愤怒的、悲伤难过的，还想知道更多关于她的一切……这种感觉是爱情吗？

“老大，这个小子好像很有钱。我跟他一个多小时了。”在一个小巷口，一个年纪二十出头的男孩对着一个戴着墨镜的中年男人说。

“你确定他只是一个人吗？”

“大哥，我还能骗你吗？他一出机场我就跟着他了，他好像连去哪都不知道，一个人在闲逛。”

“那成，就他了！我从那边，你从这边，我们双面夹击他。”中年男人说完，从口袋里掏出了一把七厘米长短的匕首，向着司徒昊沉步走去。

“站住，把值钱的都给老子拿出来！”

司徒昊盯着向他走过来的中年男人，瞬间警备了起来。他的目光落在匕首上，心里暗自嘲笑中年男人的愚蠢。这个男人要对他打劫？真是不自量力！

突然脑袋传来一阵疼痛，司徒昊诧异地回头，捂着后脑，缓缓地倒向地面，昏厥了过去。

年轻男人看倒在地上的司徒昊的脑子开始流着鲜血，抓着匕首的手不禁颤抖了起来。

“大哥，怎么办，他……他不会死了吧？”

“快点拿了东西走人，快!”

“可是，大哥……那他怎么办？要不要送医院?”

“送什么医院，你想坐牢啊？快走!”中年男人话落，两个人抢了司徒昊的东西，匆匆忙忙地逃走了。

第七章　再度相争

清晨，赵雅邻醒来，她一阵吃惊，愣愣地望着电脑桌前坐着的白雪雨，一骨碌翻身起了床。她有些不敢相信地揉了揉自己的眼睛，以此来确定她是不是在做梦。

白雪雨自从去了一趟北京，回来后一连五天，没有跨出门槛。记得白雪雨回来的那天，眼睛红肿得厉害，一到门口就瘫坐在了地上；第二天，白雪雨不哭不闹不言不语地坐在床上，抱着穆遂送给她的相机失魂落魄；第三天，白雪雨坐在窗口，傻傻地望着窗外；第四天……赵雅邻有打电话追问楚邵，没有问出个所以然来，因为担心问得太直接刺激了白雪雨，她只能旁敲侧击地打听，结果是一个字都未问出来。

“雪雨，你什么时候起来的?”

白雪雨对着赵雅邻露出一抹柔和的笑容，温和地说：“雅邻姐，我早就起来了，早餐在锅里温着，快去吃吧!”

赵雅邻又是一阵错愕，她的目光落在电脑屏幕上，问：“在看什么?”

“在看招聘信息。雅邻姐，我要出去一趟。”白雪雨说话间从椅子上站了起来。

“去哪?”赵雅邻紧张地脱口追问。

“雅邻姐，我决定去羽飞孤儿院教美术。这几天我状态不好，吓着你了吧？对不起。”

赵雅邻一颗悬着的心总算放了下来，抱着白雪雨一口的哭腔：“雪雨，你知不知道，你真的吓死我了!”

白雪雨歉意地说：“对不起。”

“雪雨，你要放弃你的设计专业吗?”

白雪雨没有回答，一边拿起小提包一边说：“雅邻姐，时间不早了，回来之后我们再聊。”

几年的设计专业，就这么放弃了吗?

看着匆忙出门的白雪雨，赵雅邻的心里泛起惋惜之情。

雪雨在设计上可是很有天赋的……一声叹息伴着关门声落下。不过，相较之下，雪雨愿意出门，留在这里不走了，这比什么都重要。虽然雪雨重新戴上面具将自己伪装了起来，那也比她每天将自己置于悲伤中好过千百倍。

白雪雨走进羽飞孤儿院的教室，望着孩子们纯真而又充满期待的眼睛，她的心瞬间柔软了下来。比起孩子的世界，大人的世界，太复杂，太沉重，太悲伤……

站在白雪雨身边的院长介绍说：“同学们，这位是你们的美术老师白老师，以后白老师会教你们画画——”

院长的声音还未落下，一个坐在墙角的孩子抢着说道：“院长，我们不需要美术老师，一个个都是假惺惺的!”

院长对着白雪雨露出一抹抱歉的笑容，而后对着说话的女孩子说："方草，你不可以对新老师这么没礼貌，快向白老师道歉。"

"我才不要道歉呢！"方草说完从座位上起身，带着泪水从教室里跑了出去。

院长和白雪雨一边向外走一边说："白老师对不起啊，方草这孩子的脾气有些古怪，你别放在心上。其实……其实是有原因的。以前，我们这来过几个美术老师，其中有一位美术老师是方草特别喜欢的，可是，没教多久就走了。这些孩子表面上看起来都很坚强，可是在情感上，他们的内心都或多或少地有些阴影。方草就是其中一个……"

"我能理解。院长，我可以单独跟方草说说话吗？"白雪雨看着远处的方草说。

"好。"院长朝白雪雨笑笑，点头离开。

"你好，我叫白雪雨，以后我就是你的美术老师。"白雪雨走到方草的跟前伸出手，面带淡笑。

方草盯着白雪雨的手，沉默了一会儿说："和我没有关系。"

白雪雨对着转身要走的方草说："方草，我能理解你的心情。"

"你骗人！"

"白老师以前也在孤儿院里生活过。"

"真的吗？"方草有些狐疑。见白雪雨点了点头，她沉默了一会儿问："那……你会和别的美术老师一样，觉得工资低就离开吗？"

"不会。在你们学会画画之前，老师不会离开。你若是不相信，老师和你拉钩钩。"

"白老师……对不起。我会好好学习，我会很乖很用功的！"

若是说白雪雨在来羽飞孤儿院的路上，还有些犹豫是不是真的要放弃她在大学里学习的设计专业，但在这一刻，她的犹豫瞬间消失了。一个人只有在需要他的岗位上工作，才能更好地实现他的个人价值。与某个知名的设计工作室相比，这所孤儿院更需要她。

时间如梭，转眼就是一个星期。

白雪雨的心情渐渐好转，最近她很少再去想穆遂，即使想起，她的心也不那么锥心刻骨般地疼痛了，或者说，她已经不想用太多的时间去悲伤。在孤儿院里，与这些没有父母的孩子相处，她忽然明白了一个道理——人，能够活着就是一种幸福。生活不会因为任何人停下前进的脚步，一个人的生命，却会有停下来的时候。在自然规律的面前，人很渺小，真的很渺小！珍惜生命，远比挥霍生命更有意义。生老病死她虽无力改变，却可以选择珍惜生命。以后，她会把穆遂放在心底深处，珍藏起来。

“白老师，音乐老师说这个星期请我们去他家里做客，你真的不要一起去吗？”方草追到孤儿院门口问道，期待地望着白雪雨。

“我……”

“雪雨。”白雪雨正犹豫，楚邵从车里走了出来，打断了白雪雨和方草的对话。

白雪雨有些诧异地问：“楚邵，你怎么在这儿？”

楚邵走到白雪雨的跟前，冲着方草笑了笑，转脸问白雪雨：“这个周末有空吗？”

“我……这个周末我要和方草他们一起去音乐老师的家里做客，你有什么重要的事吗？”

楚邵犹豫了一下，有些失望地说：“这个周末是我的生日，原本想让你陪我去一个地方的，既然你有约了，那……”

方草接过楚邵的话，对着白雪雨说：“白老师，你还是陪叔叔一起过生日吧，一个人过生日是很孤单的！叔叔再见，白老师再见。”方草说完转身跑进了孤儿院。

楚邵看了眼白雪雨，问："这孩子真懂事。雪雨，你在这儿上课，是短期还是长期?"

"暂时还没想好，应该是长期。"白雪雨犹豫了一下，说。

楚邵微微皱了下眉头，说："你要放弃你的设计专业吗?"

楚邵见白雪雨只是笑笑，接着说："我觉得你要是放弃你的专业在这里教书，就太可惜了。"

"教书挺好的。"白雪雨淡淡一笑说。

"你的设计作品我有看过，如果你放弃设计，我还是觉得很可惜。要不，你来我公司?"

白雪雨在这个偏远的城郊当美术教师，他怎么想都觉得可惜。白雪雨的设计作品他见过，真的很优秀！在设计界，她是有能力闯出自己的一片天地的。

"谢谢你的好意，暂时我还是想在这里教孩子们画画。和他们在一起真的很开心。"白雪雨毫不犹豫地拒绝了楚邵的提议。对她来说，就算是做设计的工作，她也不会去楚邵的公司。

钱债好还，人情债难还，她不想欠楚邵太多。

送白雪雨回到住处后，楚邵跟着白雪雨下了车，温文尔雅的面容带着隐约的犹豫，他迟疑了片刻，说："雪雨，我们可以谈谈吗?"

白雪雨乌黑的眸子一沉，稍作犹豫，点了点头。她的心里隐隐约约地感觉到楚邵要说什么，若是往日，她或许会找个借口逃避。可是，一直那样逃避她不喜欢，也感觉不负责任。就像赵雅邻说的：一个人不可能永远活在逃避中，逃避解决不了问题，该面对的总是要面对的。

"雪雨，我……我知道，我不该在你还没有准备好的情况下急着问你，可是……我喜欢你，给我一个机会好吗?"

白雪雨迎上楚邵焦急和忐忑的眼光，平静地说："楚邵，你有想过吗？我不能忘记穆遂，若是我和你在一起，我的心……可能一生都不会完整地对你，你明白吗？"

"我明白，你不需要忘记，你可以永远都记着他，我可以理解和包容。只要你给我一个机会，也给你自己一个机会，我会让你幸福的。"楚邵的话语深深地扎在白雪雨的心上。她知道楚邵是个好男人，难道真像雅邻姐说的那样？眼前的这个男人是上帝为她开启的另外一扇窗？她应该给自己一个机会，也给楚邵一个机会吗？

白雪雨犹豫了半晌，十分认真地注视着楚邵说："楚邵，我答应你，给我们一个彼此相处的机会，可是……以后会怎么样我不知道，我也不能给你任何保证。"

"真的吗？"楚邵有些不敢相信自己的耳朵，当他见到白雪雨点头，才确定他不是听错了，然后激动地一把将白雪雨抱入怀中，"呵呵。太好了，雪雨，谢谢你！"等待这句话，他等了太久。

回到房间，抱着穆遂送给她的相机，白雪雨的心情一片低落。

她和穆遂真的结束了吗？她这样做，遂，他会支持吗？她就这样放开穆遂的手，穆遂才会走得安心吧？

"怎么了？"赵雅邻望着蜷身坐在床上的白雪雨，有些担忧地问。

白雪雨平静地看着赵雅邻，迟疑地说："雅邻姐，今天……我答应和楚邵交往，不过，只是试着交往……"

赵雅邻愣了一下，继而欢喜地说："真的吗？这是好事啊！"

"雅邻姐，楚邵是个好男人，我不想伤害他。我不知道这样做是不是对的。"白雪雨心里没底，对楚邵，她的心还是有些抵触。

"雪雨，你有得到幸福的权利。上帝为你关上了一道门，在另一处为你开了一扇窗，这就是你的人生。人活着要坚强，要勇敢，你需要做的就是向前走，接受得到幸福的机会。若是穆遂在天有灵，他也不舍得看着你一个人孤独终老。毕竟，他是那么的爱你。”

白雪雨面色忧郁，眼中有泪光，“可是，我怕……我怕给了楚邵希望，最后什么也给不了他，最后，反而将他伤得更深。”

赵雅邻闻言心里一阵疼惜，抱住白雪雨温柔地说：“不会的，不管以后如何，我想楚邵他都不会后悔追求你，爱你。”赵雅邻唇角带着满满的笑容，很高兴。不管雪雨和楚邵以后会发展得怎么样，只要雪雨愿意跨出一步，愿意给楚邵一个机会，这就是天大的好事。

翌日，下午。

白雪雨在商场里逛了一圈，没能寻找到合适的礼物，不禁皱眉问赵雅邻道：“雅邻姐，我送什么礼物给楚邵好呢？”

“领带怎么样？衬衫也行呀！”赵雅邻见白雪雨沉默不语，笑着说，“别愁了，就这条蓝色的领带吧！只要是你送的，他都会喜欢的。”

白雪雨淡淡一笑，心里没有甜蜜，而是涌上了一层苦涩。

“雪雨，昨天姚雪给我打了电话。”

“她？说了什么？”

“随便聊了几句，其实也没说什么。”说到姚雪，白雪雨不禁忧心忡忡。姚雪爱上司徒昊那种纨绔公子哥，他们的感情会顺利吗？

赵雅邻见白雪雨沉下脸色，以为是因为姚雪喜欢楚邵的事情忧心，不由得脱口说：“雪雨，你不用觉得对不起姚雪，楚邵喜欢的人一直都是你。这么多年，他要是爱姚雪的话，早就和姚雪在一起了。”

“雅邻姐，这次去北京我见了雪雪，我有些担心她。”

“担心她？你担心她什么？”赵雅邻从来不担心姚雪，她觉得以姚雪的心机，根本就不需要别人担心她。

白雪雨皱起眉头，犹豫地说：“担心……演艺圈人多，人多的地方是非多，我担心雪雪遇人不淑，会被人欺负。”

“你担心她？呵呵！雪雨，你就放下你的担心吧！姚雪这丫头的脑子可灵活了，和她沾边的人，只会吃她的亏，她才不会吃别人的亏！”

白雪雨闻言不由得笑了，“你这是在夸她还是在诋毁她啊？”

“我啊？既不是夸赞她也不是诋毁她，我只是比你更加了解她。她的话你听听就好，别太当真。若是你真的要当真，就要先打折。”

白雪雨将领带放在收银台上，接过赵雅邻的话问：“打折？依你看打几折？”

赵雅邻皱着眉头，想了想说：“打对折我都嫌多了，两折，两折合适点。”

“小姐，这领带我们不打折。”收银员的话语一落，白雪雨和赵雅邻相视一愣，随即欢笑了起来，将收银员弄得一头雾水。

御香阁的包间里，灯光迷醉，楚邵将手中的菜谱递给了服务员，目光落在白雪雨脸上，有些好奇地问：“在笑什么？”

白雪雨抬目迎上楚邵的眸子，摇了摇头，将手提袋里包装好的礼物，递到楚邵的面前，“祝你生日快乐！”

“这是给我的吗？”楚邵拿起白雪雨送给他的礼物，心里一阵欣喜。

白雪雨点了点头，目光落在礼物盒子上，“嗯，不知道你会不会喜欢……”

“喜欢！”

白雪雨弯唇一笑，看着楚邵说：“哎，你还没打开看看是什么礼物呢！”

楚邵粲然一笑，接过话说：“只要是你送的，我都喜欢。”

“蛋糕来了。”白雪雨躲开楚邵充满深情的眼光，看向服务员推过来的生日蛋糕，岔开了话题。

楚邵从西装口袋里掏出了一个包装精美的小盒子，对着白雪雨说：“雪雨，我今天也为你准备了一份小礼物。”

“送我礼物？为什么？”白雪雨点着蜡烛的手停了下来，狐疑地看了眼楚邵。

“嗯……这是……你答应与我交往的第一次约会礼物。”

盯着小小的包装盒，白雪雨眉心不自觉地凝起。这样小的盒子会装什么礼物？不会是戒指吧？

“打开看看喜不喜欢，若是大小不合适，可以去换。”楚邵话落，白雪雨心里的疑虑又深了几分。她心里猜测应该是戒指。戒指？戒指不是轻易送的礼物，也不是随便收的礼物。怎么办？正在白雪雨犹豫不定想着如何回绝楚邵的时候，忽然间，她的手机铃声响了。

“喂，院长有什么事吗？”

“白老师，小草下楼梯的时候摔了一跤，现在司徒老师正带着她赶去医院，学校里还有孩子没有安顿好，我现在走不开，你可不可以……”

“好。院长你别着急，我这就赶过去。”白雪雨说话间从椅子上站了起来，“楚邵，对不起，我不能陪你一起过生日了，我的一个学生受伤了正赶往医院，我要过去。”

楚邵急忙起身，拿起桌子上的礼物，一边走一边说：“不要紧，别急，我现在送你过去。”

“这……好。”

白雪雨匆匆忙忙地赶到了方草所在的医院，打听到小草的病房号，确定方草只是摔断了一只胳膊，没有生命危险，一颗悬着的心这才放了下来。

“白老师……”方草一见白雪雨，眼泪便哗哗地掉了下来。

“疼吗？怎么就你一个人？”

方草点了点头，泪眼汪汪地瞅着白雪雨，一边抽泣一边说：“司徒老师为我买吃的去了。白老师，你可不可以不走？”

“好，白老师不走，陪着你。”白雪雨说完，看向刚刚挂断电话的楚邵，说，“你先回去吧，我今晚留在这里陪小草。”

“我留下来陪你。”

白雪雨摇了摇头，“不用。你快回去吧，今天是你的生日，你应该回去陪伯母的。”

楚邵想到电话里，他的妈妈说等他回去吃饭，犹豫了下说：“那……好吧，若是有什么事情，你打电话给我。”

“好。”白雪雨点了点头。

“白老师，刚刚那位叔叔是你的男朋友吗？”小草看着楚邵离开，收回视线，瞅着为她削苹果的白雪雨问。

白雪雨被方草问得面色一沉，沉默了好一会儿，点了点头。

“白老师，你喜欢那位叔叔吗？”

“我……”白雪雨被方草问得一愣，她没有回答方草的问题，可她心里已经有了答案。

她还可以喜欢上别人吗？也许，再努力一些应该可以吧？

“小草，看老师给你买什么好吃……”司徒昊抬头望见白雪雨，不禁一怔，随即笑着问，“你就是小草的美术老师？”

白雪雨缓缓地站了起来，望着门口处站着的司徒昊，一脸的惊讶，忍不住脱口问：“怎么是你？你怎么会在这里？”

“我当然在这里啊，院长没有告诉你吗？我陪小草一起过来的。”

司徒昊怎么会在这？他怎么会是羽飞孤儿院的音乐教师呢？

他……不会是因为她吧？白雪雨想到司徒昊对她做的一些事情，就忍不住一阵怒火直冲脑门，冷声说：“你觉得好玩吗？你不该在这里！”

司徒昊望着白雪雨一脸的困惑，“我不该在这？那我应该在哪？你以前认识我吗？”

“你……”白雪雨瞅着司徒昊，好一会儿，试图从他的脸上看出戏弄的成分。他不认识她？不过半个月的时间……他竟然不认识她了？这……也太贵人多忘事了吧？

司徒昊看着白雪雨愤怒的脸，一脸无辜地追问：“对不起，我失忆了，你以前是不是认识我？”

“你失忆了？”这太戏剧化了吧？这家伙一定在耍她。他失忆？这怎么可能？可是，他好像不是在撒谎……

司徒昊很诚恳地点了点头，解释说：“嗯。我醒来的时候在医院，身上什么证件都没有，除了知道自己叫司徒昊，别的什么都想不起来……你知道我的过去吗？”

“我……”她对他的过去不太了解，只是和司徒昊有几面之缘……眼前的这个人真的是她在北京遇到的司徒昊吗？

“白老师，你和司徒老师以前认识吗？”小草看了看司徒昊又看了看白雪雨，好奇地问了一句。

认识？她和他在北京倒是见了几面，算是认识吗？

白雪雨正要回答，一个医生走了进来，看着白雪雨和司徒昊问：“你们是患者家属吗？”

司徒昊接话说：“我们是她的老师，有什么事你可以跟我们说。”

医生扫了眼病床上躺着的小草，转过头问：“老师？孩子的父母呢？”

司徒昊见方草不开心地背过身，接话说：“医生，有什么事情和我们说是一样的。”

“一样？这怎么会一……”医生回头看了眼方草，没有再说下去，走出了病房。

司徒昊随着医生一道取了片子，有些不放心地问：“医生，方草是羽飞孤儿院的孩子，我们是她的老师，她的情况还好吗？”

医生将方草的资料递到司徒昊的手中，说：“除了胳膊骨折，别的没有问题。这是进一步确诊的资料，你们看一下，若是没有别的问题，就在上面签个字。”白雪雨和司徒昊签字后，又去拿下面要继续挂水的消炎药以及办补床的手续。等他们办好手续，往病房赶过来时，天色已在不知不觉中渐渐暗了下来。

“你们是病人方草的老师吗？”在司徒昊和白雪雨准备推门进入病房时，一个护士急匆匆地跑了过来。

司徒昊狐疑地看着一脸着急的护士问：“我们是方草的老师，出了什么事？”

“方草不见了！”护士焦急地说。

“不见了，她去哪了？”白雪雨和司徒昊紧张了起来，立马追问。

护士摇头说：“不知道……这层我都找过了，没有找到。”

白雪雨推门一看，病床上确实没有人，挂水的瓶子里还装着半瓶未挂完的药水。

“她会去哪？会不会去洗手间了？”

护士摇头说：“全找过了，没有发现，她会不会出去了？”

司徒昊思考了一下问：“护士，你们的监控室在哪里？若是她出去了，录像里一定把她录下来了。”

“请跟我来。”护士带着白雪雨和司徒昊匆匆赶到了监控室，查看起监控录像。

“等下，这不是小草吗？小草出去了。”白雪雨盯着录像里的小身影说。

“我去找她。护士，若是小草回来了，请立马给我打个电话。”司徒昊说。

“我也去。”白雪雨和司徒昊匆匆地出了医院，在医院的周边分头寻找起方草。半小时后，在望湖公园旁，白雪雨遇到了同样着急寻找方草的司徒昊，忙快步走上前问道：“怎么样，找到了没有？”

白雪雨见司徒昊摇头，心急如焚，担心地问：“你说小草去哪了，怎么突然不见了？医院那边有没有消息？”

“还没有。你别担心，小草不会出事的。”司徒昊见白雪雨焦急，宽慰地说。

“嗯，小草一定不会有事！我们再分头找找，说不定刚刚着急，有什么地方漏找了。”

“白老师，我们一起找吧！你一个女孩子不安全，而且你又什么都没有带，若是医院来了电话，我也不好及时通知你。”司徒昊对着转身要走的白雪雨说。

白雪雨稍作迟疑，答应了下来：“好吧！希望小草没事的。”

“放心！小草不会有事。这孩子虽然敏感，却还不至于想不开。看她的眼睛就可以感觉到她比一般的孩子都要坚强。”

白雪雨微微动了下嘴角，眸子闪过一道落寞，接过话说：“在孤儿院里长大的孩子，他们没有脆弱的权利。”当初她的爸爸妈妈相继离开，她住在孤儿院的那几年，身边没有人可以依靠，就要自己去扎地生根，把自己变成自己的依靠，这就是孤儿注定的命运，别无选择。

司徒昊看着夜幕下白雪雨娇小而又单薄的身影，心里一颤，一股疼惜之情涌上心头。

她说这话是什么意思？她也是孤儿吗？

秋风在夜幕下吟唱，路灯将人的身影拉得很长很长。司徒昊见白雪雨双臂不自觉地抱在了一起，便脱下了身上的外套，递向白雪雨，“披上吧！别受凉了。”

“不用，我不冷……”白雪雨的拒绝话音还未落下，司徒昊便亲手为白雪雨披上了外套。

“披着。你若是冻坏了谁来照顾小草？”

白雪雨望着司徒昊，有那么一刻，她的心跳慢了节拍，一种说不清楚的情愫绕上她的心头。眼前的这个人，真的是她在北京遇到的司徒昊吗？为什么她见到司徒昊，会有种很熟悉很亲切的感觉？

“你真的不记得以前的事情了？”

司徒昊耸了一下肩，将双手插在牛仔裤的口袋中，说：“很多事都记不起来，不过小时的记忆还是记得一些。”

“小时候？”

“嗯。你知道吗？这个世界上有些孩子，还不如孤儿。”

白雪雨闻言转脸看了眼司徒昊，没有说话。司徒昊停了一下，继续说：“那是一个大雪纷飞的日子，有一个孩子，他的妈妈第一次带他去游乐园，他特别高兴，虽然天气很冷，虽然他的身体不好，可是他真的很开心……后来……后来他又跟着他的妈妈一起看了电影……那是一部他一生都忘不掉的电影。”

“什么电影？”

司徒昊弯唇，一抹苦涩落下，“一部很精彩的电影。电影说的是一个妈妈将他生病的孩子丢了，从此音信全无。那天，那个孩子等了很久，好像有一个世纪那么久……他冻得嘴唇发紫，身体蜷缩在一起，打着哆嗦，直到昏厥在路边，他都没有等到他的妈妈回来找他……”

他是在说他自己吗？他被他的妈妈抛弃了？为什么？妈妈为什么要抛下自己生病的孩子？

“别用这样的眼神看着我，那都是过去的事情了。”司徒昊说到这里，转移话题，“我以前是什么样子？你应该是认识我的对不对？我以前是个很让人讨厌的人吗？”

白雪雨迟疑了一下，接口说：“你……你是个有个性、霸道、自我意识很强的人。”

司徒昊微微扯了下嘴角说：“那以前你是不是很讨厌我？”

讨厌他？看了眼司徒昊，白雪雨摇了摇头。她原本以为她很讨厌他的，可是，面对着司徒昊，她心里没有厌恶的感觉，这是不是很奇怪？

“我有什么朋友？有女朋友吗？”

“你……”

白雪雨正要与司徒昊提起姚雪的时候，司徒昊的手机铃声忽然响起来——“从那遥远海边，慢慢消失的你，本来模糊的脸……”

“喂，嗯，好。”

白雪雨见司徒昊挂了电话，立即追问：“怎么样？是不是医院打来的？”

“嗯，小草现在在医院了。”

“真的吗？太好了！我们快回去！啊——”白雪雨一阵欣喜，下着台阶的她脚下一滑，在司徒昊伸手扶着之前跌倒在地上。

司徒昊立即弯腰查看白雪雨的脚踝，轻轻地捏了几下，见白雪雨吃疼的样子，心疼地问：“怎么样？很疼吗？”

白雪雨皱眉说：“嗯。应该是崴到脚了。”

司徒昊接话说：“不是应该，是肯定。以后别穿高跟鞋了，尤其是晚上。上来，我背你去医院。”

白雪雨望着弯腰背对她的司徒昊，拒绝道：“不用，我自己可以走。”

“快点上来。小草可是一个人在医院里。”

“好吧，谢谢。”白雪雨说着，轻轻地趴到了司徒昊背上。

“不客气。”司徒昊弯唇一笑，接着说，“白老师，你平时都不吃饭的吗？”

白雪雨闻言先是一愣，随即岔开了话题，“刚……刚刚医院打来电话，小草没事吧？”

“没事。有护士在守着她。若是有什么事，护士会打电话给我的。”

“那我就放心了。”

“小草她很喜欢你，经常在我的面前提起你。”

白雪雨接话说：“是吗？小草也很喜欢你，她也在我的面前经常提起你，说你唱歌很好听。”

“你喜欢音乐吗？喜欢什么类型的音乐？古典乐、民谣、轻音乐，还是……”

白雪雨想了想说：“喜欢……清爽的、简单的旋律……”她说她喜欢音乐，音乐就好像她生命中的天使。无论是开心的时候，或者是悲伤的时候，她都离不开它，也不想离开它。音乐就像是朋友，一生都会陪伴左右，永远不会离开的朋友。

司徒昊认同地说：“嗯。音乐对我来说就是生命中的一部分，像永远不会离弃的好朋友。虽然失忆了，忘记了许多东西，却没有忘记音乐……我想，我以前一定很喜欢音乐，是不是？”

白雪雨平时也不看什么报纸，就连电视也很少看，对于司徒昊，她了解得真的很少。除了在北京遇到他，知道他是个明星，霸道、野蛮、蛮横无理……他……那个在北京遇到的司徒昊真的是现在这个背着她的人吗？他的背好温暖，好温暖，就像是穆遂的背，温暖、坚实。

“音乐是你的朋友，也是我的朋友，那我们也算是朋友，对吗?”司徒昊问。过好一会儿没有等到白雪雨的回答他又接着说：“嗯，你不说话我就当做你答应了哦。既然是朋友，以后我就叫你雨儿怎么样？还是叫雨儿顺口。”

“不要，你还是叫我白老师，或者……白雪雨也行。”

“只不过是个称呼，你不会那么较真吧？就叫雨儿了！雨儿，雨儿……”

第八章　卑微的爱

在医院门口张望的楚邵，见到司徒昊背着白雪雨走了过来，面色瞬间暗如黑墨，双手不自觉地握成了拳。

因为不放心白雪雨一个人在医院里，他吃过晚饭便匆匆忙忙地赶到了医院……这一幕是他做梦也想不到的。司徒昊竟然背着白雪雨？他们之间什么时候变得这么亲密了？为什么司徒昊会出现在这里？

“雪雨！”

白雪雨见楚邵冷着脸，一阵诧异，“楚邵……你怎么会在这里？司徒昊，快放我下来……”

司徒昊扫了一眼楚邵，说：“先去医院。”

楚邵面冷如霜地一把拦住了司徒昊，冷声说：“我是她男朋友，把她交给我吧！”

司徒昊盯着拦着去路的楚邵说：“先带她去看医生，她崴了脚。”

楚邵心里气恼，嫉妒得要命，可是想到白雪雨的脚受了伤，他强忍下心里的妒火，为司徒昊让了路。跟在他们身后，楚邵从司徒昊的身上感觉到了威胁，这种威胁他在见到司徒昊第一面的时候就感觉到了，就好像是当初的穆遂。

这一次，他不会再让别人抢走白雪雨，谁都不可以！好不容易等到了这个机会，他不会也不能再错失。若是再错过，他也许永远都没有机会了。

诊室里，楚邵一把拽开司徒昊，急忙问："医生，她的脚没有大问题吧？"

"没有大碍，已经贴了膏药，再敷些药就好了。这段时间要多休养。"

楚邵白了眼司徒昊，对着白雪雨说："雪雨，你脚伤了，我送你回去休息吧！"

"不碍事。楚邵你回去吧，我要留下来照顾小草。"

司徒昊接过话说："雨儿，你回去歇着吧！小草这里有我照顾，明早院长也会过来，就这么定了。"

"雪雨，来，我背你。"楚邵话落，走到白雪雨的身前蹲了下来。

"不用，现在脚不怎么疼了，我可以自己走的。"

白雪雨的拒绝让楚邵心里一阵不舒服，脱口说："雪雨，我是你的男朋友。"

面对楚邵的坚持，白雪雨妥协了。她转头对司徒昊说："那我先回去了，小草这里要是有什么事情，立即告诉我。"

"好。留一下你的手机号码吧。"司徒昊说话间将他的手机递给了白雪雨。

楚邵不希望白雪雨将手机号码给司徒昊，正要开口阻止，白雪雨已经接过司徒昊的手机，留下了她的号码。白雪雨没有征求他的意见，丝毫犹豫都没有就将手机号码给了司徒昊，这让楚邵心里很不舒服。司徒昊给他带来的威胁感，让他心情很阴郁。

司徒昊走后，楚邵载着白雪雨离开了医院。一路上白雪雨见楚邵阴沉着脸半天不开口说话，打破了沉默问："你怎么会突然过来？"

楚邵沉声说："因为担心你，不放心你，还想陪着你，所以就忍不住，迫不及待地来见你。"楚邵的话将白雪雨推进沉默之中。一种无形的压抑感深深地缠绕着她，让她想要挣脱。楚邵对她的情意让她想要逃走，他的表白让她心生愧疚，恋爱中的男女不该有这样的感觉，她知道。可是，望着楚邵一张阴沉的脸，拒绝的话她说不出口，至少今天她说不出口，她答应给楚邵和自己一个机会的，她也许再努力一些就会好点吧？这个念头还未落下，白雪雨的心头又浮现了一个念头——她不爱楚邵，她是不是丧失了爱人的本能？

白雪雨的沉默让楚邵心里很慌乱，他忍不住说："雪雨，你换份工作吧！"

换工作？白雪雨的眉头瞬间锁起，毫不犹豫地拒绝了楚邵的提议，"我不换工作。"在孤儿院里教书真的很开心，她不想换工作。

白雪雨毫不犹豫的拒绝让楚邵的心猛然一沉。他有些烦躁，想到刚刚在医院门口的那一幕，他就无法不嫉妒，坚持己见地说："雪雨，若是你很喜欢教书，我可以在市区里给你找一份教书的工作。你在市区里工作，我们见面也容易很多，我也放心些。"

"楚邵，我现在的工作很好，我不会换工作的。"

白雪雨的坚持让楚邵心里很难过。他感觉到的是自己的卑微。他从来没有想过，爱一个人让他变得如此卑微。

"雪雨，若是我坚持让你换工作呢？你能为了我辞去这份工作吗？"

"楚邵，工作的事情不要再说了，我不会换工作的。"

望着白雪雨，楚邵苦涩地扯了下嘴角。他只不过是不想她和那个司徒昊在一所学校上班，就这点要求，她都不答应……难道是因为司徒昊？楚邵忍不住地脱口问："因为司徒昊吗？因为他和你在一所学校，你才不愿意辞去这份工作，是不是？"

白雪雨闻言，脸色瞬间冷下，"你这话什么意思？"

"今天看到司徒昊背着你的场景，你们亲密的样子，让我很不舒服。"

白雪雨凝眉解释道："我在羽飞工作是因为我喜欢在那里工作，不是因为司徒昊。你也知道，刚刚他背着我，是因为我找小草的时候扭到了脚。我和他之间没有什么。"

"雪雨，就当是为了我，换掉羽飞的工作，真的不行吗？"

白雪雨深吸了口气，不高兴地说："楚邵，我的人生，该做什么，我自己可以做主。"

楚邵也很窝气，再次追问："我在你心中连一份工作都比不过吗？"

"你别这样逼我好不好？"

"我逼你？"楚邵苦涩地一笑，"雪雨，我这样要求你，是因为我在乎你。难道我在你的心中，就比不过认识不久的司徒昊吗？"

白雪雨气恼地说："停车！"

"雪雨，你这是干什么？"

"我让你停车！"

楚邵见白雪雨一脸的坚决，气恼地停车放白雪雨下了车。望着白雪雨头也不回地钻进了出租车扬长而去，心里不痛快的他驾车离去。

赵雅邻接到了楚邵的电话，立即下楼等着白雪雨，没一会儿的工夫，便见到白雪雨从出租车上下来，上前一边扶着白雪雨往屋里走，一边问："雪雨，你和楚邵怎么了？"

"没什么。"白雪雨不想提方才的事情，她好心烦。

赵雅邻试探性地问："你们吵架了？刚刚楚邵给我打了电话，他什么都没有说……我们是朋友，你能说给我听听吗？是不是楚邵欺负你了？我帮你打电话教训他！"

"不是。是因为工作的事情。"白雪雨的话让赵雅邻停下了掏手机的动作。

赵雅邻诧异地问："工作？他不希望你在羽飞工作？"

"嗯。他怀疑我和司徒昊有关系。雅邻姐，我真的不喜欢楚邵这样。"

赵雅邻不解地问："司徒昊？他不是在北京吗？"

"他不在北京，我也是今天才知道，他在羽飞教书。"

赵雅邻诧异地看着白雪雨问："他在羽飞教书？对了，最近报纸上说他失踪了，这是怎么回事？"

"我也不太清楚，我只知道他失忆了，现在是羽飞的音乐教师，我也是今天才知道。"

赵雅邻目光流转，挑了下眉头，接话说："这么巧，雪雨，你和司徒昊是不是太有缘分了？"赵雅邻话落，见白雪雨不理她，继续说："难怪！哎，楚邵让你换工作是因为司徒昊吧？"

白雪雨无奈地叹了口气，说："我和他真的没有什么。更何况，在北京的时候，姚雪亲口告诉过我，司徒昊是她的男朋友。"

"姚雪亲口说的？"

赵雅邻见白雪雨点头，不以为然地说："姚雪的话，未必可信。"司徒昊是姚雪的男朋友？姚雪的话赵雅邻一直都不怎么相信。不过，她对司徒昊这个人倒是产生了兴趣。这个家伙在北京欺负雪雨，现在失忆了还能遇到雪雨，这也太巧了吧？赵雅邻暗下了个决定，她要找时间见一见司徒昊，看看能让楚邵吃醋的人会是什么样的。她要见过人才放心，她不会让别人伤害白雪雨的。

“雅邻姐，我一会儿就休息了，明天还要去医院。”说完，白雪雨向洗手间门口走去。

赵雅邻追到洗手间的门口为楚邵求情说：“雪雨，你就别生楚邵的气了，今天好歹也是楚邵的生日，原谅他吧，明天我说说他。”

“雅邻姐，我不生楚邵的气了。放心吧，雅邻姐，早点休息吧。”

打了个电话给赵雅邻后，楚邵心情烦躁，便进了酒吧。在酒吧里买醉的他觉得自己很窝囊，爱一个人爱得这么可怜卑微。纵横商场无往不胜的他，从未如此无力过。爱上一个不爱自己的人，难道注定要承受这样的痛苦？

调酒师看着把玩着酒杯的楚邵，问：“怎么了，今天好像很不开心。”楚邵经常光顾这家酒吧，因此调酒师天航与楚邵成了朋友。

楚邵苦涩地笑了，笑得一阵心酸，“天航，我爱的女人回来了。”

“这是好事。怎么，她拒绝你了？”

楚邵摇了摇头，“她答应给我们一个交往的机会。可是，她的心我却始终看不明白，呵呵！”

天航笑了一下，说：“女人心，海底针。男人啊，永远猜不透。”见楚邵的目光落在手机上，又说：“想打电话就打一个吧！千万别和你爱的女人斗气，最后伤的只能是你自己。”

楚邵无奈而悲伤地笑了，“也许，你说得对。你信吗？我不给她打电话，她是绝对不会主动跟我联系的。我的爱就是这么卑微。”

天航叹了口气，说：“爱情的世界中，没有贵贱，只有爱与不爱，爱多爱少。你要是真的爱到非她不可的地步，就放下你心中的平衡秤，也放下你的骄傲，只有这样，你才会心情愉快点。这杯‘祝君好运’，我请你。”

“呵呵！”楚邵扯嘴笑了，眼中却泛起了湿意，一脸的忧伤，“其实我不怕爱得卑微，能在她的身边守护她，我就觉得很满足。我是怕……到头来我连这个机会都没有。”

天航好奇地问：“她是个什么样的女人？”

“一个让人看了就会忍不住心疼，想要不顾一切地去爱的女人。我走了。”楚邵说完，拿起他的外套和手机，步伐有些踉跄地走出了酒吧。冷风吹面，半醉的楚邵脑子清醒了许多。他看了看手机，时间显示的是一点半，想要给白雪雨打电话的他，最终将手机装进了口袋。

翌日，清晨。

赵雅邻走到饭桌前，看着为小草准备粥汤的白雪雨，说：“哇，好香哦！雪雨，今天我没事，我送你去医院。”

“嗯，那你快点。”白雪雨犹豫了下说。

“雪雨，你不打算和楚邵说话了吗？”赵雅邻看完手机里刚收到的短信，瞟了眼白雪雨问。

“没有啊。”

赵雅邻大眼睛转动了下，问：“那为什么不接人家的电话，也不回人家的短信啊？”

白雪雨沉默了一会儿，一脸平静地说：“不知道该说什么。”

赵雅邻抿了下嘴唇，说：“其实换成了别人，比方我，也会胡思乱想的。情有可原，是不是？”赵雅邻话落见白雪雨不说话，又接着说：“他是太在乎你，怕你被别人抢走了，所以才这么紧张，让你换工作。看在他这么爱的分上，原谅他呗，这样也会显得你大度啊。”

赵雅邻见白雪雨不回答她，有些着急地说：“雪雨，楚邵还在等我回信息呢，看在我的面子上，把昨天的事情全部Pass掉好不好？”

白雪雨无奈地看着赵雅邻，点了点头，随即拎着保温桶向门口走去。她没有生楚邵的气，只是不喜欢楚邵对她的态度，还有……她还不习惯别人干涉她的生活，虽然那个人很爱她。

赵雅邻的手机响了，她接了起来。

“喂，嗯。楚邵的电话，要你接……”赵雅邻说话间将她的手机递向白雪雨。

“雪雨，昨天是我不好。不该一意孤行地要求你换工作，还是你喜欢的工作，对不起。”

电话那头楚邵的温声道歉，让白雪雨有些歉疚，接话说：“该说对不起的人是我。昨天是你的生日，因为我你都没有好心情。”

“雪雨，我想见你，你现在有时间吗？”

白雪雨看了眼赵雅邻说：“现在不行，我和雅邻姐要去医院看小草。”

楚邵一想到医院就想到了司徒昊，立马说道：“那我去医院找你。”

白雪雨拒绝道：“不用。楚邵，我有时间再联系你，好吗？”

“那……好吧。”楚邵挂了电话，脸色很差。白雪雨坚持不换工作，他也不好强迫，再说为了避免白雪雨对他的厌烦，为了不破坏他们之间好不容易得来的缘分，他也只好退步了。可是，想到司徒昊在羽飞，他心里就很担心，这样的威胁他不允许！思及此，楚邵拨通了秘书的电话，“立即安排可靠的人，暗中监视白雪雨，她与什么人来往，做了什么事，所有的举动我都要知道。记住，不要让她发现。”

“是。楚总还有别的吩咐吗？”

楚邵沉默了半秒，接着说：“将明星姚雪以及司徒昊的经纪人的电话号码发到我手机里。”司徒昊留在羽飞始终是个威胁，就好比那不定时的炸弹，随时都有可能爆炸！既然雪雨不愿意离开，那就要想办法让那个人走。

医院，病房里。

白雪雨到了病房，发现小草一个人在病房，正要开口却被小草抢了先，“白老师，你来啦！白老师，你的脚好些了吗？”

“好些啦。怎么就你一个人？”

“司徒老师拿药去了。”小草看着随着白雪雨之后进来的赵雅邻，狐疑地问，“老师，她是你的朋友吗？”

赵雅邻接话说：“嗯，我是你白老师的好朋友赵雅邻，你也可以叫我赵老师。”

“赵老师好！赵老师你真漂亮。”

赵雅邻笑着说：“你也很漂亮。”

“小草，昨天为什么一声不响地出去了？”白雪雨一边从保温桶里拿出她为小草准备的粥汤一边问。

“白老师，昨天其实是我的生日，我只是想出去买块蛋糕……白老师，对不起，是我不好，让你和司徒老师担心了。”

“没关系。不过，以后不许不声不响地离开，知道吗？”

小草一脸内疚地连连点头说：“嗯，我再也不会了。”

“还没有吃早饭吧？”

小草盯着白雪雨为她准备的早饭，说：“没有，不过司徒老师说拿了药就去买早饭的。”

“不用等司徒老师的早饭啦，白老师带了好吃的给你。饿了吧？快吃吧。”

司徒昊在门外听到白雪雨的声音，快步走进了病房，看着白雪雨，忙说：“你的脚好些了吗？不是让你别过来了吗？这里有我照顾小草，院长就快到了。”

白雪雨说："我的脚已经没事了。你还没有吃早饭吧？我多准备了一份。"

"谢谢。"司徒昊脸上浮起温暖的笑容，随即目光落在审视他的赵雅邻身上，向着赵雅邻笑了笑，"你是雨儿的好朋友吗？我是司徒昊，雨儿的同事。"

赵雅邻闻言不禁一愣。雨儿？这个在北京欺负雪雨的家伙，竟然这样亲昵地称呼雪雨？还有他刚刚对雪雨毫不掩饰的关心……这就难怪楚邵会生气了。不过，他真人比电视和报纸上还要帅上很多，他和雪雨站在一起，好像很般配耶！不对不对，她怎么可以转变阵地？她对楚邵知根知底，应该站在楚邵的一边，不能动摇！

"你就是那个在北京欺负雪雨的坏小子吧？"雪雨相信他失忆，她才不相信呢！能把身无分文的雪雨丢在西餐厅，够缺德的。现在又出现在雪雨的身边，想想就觉得不可信。别说楚邵不相信，她也不相信有这么巧合的事情。

"雅邻姐——"

白雪雨的话还未说完，便被司徒昊的话给打断了，"北京？你说我以前在北京欺负过雨儿？这是怎么回事？"

赵雅邻带有敌意地说道："你少装蒜！雪雨相信你失忆，我可不相信你！你在北京将身无分文的雪雨抛下不管了，这事我还没有和你算账呢！还有，雨儿，不是你可以叫的！"

司徒昊一头雾水地看向白雪雨问："雨儿，这是怎么回事？"

"你还装蒜，我警告你，我不允许你接近雪雨——"

白雪雨噌地一下站了起来，打断了赵雅邻的话，沉声说："雅邻姐，那都是过去的事情，我不想再提。这里是病房……不要说了好不好？"

赵雅邻顺着白雪雨的眼光向着小草看了过去，望见小草眼瞅着她，一脸的不知所措，这才收敛了几分，沉默了几秒，她心头有些酸酸地点头说：“好，我不说了。小草，对不起，赵老师不是故意的。雪雨……我先回去了。”

“雅邻姐……”

赵雅邻对着追到门口的白雪雨，说：“雪雨，我没事，没有生你的气。你说得对，这里是病房，让小草好好休息，司徒昊的事我以后再找他。你先在这陪陪小草吧。”

司徒昊目送赵雅邻离去，瞅着白雪雨狐疑地追问：“雨儿，她说的是真的吗？我以前是不是做过对不起你的事情？”

白雪雨想到在北京的一些事情，张口欲言又止，半晌，才对司徒昊说：“都是过去的事情了，你和小草快吃早饭吧，一会儿该凉了。”

我和雨儿以前是什么关系？赵雅邻说我欺负过雨儿，我以前的品行很差吗？司徒昊一肚子的疑惑。

“怎么？不合胃口吗？”

“没有。”司徒昊盯着热腾腾的早饭，乌黑的眸子暗藏着感动，他冲着白雪雨笑了下，说，“雨儿，谢谢你。”

白雪雨笑了笑，说：“你们先吃，我出去一下。”

“你要去哪？”司徒昊脱口追问。

白雪雨看了眼小草温柔一笑，说：“出去有点事情，办完事就回来。”

小草巴巴地望着白雪雨说：“白老师，你可以早点回来吗？”

“好。老师会早点回来。”

“要我陪你去吗？一会儿院长会过来。”

白雪雨摇头道：“不用了，我一会儿就回来了，你还是留下来陪小草吧。”昨天是方草生日，她想给方草买个生日礼物。

司徒昊有些不放心地冲着向门口走去的白雪雨说：“路上小心点，

要是有什么事情就给我打电话。”

“嗯。”白雪雨轻应了声，向医院外走去。

出了医院，白雪雨拦下了一辆的士向着步行街赶去。这还是她第一次买礼物给小朋友，想来想去，一时间不知道买什么好，犹豫间，她进了一家银饰店。

服务员见白雪雨盯着银镯看，问道：“小姐，你是要买镯子吗?”

“嗯。”白雪雨点了点头，一手拿着正面刻着福字的镯子，另外一手拿着正面雕有两条小鱼的镯子，犹豫不定。

营业员见白雪雨难以抉择，悦声说：“小姐，我觉得这款仿古雕鱼的银镯更适合你。要是你自己决定不下来，可以让你的朋友过来给你个建议。”

“我朋友?”

“门外站着的不是你的朋友吗?”

白雪雨顺着营业员的目光看了过去，看到的是一张陌生的面孔，那人见白雪雨看向他，立即转身走开了。

“他不是我朋友。”

营业员闻言歉意地说：“是吗？对不起啊！他一直盯着你，我还以为是你的朋友，真是不好意思。”

白雪雨淡淡一笑，说：“没关系。就买这款仿古雕鱼的镯子吧，你帮我包起来，是要送人的。”

“好。你先等等，一会儿就好。”

不一会儿的工夫，营业员将包装好的银镯递给白雪雨，“你的镯子。”

“谢谢。”

营业员在白雪雨转身之际，扫了眼门外躲闪的身影，叫回了白雪雨低声提醒道：“小姐，等一下！你……注意点儿……我的意思是防小偷。”

“嗯，谢谢。”白雪雨顺着营业员的眼光向门外看了过去，了然地点头一笑。

走出银饰店，白雪雨四下看了看，没有发现刚刚的那个男人，弯唇自嘲地笑了笑。

也许，是个误会。

可当白雪雨走进蛋糕店时，她从玻璃镜子里又瞟见了那抹蓝色的身影，原先放下的戒备之心再次升起。因为她从玻璃上看到的身影就是她在银饰店里看到的那个人。好像那个人一直在跟踪她……那个人是小偷吗？怎么办？

白雪雨拿着手机，一时间不知道要打电话给谁。

雅邻姐要是知道有人跟踪她，一定要担心了……要打给楚邵吗？

想了一下，白雪雨决定打给司徒昊。远水救不了近火嘛。

“喂，雨儿，有事吗？”电话刚接通，白雪雨还没有开口，司徒昊的声音已经从电话那头传了过来。

白雪雨紧张地望着门外的影子说：“好像……好像有人在跟踪我……”

“什么，有人在跟踪你？”

“嗯，我不太确定——”

白雪雨的话音未落，便被司徒昊着急的追问给打断了，“雨儿，你现在人在哪？”

“我在步行街这边的蛋糕店，那个人在店外面……”

司徒昊听了急忙说：“蛋糕店？好！你在蛋糕店里别出来，我立即过来，别挂电话。”

十分钟后，司徒昊赶到了蛋糕店，“雨儿，那人呢？”

白雪雨跟着司徒昊一起走出蛋糕店，四下看了看，没有看到之前跟着她的男人，说道：“好像走了。”

司徒昊沉色问：“他长什么样？”

“中年人，穿着蓝色外套。”

“吓到了吧？以后，你不要一个人出门了。”司徒昊说完目光落在蛋糕上，不由得狐疑地问，“今天是谁过生日？”

“给小草买的，昨天是小草的生日，所以我才出来买蛋糕给小草补过生日。”

司徒昊诧异地问：“昨天是小草的生日吗？”

“我也是今早才知道的。你走的时候院长在医院吗？小草不是一个人在医院吧？”

“嗯，我离开的时候，院长已经在病房了，别担心。”司徒昊从白雪雨的手中接过蛋糕，不放心地问，“雨儿，你有没有得罪过什么人？”

白雪雨一脸不解地思索道：“没有。你说会不会是巧合？也许是个误会……”

司徒昊有些草木皆兵地说：“不管是什么人，是巧合还是误会，你以后都不要一个人出门了。”

白雪雨闻言扑哧一声笑了，“你不觉得你紧张得有些夸张吗？”

司徒昊一脸认真地说：“不是夸张。我是真的担心你。”

白雪雨避闪了司徒昊的注视，岔开话题说：“天色不早了，我们先回医院吧。”

司徒昊看着白雪雨疾走的身影，唇角上扬，脸上现出一抹意味深长的笑意。

此刻想想，先前接到白雪雨的求助电话时，他心里真的很紧张，紧张的程度让他自己都感到意外。他不会是喜欢上她了吧？可她已经有了男朋友……

昨天在医院里遇见的那个男人，雨儿喜欢他吗？回想昨天雨儿对他的态度……直觉告诉他，白雪雨不爱那个男人。既然如此，他就有机会争取。

回到了医院，小草瞅着蛋糕，眼圈红了起来。当白雪雨给她戴上银手镯时，她感动得眼泪哗哗地流下来。

望着小草，白雪雨想起曾经的自己，还有那段在孤儿院里的日子。

曾经的自己，也像小草一样，敏感，早熟，孤单，还有一颗期望过得更好，得到更多爱的心……

望着小草的笑脸，司徒昊的笑脸以及院长的笑脸，白雪雨阴郁的心情也不由得好了起来。人在开心的时候，时间会过得特别快，不知不觉，天色暗了下来。吃过晚饭，院长坚持自己一个人留下来照顾小草，将司徒昊和白雪雨“赶”出了病房。在司徒昊的坚持下，白雪雨答应让司徒昊送她回家。

“你的好朋友，她好像很不喜欢我……以前的事情，我真的记不起来。雨儿，我以前真的对你做了很过分的事情吗？”

在北京他对她的确做了很多过分的事情，闹得很不愉快，但那些都过去了，她不想再提。再说，他现在失忆了，她更没有必要去计较。思及此，白雪雨岔开话题说：“过去的事都过去了。对了，你的失忆症医生怎么说？可以治愈吗？知道是什么原因造成的吗？”

司徒昊苦涩地笑了一下，说：“醒来的时候在医院，医生说是头部受了重创，导致失忆。失忆症恢复起来，快的话，也许在下一刻，慢的话，也许要一生。”

“那……你要是永远想不起过去怎么办？我对失忆症不是很了解，你要是回到过去生活的地方，应该有助于恢复记忆吧？”

司徒昊耸肩说：“这很难说。也许想不起来更好。”

白雪雨说：“为什么这样说呢？”

司徒昊苦涩地笑了笑，“我脑中剩下的不过是悲伤的记忆。想不起来的那部分也许更悲伤也说不定。”

悲伤的记忆？他指的是被他妈妈抛弃的那段记忆吗？雪花纷飞的冬天，他的妈妈抛弃了他，当时的他一定感觉特别的恐惧和无助……

“就算是悲伤的记忆，那也是你的人生。再不好也比一片空白的好。再说，只有找回记忆，你的人生才会完整，你的生活也才能恢复正常。”

“雨儿，你在乎我吗？”

白雪雨望着司徒昊认真的眼神，心里蓦地一颤，岔话说：“我到了，谢谢你送我回来，我先进屋了。”

司徒昊大步上前拽住白雪雨，一脸认真地说：“雨儿，我喜欢你！”

“放开她！”楚邵从车上下来，面如黑漆、满腔怒火地冲了过来。

“楚邵，你怎么——”

砰的一声打断了白雪雨还未说完的话。只见楚邵二话不说，上前就是重重的一拳，将没有防备的司徒昊打得连趔趄的机会都没有，重重地摔倒在地上。

“楚邵，你别这样！”

“雪雨你让开！”楚邵正在气头上，一把拨开了上前欲要拉住他的白雪雨，抓起倒在地上还没有缓过神来的司徒昊，以迅雷不及掩耳之势再次击出重重的一拳，将司徒昊又一次打趴在地上。

白雪雨见司徒昊被打得嘴角流血，冷脸拉住了楚邵，“楚邵，你这是做什么？！”

白雪雨眼里的紧张和恼火，楚邵看在眼里，形同火上浇油。一颗在乎白雪雨的心好似被放在烈火上炙烤着，疼得厉害。

“雪雨，在北京，他那么欺负你也就算了，现在又对你纠缠不清，你竟然要维护他？”

白雪雨为司徒昊辩解道：“不是这样的。楚邵，你听我解释，事情不是你想的那样。今天我在街上买东西，发现有人跟踪我，他是担心我出事才送我回来的。”

楚邵闻言表情有些异样，说：“今天有人跟踪你？这件事情……你怎么不告诉我？”

“我……”

看着白雪雨欲言又止的样子，楚邵心里一窒，脸上浮起悲伤的笑容，笑容之中充满了无力、失望，还有对司徒昊浓浓的嫉妒和敌意。

“雪雨，我到底该怎么做？你告诉我，我到底该怎么做？我对你的感情，难道你还不明白吗？我在你的心中，难道还比不过一个陌生人？”

“楚邵，你不要这样逼我好不好？”

“逼你？呵呵！雪雨，我是在乎你……”

司徒昊擦了嘴角的血，冷声说：“哼！你要真的在乎雨儿，你就不该用你的所谓在乎来勉强雨儿接受你！”

“我和雪雨之间的事情，还轮不到你插嘴！”

白雪雨吼道：“不要说了！你们都不要说了！”

“雪雨……”

“不要说了，我累了，请你离开。”白雪雨打断了楚邵要继续说下去的话。

“好，好！”楚邵深吸了口气，带着满腔怒火，头也不回地开车离去。

“雨儿……”

白雪雨看着司徒昊受伤的脸，抱歉地说："对不起。你还好吗？"

司徒昊摸了下疼痛的脸颊和嘴角，轻描淡写地说："没事。你不用替他向我道歉。今天你也累了一天，进去休息吧。"

白雪雨深深地看了眼司徒昊，心里有种说不出的感觉。司徒昊好像一本画册，每一页画的都不一样，让她感到陌生的同时又让她意外，还有温暖……

"在想什么？想得这么入神。谁给你发信息了？楚邵吗？"赵雅邻见白雪雨回来后，独自坐在书桌前手里拿着手机发愣，狐疑地走了过来。

"不是。雅邻姐，今天……今天楚邵和司徒昊因为我打了起来。"

赵雅邻闻言立即紧张地追问："啊，什么时候的事情？是不是那个坏小子又欺负你了？"

白雪雨摇头说："雅邻姐，他是真的失忆了。"

赵雅邻想到早上在医院里的场景，不禁皱起了眉头，在白雪雨身边坐了下来，试探地问："雪雨，你是不是喜欢他？"

"你胡说什么呢？不跟你说这个了，早点休息吧！"白雪雨说完，起身走进了洗手间。

赵雅邻一脸疑惑地看着走进洗手间的白雪雨，心里起疑。

难道雪雨真的喜欢上了司徒昊？

从外表上看司徒昊确实很出类拔萃，跟楚邵相比不分上下，可是，他的品行……就很难说了。要是雪雨喜欢他……看来，她要先了解一下司徒昊。雪雨不是那种能轻易喜欢上别人的人，她可不希望雪雨被人伤害。

第九章　纠缠不清

“昊，你真的不认识我吗？我是你的雪儿啊！我是你的女朋友雪儿啊!”姚雪站在门口，一脸伤心地拽着司徒昊的胳膊摇晃着，说话间眼泪不自觉地流了下来。

司徒昊一头雾水地看着门外面带泪水的姚雪，狐疑地问：“我女朋友？我什么时候有女朋友了？你放开我。”司徒昊说完掰开姚雪抓着她的手，有意地后退了几步。

看着姚雪难过的脸，司徒昊的心一片混乱。

他失忆前有女朋友吗？他失忆前在北京？还是个演员？这怎么可能？他的过去到底是什么样子的？

头好痛！为什么想不起来？他怎么会有女朋友呢？

姚雪再次上前紧紧地抱住司徒昊，哭着说：“昊，你真的不记得我了吗？你怎么可以连我也忘了啊？你说过你爱我的，你还说要娶我的……”

呼啦一声，白雪雨失神间手中的袋子掉在了地上。司徒昊因为她挨了楚邵两拳，她心里过意不去，所以今天拿了消肿的化淤膏来到司徒昊的住处，本想看看司徒昊的伤怎么样了，没想到撞上眼前的这一幕。

“雨儿！”司徒昊一把推开了姚雪，快步向着白雪雨奔了过来，“你别误会。”

姚雪被司徒昊推得一个踉跄，差点摔倒。当她的目光落在白雪雨的脸上时，寒冷如冰，锋利似箭。

白雪雨诧异地望着姚雪，“雪雪，你什么时候回来的？”

姚雪一脸恼怒地走到白雪雨的面前，咄咄逼人地质问：“白雪雨，你怎么会在这里？你为什么要在这里？”

“我……我，雪雪你听我解释，我和他没有什么的，我……我是来送药的。”

司徒昊盯着地上的手提袋高兴地笑问：“雨儿，你是来给我送药的？”

“我……你别误会，我给你送药没有别的意思。雪雪，你别误会，你听我解释……”

啪的一声，白雪雨的话还没有说完，就挨了姚雪一记重重的耳光。

“雨儿！”司徒昊紧张地扶住白雪雨，愤愤地推开姚雪，愤怒地瞪着姚雪，“你这个女人，简直是个疯子！”

“司徒昊，你竟然护着她？你有没有搞错？我才是你的女朋友！”

司徒昊怒道：“女朋友？就算你是我女朋友，那也是过去的事情了，我现在喜欢的人不是你，是雨儿。”

“司徒昊，你胡说什么？雪雪，不是这样的，我跟他之间什么都没有。”

“为什么？为什么每次都是你？为什么每次我找到了幸福，你都要来破坏？为什么？为什么你要这样对我？我到底哪里对不起你了？

为什么你要和我抢？”

白雪雨上前解释道：“我没有，雪雪，你听我解释！”

姚雪一把推开白雪雨，“你别碰我！白雪雨，我恨你！你滚！”

“雪雪，你听我解释……”

“啊！是阿昊啊！真的是阿昊！还有雪雪……”门外不知何时聚集了一帮记者。

一阵嘈杂的问话声，相机的拍照声响了起来。片刻工夫，人群将司徒昊和白雪雨以及姚雪包围了起来。

司徒昊一见很多人围了过来，立马脱下了身上的外套，将白雪雨的脸给挡了起来，气愤地高吼：“你们别拍了！别拍！”

“雪雪，你怎么会和阿昊在一起？你们真的是恋人关系吗？”

“阿昊，这位小姐是谁？”

“你们都别再拍了！”司徒昊将白雪雨拉到他的身后，低声说，“雨儿，你先走。”说话间，司徒昊将白雪雨从他的身边推到了一边，对着记者说：“大家别挤，有话慢慢说，我接受采访。”

姚雪紧紧地抱着司徒昊的胳膊，不让司徒昊离开，一脸笑容地说：“对，我跟阿昊的确是恋人关系。”

“雪雪，你和阿昊是什么时候开始恋爱……”

咔嚓咔嚓……

白雪雨望着被众人团团围住的司徒昊和姚雪，面色复杂，她的心里有着一种说不出的情愫在滋长。刚刚还站在一起的人，此刻，也不过是几米之遥，她却觉得，自己与他们之间的距离仿佛千里之遥。

人群中的姚雪和司徒昊，看起来很般配……

滴——楚邵按过汽笛对着发呆的白雪雨说：“雪雨，快上车。”刚接到白雪雨的电话，楚邵就赶了过来。

“可是，他们……”

楚邵见白雪雨有迟疑，快速地下车拉着白雪雨上了车，“先不管他们了，我们先走。要是被记者拍到，肯定要上报纸，那样，我们的生活就会多出很多不必要的麻烦。”

白雪雨看向窗外，急问：“那他们怎么办？”

“他们和我们不是一个世界的人。雪雨，他们和我们不一样，他们是生活在充满闪光灯的世界的人，是时刻被人追捧包围的人。”楚邵说话间冷冷地扫了眼被众人包围着的姚雪和司徒昊，心情很阴郁。他将失忆的司徒昊送回了演艺圈，将白雪雨拽回到他的身边，解决了威胁，这原本是一件愉快的事情。可是，就在刚刚，白雪雨回头看向司徒昊的那一瞬间，他有种感觉，他拽回的白雪雨只是一个躯壳，一个没有灵魂的躯壳，就好像是画里的人，看得到，却感受不到她的热情和温度。

咖啡厅里。

“你说完了？我可以走了吧？”司徒昊听完林易的一番介绍，从椅子上站了起来，一脸平静地看着林易问。昨天在报纸上看到司徒昊的消息，林易和黄秘书忙乘飞机赶到了这里，并约了司徒昊在一家咖啡厅见面，他要把司徒昊带回去。

林易被司徒昊的话问得一怔，“你要去哪？你今天应该跟我回去，我已经为你联系好了医院。”

“再说一次，我不是你们要找的人，你们认错人了。”司徒昊说完转身要走。林易的声音再次响起，“阿昊，你要真的喜欢她，就不该现在去找她。她跟姚雪不同，要是曝光了，她的生活会变得很混乱，这不是你希望看到的吧？目前，最重要的是先治好你的失忆症。”林易话落见司徒昊不理他继续向门口走，立即大步追上，拦住了司徒昊又说：“你妈妈……病重，在医院。”

“妈妈?”

林易见司徒昊面有犹豫，继续说：“嗯。已经病了好多天了，她在等着你回去。我觉得你应该先找回自己，我想你也不想这样失忆地过一辈子吧?”

司徒昊迟疑了下，说：“好，我答应你回去，但不是现在。”

“现在外面到处都是记者，我若是你就不会这个时候去见她，至少在姚雪的事情还没有解决之前。你也不希望她被人说是小三吧？况且，你妈妈还在医院等着你。”

“好吧。准备车吧!”林易说的没错，现在的确不适合去见雨儿。虽然他迫不及待地想见到雨儿，向她表明他的心，但他的养母还在医院，他要先去医院。

黄秘书立即笑说：“车子已经准备好了，现在就可以走。”

“走吧!”

一周后，北京市医院。

司徒昊盯着他的手机，面色一片阴沉。他打了无数通电话给白雪雨，不是手机无法接通便是关机。一个星期了，听不到白雪雨的声音，看不到白雪雨的人，司徒昊的脑子里无时无刻不记挂着白雪雨。起先他以为他对白雪雨只是好感和有些喜欢，可是，时间越久他就越是觉得他对白雪雨的感情比他想象的还要深很多。

她在做什么？为什么不接他的电话?

杨玥看着站在窗口处失魂落魄的司徒昊，上前夺过手机，说：“哥，她到底是什么样的女人，让你这么在乎?”

“玥玥，把手机给我。”

杨玥立即躲开司徒昊的手，一脸认真地说：“不给，别抢！再抢我就将它丢到窗外去。”

“别闹，给我!”司徒昊停步看着杨玥伸出窗外的手，拉下脸色。

“对我使脸色是没有用的，除非你答应我配合医生治疗，不然我就不给你手机。”

司徒昊烦躁地看着杨玥说：“玥玥，手机给我。失忆症不是三两天就可以治疗好的，我在这里一个星期了，我不能再等了。”回到北京一个星期了，在医生和家人朋友的帮助下，司徒昊以前的记忆恢复了一些，这是好事，可是，一直联系不上白雪雨，让他特别心烦意乱。

“可是……这一个星期来，你已经想起很多事情啦，过不了多久，说不定你就能全部想起来的!”

“玥玥，你也知道是说不定，若是一辈子不能恢复记忆，难道我要一辈子在医院里治疗?”

杨玥十分焦虑地看着司徒昊，担心地说：“哥，我听到你和付医生的对话了。你早上昏倒不是因为头疼，而是因为心痛。心脏和身体发生了排斥，若是严重……随时会有生命危险的，你知不知道?”

“你告诉妈了?”

杨玥说：“还没有。我正打算告诉妈妈。”

司徒昊很严肃地看着杨玥说：“你不要告诉妈，妈身体刚好，不要再让她为了我的事情担忧。”

“既然你知道妈妈会担心，你就更应该接受治疗。至少，应该先检查身体，我就你一个哥哥，难道你忍心让我担心得掉眼泪吗?”杨玥说话间眼睛红了起来。

站在医院门口的姚雪听到了这里，收回了放在门把手上的手。姚雪在医生那里一番打听，确定司徒昊的心脏的确有问题，心里一阵失望。

真是没有想到，司徒昊表面上看起来那么阳光，实质上，他的身体竟然差到不能再差的地步。

司徒昊做过心脏移植手术？真是不敢相信。若她和司徒昊真的成了公开的恋人……要是司徒昊生病或者发生了不幸，她不是完了？她在演艺圈里付出了那么多，又那么辛苦地努力，这么不容易得到的成绩，她绝对不能失去。姚雪想到这里，压了压戴着的帽子，低头向着医院的后门走去。司徒昊的家庭条件是很不错，让她心动极了，可是，司徒昊没有一个健康的身体，对于一个随时会死的人，她还是谨慎下注比较好。以后，她不会再轻易到医院见司徒昊。

“哥！哥……哥……”杨玥看着病床上说梦话的司徒昊，担忧地连声呼唤。

自从她抢了司徒昊的手机后，司徒昊当天夜里便昏迷不醒，一直到第二天夜里，司徒昊才从昏迷中醒过来。醒来后的接连几天，司徒昊几乎只要入睡，十有八九会说梦话。杨玥担心司徒昊出事，在病床前的她几乎寸步不离。

“玥玥……”

杨玥见司徒昊醒来，暗暗松了口气，一边为司徒昊擦汗一边问：“哥，又做梦了吗？”

“嗯。”司徒昊苍白的脸上都是汗水，他向着杨玥点了点头。

这几天只要他入睡，几乎都会在梦中醒来。奇奇怪怪的梦，奇奇怪怪的画面，每次梦醒，他的心都会不自觉地难过。他向医生咨询过，医生暂时也无法给他解释。刚刚他梦到了一个场景，让他困惑的场景。他梦到有个人在向白雪雨解说奶茶“天长地久”的名字的来由。

“哥，你梦到什么了？”杨玥将司徒昊扶坐了起来，关心地问。

司徒昊若有所思地说：“一个开满樱花的街道，下着毛毛细雨，有人为她撑起雨伞。”

杨玥目光幽暗地问：“那个她还是白雪雨吗？”

杨玥请了私家侦探，调查了白雪雨，今天一早，她拿到了关于白雪雨的一些资料。她对司徒昊的梦呓，有了很多猜想。还有一个天大的秘密，她不知道要不要告诉司徒昊。她很犹豫，因为她不确定说出来对司徒昊来说是好还是不好。

“嗯。玥玥，我总觉得……我梦中的一些奇怪的画面跟雨儿有着什么特殊的关联。”

杨玥闻言立马否定道：“哥，你一定是想多了。你不是恢复一些记忆了吗？你和白雪雨之间只不过是见了几面而已，你梦中的一些奇奇怪怪的画面，怎么会和她有关联呢？”

司徒昊想了想，不禁扯了下嘴角，说：“也许吧。玥玥，我身体好多了，你去帮我办出院手续吧！”

杨玥皱眉反对道：“哥，医生说你还需要住院观察，暂时还不能出院。”

司徒昊坚持地说：“玥玥，我今天一定要出院。”

他在医院里待够了，已经十几天没有见到白雪雨了。他要出院，他要见白雪雨，他要查出为什么他会梦到那些奇奇怪怪的画面，他要弄清楚他为什么总会梦到白雪雨。他还要向白雪雨表白，他怕在医院继续住下去，他会错失追求白雪雨的机会。一想到楚邵还在白雪雨的身边虎视眈眈，他就无法等下去！

“哥，你就再坚持几天，好不好？”

“不好，我现在就要出院。”司徒昊话落一把拔掉了手腕上的吊针，因为太过用力，针眼流出血，看得杨玥脸色大变，连忙答应：“哥，我……我去，我去还不行吗？你别激动，我这就去！”

司徒昊看着快步走到病房门口的杨玥说：“玥玥，谢谢。”

杨玥回头看向司徒昊，叹了口气说："哥，我现在去办理出院手续，你在这里等我，就算是回家，也要准备车，不是吗？再说了，你出院我总要通知妈妈吧？她还在家里为你煲汤呢！"

"嗯，我等你。"

出了医院，司徒昊仿佛雀鸟出笼，阴郁的心情好了很多。回到家刚进入客厅，一个不速之客闯入司徒昊的眼中。原先一张柔和的俊脸，猛然间冻结成冰，脱口直问："你怎么会在这里？"

姚雪看着司徒昊的冷脸，面色一僵，答非所问："昊，你的身体好些了吗？我好担心你，这几天我没有去医院看你，是因为怕记者跟到医院骚扰你……你不会怪我吧？"

司徒昊躲开了想要抱住他的姚雪。说不上来为什么，他很不喜欢姚雪，虽然记忆未能完全恢复，可他感觉自己不是姚雪的男朋友，他不太相信自己会喜欢眼前的这个女人。

"你还有什么事吗？要是没有，你可以走了。"

姚雪闻言面色又是一僵，司徒昊不留情面的逐客伤了她的自尊心，让她忽然想起了当年为了白雪雨拒绝她的楚邵，让她心里一阵不舒服。压下想要转身离开的冲动，姚雪一脸委屈地看着司徒昊说："昊，你在生我的气吗？对不起，这几天我心里也很不好受……我很想去医院看你的，你生我的气也是应该的，是我不好！"

"说完了吗？你要是说完了，可以走了。"看着姚雪含泪的双眸，司徒昊心里没有半点儿怜惜之情，反而更加厌恶姚雪。姚雪长得漂亮，五官精致得无可挑剔，可他就是反感她，说不出来由地反感。想到那天她出手打白雪雨时的样子，再看看此刻一副娇柔可怜的表情，他就觉得姚雪这张漂亮的脸上写着两个大字——虚伪。

"昊，你怎么可以这样对我？我是你的女朋友啊！"

司徒昊冷笑道："你真的是我女朋友吗？"

姚雪心虚地紧握双手，她有些尴尬地问道："你这话是什么意思?"

司徒昊歪了下嘴角，冷冷地说："意思就是我不喜欢你。"

"你……"

司徒昊的养母听不下去了，说："昊昊，你不可以这样说话。雪雪，你别理他。"

司徒昊接过话说："妈，这是我和她之间的事情，你别干涉。"

司徒昊的养母见司徒昊面色认真，犹豫了一下，转身走开了。

姚雪收起脸上的委屈，气愤地瞪着司徒昊质问："你是不是真的爱上白雪雨了?"

"我喜欢谁，这是我的事情，和你没有任何的关系吧?如果没其他的事，请你离开。"司徒昊说话间走到门口打开了房门，其意不言而喻。

"你……司徒昊，你真的太过分了!"姚雪说完，怒气冲冲地冲出了屋子。奇耻大辱，一个不知哪天就会死的人，竟然如此羞辱她?太过分了!为什么她看上的男人都会喜欢上白雪雨?白雪雨，为什么你还要回来，为什么你不与穆遂一起从这个世界上消失?白雪雨，我姚雪与你势不两立，我得不到的，你也休想得到!

姚雪恨恨地想着，上了车。在助理陈思思还未开口前说："风尚酒吧!"陈思思看着一脸冰霜的姚雪，知道姚雪心情不好，二话不说给司机使了个眼色，车向着风尚酒吧开去。

司徒昊的养母听到关门声，从房间里走了出来，快速地扫了一眼问："昊昊，雪雪她……"

"走了。"

"昊昊，你和雪雪之间到底是怎么回事?雪雪说那个白雪雨是她的好朋友?"

"妈，我不喜欢姚雪。"

杨玥在一旁接话说："哥，我觉得姚雪跟你站在一起蛮般配——"

司徒昊打断了杨玥的话，说："感情上的事情，我自己会处理。"

"可是……"

"妈，我很累，先回房休息了。"

司徒昊的养母将到了嘴边的话咽了回去，转换话题说："哦，你先歇会儿，妈妈给你煲的汤一会儿就好。"

"嗯。"司徒昊点头进入他的卧室，往床上一躺，接连几天没有睡好觉的他，一会儿的工夫便入了梦。再次醒来是因为养母的一阵敲门声。

司徒昊看着走进来的养母，揉了揉头发，"妈，你有什么事吗？"

"昊昊，这个是姚雪落在家里的包，她的手机一直在响，不知道会不会有急事。"

司徒昊皱起眉头，看着养母手中的黄色手提包，"我知道了。先放着吧，我让黄秘书送过去。"司徒昊说完，接过养母手中的手提包，往桌子上一放，拿起他的手机，拨了黄秘书的号码。

养母狐疑地看着司徒昊，"怎么样？黄秘书不接电话吗？"

"无法接通，过会儿再打。"司徒昊说完认真地看养母，歉意地说，"妈，对不起，这段时间让你为我操心了。"

养母慈祥地看着司徒昊，"你跟妈妈还用这么客气吗？身体感觉怎么样，好些了吗？"

"好多了。妈……我明天想去合肥。"

养母一口否决了司徒昊的想法，"不行，妈妈不答应。院长说了，你的身体状况不是很好，要好好休养，不能劳累。"

"妈，我身体没有大碍。"

"妈说了不行就是不行。昊昊，妈妈真的不能再一次承受失去你的风险。"

“妈……”司徒昊还想再说，他的手机忽然响了起来，拿起一看，显示的是安冉楠。

“喂，有什么事?”

“没有事就不能打电话给你吗?听玥玥说你出院了，你的身体适合出院吗?”

“我身体很好。”

安冉楠看了一眼舞台中的那个倩影，问：“昊，你和姚雪到底是不是男女朋友关系啊?”

“你为什么突然问这个?”

安冉楠若有所思地说：“哦。她在我的酒吧里，喝了不少。有几个男人一直盯着她，估计想跟她搭讪，她要是和你没有关系，我可就不管那么多了。”

司徒昊皱起了眉头，看向姚雪的黄色手提包，问：“她在风尚?”

“嗯，来了几个小时。”

安冉楠的话音刚落，姚雪的手机又一次响了起来，司徒昊的养母见司徒昊面有迟疑，提醒道：“昊昊，她的手机一直在响，说不定有人找她有急事。”

司徒昊犹豫了一下，说：“妈，我送过去。冉楠，你看着她，我现在过来。”

一阵热舞，姚雪跳得满头大汗，从人群中钻了出来，在一张椅子上坐了下来。她已经让助理和司机先离开了，今晚她想一个人宣泄心里的情绪。因为酒劲上来的原因，她的太阳穴一阵隐隐作痛，就仿佛她的心，心口上的伤，永远都会痛。

孤单，永远都是孤单，永远都是一个人。以前是，现在是，也许将来还会是！这种看不到边际，永无止境的孤单生活，她真的受够了！

“美女，这杯‘浓情蜜意’我请你。”

“雪雪，哥哥可以做你的朋友吗?”

……

姚雪看着围坐在她身边的几个男人，心里暗生鄙夷。在她的心中，男人是分三六九等的，眼前的这些围绕着她的男人，在她眼里就是最下等的。

“滚开!”

“雪雪，别发火嘛！哥哥可一直都是你的忠实粉丝呢!”男人说话间一只手向着姚雪的肩膀揽了过去。

姚雪厌恶地一把挥开了男人的手，冷着脸毫不留情面地说：“拿开你的脏手!”

男人闻言，恼羞成怒地恶声说道：“姚雪，你不过是个小三，装什么清高……”哗的一声，男人的话音未落，姚雪端起一杯酒向着男人的脸上泼去。

“贱人！给脸不要脸!”男人恼怒地站起举手便是一个巴掌向着姚雪的脸上打去。说时迟，那时快，一只大手抓住了这个男人的手。

“男人就该有男人的样子，是个男人都不会打女人!”司徒昊冷声说完，一把甩开了男人的手，鄙夷地看着他。

男人愣了片刻，回神怒道：“你算个什么东西？我和她的事情你这小白脸最好少……”

男人的话还未落下便受了司徒昊一拳。男人一个踉跄摔倒在地上，等他缓过神站起向司徒昊挥拳的时候，被安冉楠派来的两个保镖给拦住。

“放开我！浑蛋，你们放开我!”

安冉楠看着男人，轻声细语地说：“这位先生，风尚不喜欢闹事的人。今天你在风尚所有的开销，风尚分文不收，此事就此作罢，如何？”

男人气得脸色发青，虽然很恼愤，还是忍住了，对着安冉楠挤出僵硬的笑容，说：“安大哥说怎么办就怎么办。”安冉楠的底细，他听说过一些。现在，安冉楠明显是护着司徒昊和姚雪，若是他闹下去，对他绝对没有任何好处。安冉楠，绝不是他能惹得起的人。

“跟我出来！”司徒昊脸色冷冰冰的，对着姚雪说完，转身向风尚酒吧门口走去。姚雪怔了下，看着司徒昊的背影，起身乖乖地跟了出去。

司徒昊从车子里拿出了姚雪的黄色手提包递到她的面前，说：“这个你忘了拿。”

“昊，你是专程来为我送包的吗？”经过刚刚的那一幕，姚雪酒醒几分，看着司徒昊，她的心起了一阵涟漪。方才那一幕……司徒昊就像是偶像剧里的完美男主角。

司徒昊没有回答姚雪的话，转身欲要上车，姚雪见势上前一把抱着司徒昊的胳膊说：“昊，刚刚谢谢你替我解围。”

“你的事情我本来不想管，只是碰巧遇到。”司徒昊说完掰开了姚雪抱着他的手。

姚雪咬了咬嘴唇，“昊，你对我真的没有一点感情吗？我到底哪里比不上她？”

“你们之间没有可比之处。”司徒昊说完发动了车，正要驾车离开，却看到姚雪忽然蹲下身子呕吐了起来。正在他犹豫是不是要下车的时候，忽然车后不远处传来两个人的对话声。

“那个女人是不是雪雪？”

“嗯，好像是耶！快！拍啊！明天头条，姚雪失恋酗酒，这一定会很火暴的哦！”

姚雪闻言立即惊慌地捂脸，求助地看向司徒昊。

司徒昊看了眼反光镜里的两个狗仔，剑眉蓦地凝起，简短地说：“上车。”

司徒昊载着姚雪甩掉了狗仔，车开到一处人流稀少的路边停了下来。

“下车。”

半醒半醉的姚雪看了眼车外，皱起了眉头，“你要把我一个人丢在这马路边吗?”

司徒昊平静地说：“你可以打电话给你的助理。”

“你……竟然这样对我？你有什么……了不起的?”姚雪气冲冲地说完，打开车门下了车，顺着马路踉踉跄跄地向前走。

司徒昊看着姚雪摇摇晃晃的背影，面有迟疑。此刻的姚雪，虽然没有醉得不省人事，但也有七分醉意，且不说她兴许是他以前的女朋友，就是看在白雪雨的分上，他也不好这样丢下她，假如出了个意外……思及此，司徒昊开车跟了上去，“上车吧！我送你回去。”

“不要你管!”

司徒昊微皱眉头，“上车!”

“我……我不回去，这样被狗仔拍到……很麻烦……”

司徒昊想了想，说：“上车，酒醒之前在我家吧，只此一次。”

姚雪看着司徒昊，稍作犹豫，还是上了车。姚雪盘算过了，若是能和司徒昊走到一起，总比和程导演在一起好很多倍。司徒昊家世显赫，她若是有他做靠山，以后在演艺圈里的路会好走很多。

司徒昊将姚雪带回家，原想等姚雪酒醒之后就让她离开，可是，姚雪酒醒时已是凌晨两点，养母担心她此时回去不安全，于是就让她在家里过夜了。在他养母的挽留之下，姚雪直到第二天早晨还待在司徒昊的家里。

“妈，我的身体好多了，你就放心吧！”

司徒昊的养母很坚决地阻止道：“不行。你身体还没有痊愈，随时都有危险，不管你说什么，妈都不会让你去机场。”

“妈！你就不想让儿子早点交上女朋友？你早点当上奶奶吗？”

“妈当然想早点当上奶奶啊！可是，那也要先保住了儿子才有孙子吧！”

“妈，我身体真的没有事。”

司徒昊的养母继续劝说：“昊昊，妈不干涉你感情的事情。虽然妈没有见过那个女孩，不知道她到底长什么样，可是，妈相信你的眼光，能让你喜欢的女孩，一定是个很好的女孩子。既然她是个很好的女孩子，她就不会那么轻易地被别人给追走。还有，你要是真的想见她，就要早点休养好身体。”

“妈……”司徒昊刚想继续说服养母，一阵钻心的疼痛让他痛苦地捂住了胸口。

“昊昊，你怎么了？是不是哪里不舒服？”

司徒昊强忍着心口的疼痛扯出一抹笑容，安慰说：“妈，别担心，我没事。”

“妈怎么能不担心呢？昊昊，你要是哪里不舒服一定要告诉妈，知道吗？”

“嗯，妈，我听你的，等身体休养好了再去找她。”

“嗯，那妈就放心了。昊昊，你先去房间里休息一会儿，妈妈去买些你爱吃的菜回来。”

司徒昊与他养母之间的对话一字不漏地被躲在客厅旁的姚雪听入耳内。想到司徒昊也迷恋着白雪雨，她就忍不住恼火，难以压抑的怒火在她的心里熊熊燃烧着。她不相信自己斗不过白雪雨，不相信自己会一而再，再而三地输给白雪雨。

砰的一声打断了姚雪的思绪。循声看去，她发现司徒昊捂着心口、面色苍白，整个人蜷缩着身子，十分痛苦地躺在地上。姚雪惊得一愣。她从来没有见过这样的司徒昊，这样的司徒昊……他不会死吧？

“昊，你怎么了？”

“别碰我！”司徒昊挥开姚雪想要扶起他的双手，艰难地从地上爬了起来。他的心，又开始剧烈地疼痛了。每次想起她，心都会痛……这一次，他非常地肯定，他和白雪雨之间一定有着什么特殊的关系！

“我扶你进去休息。”

“不必了，你酒醒了，该回去了。”司徒昊说完，扶着墙走进他的房间，将门重重地关上。

姚雪吃了闭门羹，脸色瞬间寒冷，朝着房门愤愤地瞪了一眼。

拽什么拽？不过是一个病秧子罢了！走就走！他以为她真的爱他吗？不过……姚雪走出几步又停了下来。她若是就这样走了，先前所做的一切岂不是功亏一篑了吗？司徒昊虽然身体不好，可与那些围绕着她转的男人相比起来，条件还是不错的。刚刚他的脸色好难看，不会出事吧？但一想到刚刚司徒昊对她那么冷漠，姚雪担忧的心随即放了下来。

第十章　冥冥中注定的缘分

从她起床，就一直没有见到司徒昊的妹妹杨玥，不知道她是在睡觉还是出门了。姚雪的目光落在另外一个房间的房门上，不由得走了过去。打开房门，看着眼前两排书架上放满的书，姚雪有些意外地弯了下唇角。真没想到，他家的书房有这么多的书，不知道这些书他看了多少，真的难以想象司徒昊看书时的样子。

走到书桌前坐下来的姚雪，随手拿起了一本书，扫了几行觉得没兴趣放了下来。

姚雪准备起身走出书房时，目光被书桌上放着的一个文件袋吸引了。文件袋里装的是什么资料？是司徒昊的行程资料吗？要是知道了他的行程，以后要见他不就方便多了吗？这样想着，姚雪拿起书桌上放着的文件袋。打开一看，文件袋里的资料让她大吃一惊，她不可置信地重复翻阅了好几遍。

司徒昊与白雪雨之间……这资料是真的吗？太意外了！怎么会有如此巧合的事情？司徒昊的心脏捐赠者竟然是穆遂？这个世界会不会太小了？怎么会是穆遂呢？会不会太巧合了？怎么偏偏是穆遂呢？难

道这就是所谓的冥冥之中注定的缘分？不，她不相信这是真的，除非得到了确切的证实。姚雪拿起文件袋，走出了司徒昊的家。她要亲自去证实。

两个小时后，姚雪一脸深沉地走出了医院，心事重重。因为司徒昊，她在记者面前公布他们是情侣关系，她下了这么大的赌注，要是这样败下阵来，她不会甘心的！尤其是败给白雪雨，她更是不甘心！

关于心脏的事情，司徒昊知道这件事吗？资料在他的书桌上，他应该知道的。那……白雪雨也知道吗？她知道司徒昊身体里的心脏是穆遂的吗？不管她是不是知道，她们相识一场，她有义务转告她的！

赵雅邻从洗手间里走出来，见到白雪雨还在家里，催道："雪雨，你怎么还没出门啊？楚邵可等你好一会儿了哦！"赵雅邻话落好一会儿，没有等到白雪雨的回话，见白雪雨一动不动地坐在椅子上，她狐疑地走了过来，"雪……雪雨，怎么了？发生什么事情了吗？"赵雅邻见白雪雨脸上带泪，吓了一跳。

白雪雨立马擦掉脸颊上的泪水，起身回道："没什么。雅邻姐，我先出去了。"

赵雅邻一把拽住白雪雨，不放心地追问："雪雨，真的没有什么吗？是不是楚邵惹你伤心了？你怎么哭了？"

"雅邻姐，若是……若是我的心里，没有办法接受楚邵，你会支持我的选择吗？"

赵雅邻听得一阵糊涂，心里更加担心了，"雪雨，到底出了什么事？真的是楚邵惹你伤心了吗？你快告诉我，你别让我担心行不行？"

"雅邻姐，你会支持我吗？"

赵雅邻盯视着白雪雨怔了一会儿，很认真地说："雪雨，只要你觉得开心，雅邻姐都会支持你。"

“谢谢你，雅邻姐。我先出去一下。”

赵雅邻愣愣地目送着白雪雨走出了房间。她的脑子一片混乱，还有很多的疑问。雪雨怎么哭了？凭她的直觉，她很确定一定是发生了什么事。雪雨出门前的那番话好奇怪，她的意思……该不是真的要跟楚邵分手吧？若是连楚邵都不可以的话，还有谁可以让雪雨幸福起来呢？

楚邵一见白雪雨向他走了过来，一脸笑容地问：“吃什么，川菜怎么样？我发现了一家很不错的川菜馆，要不要去？”

看着楚邵布满笑容的脸，白雪雨秀眉微皱，仿佛她的心，起了无数个褶皱。她不能再这样下去了，她心里很清楚，她和楚邵真的不是光靠努力就能走到一起的恋人。尤其是她刚刚从姚雪那里得知了那件事后，她更没有办法和楚邵继续试着交往下去了。

“楚邵，我们走走好吗？”

“啊？哦，当然好。”楚邵脸上的笑容淡下了一些，看着白雪雨深沉的表情，问，“怎么了？有什么不开心的事情吗？”

“楚邵，我很认真地想过，我们之间……更适合做朋友。”

楚邵脸上的表情瞬间冻结，看着白雪雨整个人僵了好几秒，回神后急忙追问：“雪雨，是不是我哪里做错了，哪里做得不好？这两天我的确有点忙，为了公司的事情……”

白雪雨打断了楚邵的话，一脸的内疚，“楚邵，不是你的原因。是我，是我不好，对不起。”

楚邵一脸的受伤，看着白雪雨问：“雪雨，这段时间我们不是相处得很好吗？你怎么突然……难道是因为那个司徒昊？你喜欢上他了吗？”

“不是！这跟司徒昊没有关系。是我自己的原因。”

面对白雪雨冷静的话语，楚邵心里乱了，有些不知所措地问：

“为什么？雪雨，我哪里做得不好，你告诉我，我可以改。”

“楚邵，真的不是你的原因，是……我放不下穆遂。”

“我可以等你。要是你还是放不下他，你也可以不用放下的，我不会介意。”

白雪雨说道：“我介意。楚邵，白雪雨她没有你想象的那么好。她很平凡，很固执，还很残忍，她根本就配不上你。以你的人品和条件，你完全可以找一个比她好一百倍，一千倍的女孩子。那个女孩子的心里只有你，她会全心全意地爱你。”

“不可能。雪雨，我爱的人是你。从第一眼见到你，我就觉得自己注定这辈子只能爱你。”

白雪雨看着楚邵，眼睛瞬间红了，“对不起。楚邵，真的对不起。”

“我不要你说对不起。雪雨，若是你还没有准备好，你还需要时间，我可以等你的。”

“楚邵……”

“我等你，你也给我点时间。我……公司里还有些事情要处理，我先走了。”楚邵说完，不等白雪雨开口，转身仓促地匆匆走开。

看着楚邵仓促离开的背影，白雪雨心里满是歉疚。她知道，她伤了楚邵的心。楚邵是个好男人，一个万里挑一的好人，可是，她和楚邵之间真的没有办法继续。早知道这样，她就不该给楚邵希望，在一开始就应该果断地拒绝。

坐在客厅里的赵雅邻，有些心不在焉地按着手中的遥控器。时钟上的指针指在九点四十五分，白雪雨出门一直没有回来。因为她出门时，走得比较匆忙，没有带上放在书桌上的手机。眼看着夜渐渐深了，却连个人影也没有，她越来越担忧。好几次想要给楚邵打个电话，问问白雪雨去哪儿了，是不是和他在一起，可是，想到白雪雨出门前的那番话，她最终没有打。要是白雪雨与楚邵提出了不能继续下去的话，她是不好再去打扰楚邵的。

按照平常，白雪雨应该回来了呀！不会出了什么事情吧？会不会遇到打劫的？赵雅邻越想越担心，正要起身出门去看看的时候，听到了开门声，这才放下心来。

“你总算是回来啦，急死我了……”赵雅邻的话说到一半，见白雪雨的情绪不好，没有再说下去，而是转身为白雪雨倒了一杯热开水。

“发生了什么事情？能说给我听吗？”

白雪雨坐在沙发上，双眸低垂，双手紧握着赵雅邻递给她的玻璃杯，沉默了一会儿，点了点头。

“雅邻姐，我已经跟楚邵说清楚了。”

“你们之间真的没有机会发展吗？”

白雪雨点了点头，“嗯。”

赵雅邻看着一脸坚定的白雪雨，意味深长地探问：“雪雨，你跟我说句实话，你……不能接受楚邵，是不是因为司徒昊？”

白雪雨摇头说：“不是，我和楚邵之间没有缘分。”

赵雅邻眉头微皱，想到那天在医院里遇到司徒昊的场景，不由得追问：“那司徒昊呢？你喜欢他吗？”

她喜欢司徒昊吗？她以前没有想过这个问题，现在更没有心思去想，尤其是今天知道了那件事，她不只是千头万绪，更是心乱如麻！

白雪雨沉默了一会儿，抬头看向赵雅邻，“雅邻姐，有一件事我要跟你说。”

“什么事？”

“是……”白雪雨话未说出便被电视《星秘追踪》节目的报道给

打断——“星秘追踪，让你了解更多！今天星秘人物是谁呢？在《绝境》中，他的演技征服了亿万观众，一夜暴红，他就是新秀小天王司徒昊！”

赵雅邻见白雪雨盯着电视屏幕，轻笑了一下说：“真巧，刚说到他，就播他的消息了。”

“新秀小天王司徒昊有什么秘密呢？是失踪失忆，还是恋爱出轨？更或者是他结婚了？NO！通通不是哦！阿秀今天要告诉你们的是……就在半个小时前，我们节目组得到了一条确切的消息，阿昊重病住院，现在还在抢救中……”

啪的一声，白雪雨手中的玻璃杯掉在了地上。

赵雅邻诧异地盯着双手紧握、面色复杂的白雪雨，神色渐渐认真起来，“雪雨……怎么了？”

“雅邻姐，我……我要去北京，明天就去。”

赵雅邻狐疑地问：“是为了他吗？雪雨，你真的喜欢他？”白雪雨不是那种轻易动感情的女孩，她心里还深爱着穆遂，面对爱她多年的楚邵她都不能接受，她会喜欢上一个只见了几面的司徒昊吗？司徒昊可是演艺圈的人，与明星恋爱，这可不是一件容易的事情……

“雅邻姐，我要去给他加油，还要给穆遂加油。”

“给穆遂加油？”赵雅邻听糊涂了。司徒昊生病，跟穆遂有什么关系啊？

“嗯。”白雪雨点头，悲伤地说，“司徒昊做过心脏移植手术，他的心……是穆遂的……”

赵雅邻听完张着嘴巴，好一会儿才缓过神来。这会不会太巧合了？司徒昊的心是穆遂的心？天底下怎么会有这样巧合的事情？真是太不可思议了！

赵雅邻弯下身子与白雪雨一同捡起地上的碎玻璃，沉默了一会儿，问："要我陪你吗？"

白雪雨摇头说："不用，我自己去。"赵雅邻还想说些什么，却不知道应该说些什么。司徒昊竟然拥有穆遂的心？雪雨跟司徒昊的相遇是偶然，还是命中注定的呢？

天啊，怎么会有这种事情？

"什么时候回来？"

"不知道。看情况。"

赵雅邻想了想不放心地嘱咐道："去了北京，你要好好照顾自己。还有，要是遇到姚雪，别让她欺负你。姚雪她变了，她不再是以前的姚雪了，知道吗？"

"好。雅邻姐，你放心，我会照顾好自己，不会让任何人欺负我。"

深秋的夜晚，带着些许寒冷的湿气，躺在床上的白雪雨辗转反侧，久久不能入睡。想到穆遂的心还在跳动着，想到她和穆遂之间经历过的点点滴滴，她的心就仿似那波澜起伏的大海，汹涌澎湃。

北京的医院。

病床前，杨玥守在司徒昊的身边，看过手机短信的她犹豫了起来。要不要将哥哥的医院病房号发出去？看着面无血色仍处在危险期的哥哥，稍作迟疑，她发出了一条短信。她知道哥哥心里一直想见白雪雨，要是醒来见到白雪雨……一定会特别高兴。而她，也想见一见白雪雨。虽然有关白雪雨的资料她看了不少，她还是忍不住好奇，她想知道让她哥哥魂牵梦萦的女孩到底是什么样子。

白雪雨下了飞机，直奔司徒昊所在的医院，当她风风火火地赶到司徒昊所在的病房门口，盯着病房门的这一刻，她思绪万千。

世界很大，一个人每天以相遇 1000 人来计算，到八十岁，也只能遇见约2920万人。世界很小，地球上有60多亿人，她却遇见了拥有穆遂心脏的人，此刻，她与他只是一门之隔。白雪雨抬起敲门的手，脑子一片茫然，就在她犹豫不决不知该用什么样的心情来敲门时，门由内被人打开了。

杨玥望着门外站着的白雪雨，一眼便认了出来，“你是白雪雨吧？我是杨玥，我哥他还在昏迷中。”

白雪雨微皱眉头，望着杨玥问：“我可以见他吗？”

杨玥迎上白雪雨淡如秋水的眸子，沉默了片刻，点了点头，“可以。不过，在你见我哥哥之前，我可以和你谈谈吗？”

“好。”

杨玥合上了房门，与白雪雨走到草坪上，直截了当地问：“关于我哥哥心脏移植手术的事情，你知道吗？”

白雪雨面色一阵幽暗，点了点头，“我知道。”

杨玥目光忽然变得犀利，“你知道？你是一开始就知道的吗？我的意思是……心脏捐赠的事。”

白雪雨的心仿佛被人揪了一下，她垂下眸子，说：“我是昨天才知道的。”

杨玥有些不相信地继续追问：“这么说你与我哥哥的相遇，只是偶然？”

白雪雨望着杨玥什么也没有说，表情黯然而忧伤。相遇是偶然吗？还是……早就注定的？

“为什么要申请器官捐赠？”得知穆遂申请了器官捐赠的事情，她心里很不舒服。总觉得这么年轻就申请器官捐赠太早了点，还有点儿……不吉利。

“死后还能帮到需要帮助的人，不好吗？”

看着穆遂一脸温和的笑容，她嗫嚅道：“不是不好，只是……有必要这么早就申请吗?”

“有什么关系呢?放心吧，我一定会长寿的，我还要给我的雨儿幸福，很多很多的幸福……”

杨玥看着失神中的白雪雨一脸忧伤，心里感到一丝歉意。虽然白雪雨什么都没有说，可她得到了她想要的答案，她的怀疑和担忧是多余的了。

“要是我的猜疑让你难过了，我向你道歉。我不知道你能不能理解我的心情，我只有一个哥哥，从小到大哥哥的身体都不是很好，因为他的病，时常会有生命危险，吃药就像吃糖一样的频繁，我不希望有人伤害哥哥。”

“你的心情我能理解。”

杨玥深深地看了一眼白雪雨，又说:“关于刚刚我问你的事，希望你不要说出来。哥哥他不知道你们之间还有这么一层关系。”

白雪雨看了一眼杨玥，答应下来，“好，我答应你。”

杨玥看着一口答应下来的白雪雨，原先对白雪雨抱有几分敌意的她，不但放下了敌意，还忍不住有些喜欢白雪雨了。之前见到姚雪，她觉得姚雪与她的哥哥很般配，可是，现在见了白雪雨，她倒觉得白雪雨与她的哥哥才是天生的一对。姚雪很美，美得让人惊艳，让她觉得不够真实。白雪雨也很美，她的美与姚雪的美不太一样。她的美是沉静的，忧伤的，虽然没有姚雪美艳，第一眼看上去是淡淡的，可是看了几眼后，她的美，能深入人心。

杨玥大方地向白雪雨伸出了手，“谢谢你，白姐姐。我哥哥他很喜欢你，我也喜欢你。要是他知道你在这里，一定会特别的开心。”

白雪雨微笑着握住了杨玥的手。

回到病房，杨玥为了给白雪雨和他哥哥单独相处的机会，找了个理由走出了病房。

仍然处在危险期的司徒昊脸色苍白，眉峰微蹙，看上去很脆弱，看得白雪雨心疼。此刻，司徒昊像个熟睡的孩子，安静地躺在病床上，让她感觉很陌生。仔细想想，她与司徒昊之间也不过是几面之缘，她从未想过和他有任何的交集。可是，这一刻她却风风火火地赶来为他加油，真真切切地守在他的床边……不，她是为了给穆遂加油才来的！

白雪雨在司徒昊的床前一守就是好几个小时，眼看天色渐渐暗了下来，而司徒昊却没有醒来的迹象，她的心里很着急。昏迷得越久，对于病人来说就越危险，这点白雪雨很清楚，当年她的妈妈就是这样离开了。他不能有事，绝对不可以有事！

“司徒昊，你快醒来，你不可以有事！你……你们一定要加油！”

杨玥进入病房刚好听到白雪雨对司徒昊说的话，向为司徒昊换药的医生问道：“医生，我哥哥他什么时候会醒过来？”

医生看了一眼床上的司徒昊，答道：“这可说不准，要看病人自己的意识。不过，你们可以多和病人说说话，他虽处在昏迷中，可他是有意识的。”

“哥哥，你能听到玥玥说话吗？哥哥，你别吓唬玥玥，快点醒来好不好？你知道吗？白姐姐来了，你不是一直想要见她吗？她现在就在你的身边，你只要睁开眼睛就能看到她了。你要是听到玥玥的话，就快点醒来好不好？”

杨玥说完，见司徒昊没有反应，转脸对着白雪雨说：“白姐姐，你也和我哥哥说说话吧，说不定他听到你的声音就醒了。”

白雪雨见杨玥急得掉眼泪，在一旁安慰道：“别担心，你哥哥他不会有事的。”

“可是……医生说只要我哥哥醒来就没有生命危险了，哥哥他从昨天到现在一直都没醒过来，我好担心啊！”

“玥……玥，你好吵……”

杨玥的表情瞬间凝固，不可置信地转脸看向床上的司徒昊，惊喜万分，“哥哥，你醒啦?!”

“你这么吵，我能不醒吗?”司徒昊吃力地睁开了沉重的双目，看向杨玥时发现白雪雨站在他的床前，不禁愣住了。

“哥哥，你怎么了?”

司徒昊一脸惊讶地望着白雪雨，眨了眨眼睛，不敢相信地问：“雨……是雨儿吗?”

杨玥用力地点了点头，扭头对白雪雨说：“嗯。白姐姐，你陪我哥哥说说话，我去找医生。”杨玥说完，冲司徒昊诡秘一笑，转身走出了病房。

司徒昊不敢置信地望着白雪雨，感觉自己就像是在做梦。做梦?就算是做梦，他也没有做过这么美的梦。雨儿竟然来看他?真的太让他意外和惊喜了！

白雪雨见司徒昊盯着她一言不发，担心地问：“你怎么了?是不是哪里又不舒服了?”

“你这是在担心我吗?”望着白雪雨关切的脸，司徒昊的心湖一阵荡漾，涟漪不断。在他的印象中，白雪雨对人的态度一直很冷淡，对他尤其冷淡。她能来看他，就是一个天大的奇迹，现在她在为他担心，简直让人不敢相信！他真的不是在做梦吗?

白雪雨被司徒昊的话问得一愣。她是在担心他吗?她对司徒昊确实有关心，可她来这里却不是因为他，而是……

司徒昊见白雪雨沉着脸不回答他，心里有些失落。她来这里难道不是为了他?不是来看他，她怎么会出现在他的病房?

“雨儿，我手麻了，能帮我捏捏吗?”白雪雨看了眼司徒昊，稍稍迟疑了下，走到床的另一边坐下，拿起司徒昊的右手轻轻地揉捏。

“好些了吗？”

“还是有点麻。”司徒昊看着为他揉捏右手的白雪雨出了神。这样被她关心着，担心着，照顾着，感觉真的很好。司徒昊唇角上的弧度不自觉地加深了几分，心头冒出了一个念头，很强烈，很清晰——他喜欢白雪雨，他希望她一直留在他的身边！想到这，司徒昊反握住白雪雨的手，一脸认真地问：“雨儿，你能一直陪在我身边吗？”

白雪雨闻言心头一紧，想要收回被司徒昊反握住的手，不承想她的手被握得更紧，被迫抬眼迎上司徒昊注视着她的眼睛，一颗沉寂许久的心，泛起了涟漪。

“我……我会等你出院再回去。”

司徒昊接过白雪雨的话说：“雨儿，你知道我说的不是那个意思。我想做你的男朋友，我喜欢你。”

司徒昊直截了当的表白，让白雪雨有些不知所措，“我……我已经有男朋友了。”

“你说的是那个叫楚邵的男人吧？用一个你不爱的男人来拒绝追求你的人，这招很烂。雨儿，你比我清楚，你根本不爱他。”

白雪雨吸了口气，不再闪避地说道：“就算我不爱他，我们之间也不可能！”

“为什么？理由呢？”

“因为……雪雪很喜欢你，你们很般配。而我，我不会找一个明星做男友。”

司徒昊听了白雪雨的回答，扯了下嘴角，说：“这就是你的理由吗？我根本就不喜欢姚雪，所以，无所谓般配不般配。至于你说的明星，只是职业问题，职业的问题好商量。你还能拿出一个更有说服力的理由吗？”

能说服他的理由？因为……她还爱着穆遂，而他却拥有穆遂的心，就算她真的喜欢上他，她又该用什么样的心情来面对他呢？

"我的心没有办法再爱上别人。"

她的心没有办法再爱上别人？看着白雪雨冷淡而又坚定的脸，司徒昊想起第一次与白雪雨见面时发生的事情。

不能再爱，只有一个原因，因为心受了伤。他要是没有猜错，她爱的人是那个送她相机的男人，而那个男人，可能已经死了。这些都不重要，他不管她曾经爱过谁，只要她没有结婚，他就有机会，他就不会放弃！只要是他想要的，就一定会得到！

"我会让你爱上我。"司徒昊一脸的笃定，在白雪雨看来就好像是一块坚硬的石头，压在她的心上。白雪雨甩开司徒昊的手，快步向门口走去。

司徒昊慌忙追问："你去哪？你害怕了是不是？"

"我是去找医生给你换药。在你出院前我不会离开，不过，你别多想。我还是那句话，我们不可能。"

听了白雪雨的话，司徒昊放心了不少。他对白雪雨了解得不多，不过白雪雨的性子他还是了解一些的。她说不离开就不会离开。只要她在他的身边，他就有信心让她爱上他，哪怕她的心是块石头，他也要将她给焐热了。

"昊昊，今天你的检查报告出来了，院长说你随时可以出院。"

司徒昊向门口看了一眼，说："妈，我觉得还是很不舒服。"

司徒昊的养母抬手点了一下司徒昊的额头，笑说："在妈妈面前就别装了。你最不喜欢待在医院里，现在怎么会赖在医院不走啊？说吧，是不是没招了？要不要妈妈给你来一招？"

"妈，你说她……她心里到底在想什么呀？"一连十几天，他和白雪雨之间的关系没有一点儿进展，明明她就在他的身边，明明一直在他身边照顾他，可他却感觉不到她的热情。

她的心不是石头，而是心被石墙给围了起来……为什么他有一种感觉——她照顾他不是为了他呢？她不是为了他照顾他，那是为了谁？

司徒昊的养母蹙起眉头想了想，说："女孩子的心思很难琢磨，不过，妈妈觉得她心里是有你的，要不然她也不会这么大老远地跑来照顾你是不是？"

司徒昊郁闷地问："她来这里照顾我，真的是为了我吗？"

"当然是为了你啊！这十几天，她不是在照顾你，难道是在照顾妈妈啊？儿子，相信妈妈，你和她有机会。妈妈给你出个主意。"

司徒昊看养母笑得一脸诡秘，狐疑地问："什么主意？"

"是……"司徒昊的养母正要说，听到一阵渐近的脚步声，立即藏起脸上的笑容。

"妈妈要是离开了，你怎么办啊？你身体时好时坏的，这叫妈妈怎么能放心得下？"

司徒昊先是被养母的话弄得一愣，捕捉到养母挤眉弄眼的神情，立刻觉悟，接话道："妈，你放心，我没事的。"

"可是……妈妈还是不放心……"

白雪雨看向司徒昊的养母，见她一脸的着急，接口道："伯母，你要有什么事情，你就去忙吧，这里还有我。"

"可以吗？会不会太麻烦你了？"

"不麻烦。"半个月的相处，白雪雨对司徒昊的养母有了感情。这些天，司徒昊的养母是用一颗与家人相处的心来待她的，她能感觉得到。

"可是，我和玥玥都走了，你一个人可以吗？"

白雪雨闻言愣了一下，“伯母和玥玥要一起离开吗？”

“嗯。美国那边出了点儿事情，我和玥玥都要过去才行，可是，昊昊现在的情况又不能跟我们一起过去。让保姆照顾他，我又放心不下。”

白雪雨不假思索地说：“伯母，你和玥玥就去吧。这里有我在，你放心。”

“有你在，我当然放心。可是，这一走……一切顺利的话，也要好几天的时间呢。让你照顾昊昊，会不会耽误你的事情？”司徒昊的养母拉着白雪雨的手，一脸的犹豫不定。

白雪雨说道：“伯母，我没关系。”

“小雨，真不知道怎么感谢你才好。这几天我不在，昊昊这里就要多辛苦你了！要是有什么事情，你就给我打电话，好吗？”司徒昊的养母说话间，将司徒昊的手放在白雪雨的手上，随后又交代了几句，急匆匆地带着杨玥离开了，临走时，还不忘记向她的儿子丢下一个富含深意的笑容。

白雪雨送走了她俩，回到病房时，司徒昊正一个人独自坐在窗口。他的背影被层层的落寞给包裹着，看得白雪雨心里一阵发酸。十几天了，他的身体时好时坏，不知道什么时候才能痊愈。

白雪雨整理了一下情绪，对司徒昊说道：“该吃药了，水是温的。”

司徒昊看了眼药丸，苦涩地歪了下嘴角，“你信吗？我吃药可以不喝水。”

“我相信。不过吃药喝水，药效才能更好地发挥出来。虽然我们不能左右生老病死，但让自己好过一点，多疼爱自己一点，我们还是可以做到的。”白雪雨说话间，将手中端着的水杯递向司徒昊。

“要是我的身体一直好不了，你会一直在我身边照顾我吗？”

“你会好起来的。”

司徒昊轻笑一声说：“这样的话我听得多了。俗话说久病床前无孝子，亲生父子尚且如此，更不用说你跟我非亲非故的了。你又不是真的关心我，想走就走吧！”

白雪雨看着司徒昊阴沉的脸，说：“我说过，在你出院前我不会走。你刚吃过药，先休息吧。”

司徒昊一把拽住要离开的白雪雨，冷声质问：“为什么？来这里照顾我的真正目的是什么？”

“目的，我能有什么目的？你放开我！”白雪雨躲开司徒昊注视的眼光，用力去掰司徒昊拽着她的手。最近她越来越害怕与司徒昊单独相处了，面对他，她就忍不住想要逃开。

“在我眼中，一个女人关心照顾一个与她不相干的男人，只有两种解释，如果不是有什么目的，那就是她喜欢他！”

白雪雨脱口否认：“我没有！你想多了，我要出去一趟，你休息吧。”白雪雨挣开了司徒昊的手，带着几分凌乱的思绪快步走出了病房。逃开司徒昊灼灼的注视，却逃不开脑海里盘旋不下的话语。她是为了穆遂还是为了司徒昊？她应该很清楚这个问题的答案，怎么现在有些弄不清楚了？难道是她喜欢上司徒昊了？不，不会的，她不会。白雪雨蹙起眉头，用力甩掉脑海里凌乱的思绪，不承想，却在医院的电梯口与人撞了个满怀。一声闷响，被撞到的人手中的果篮被撞掉在了地上，水果滚落一地。

“你长没长眼睛啊？”

“对不起对不起……雪雪，怎么是你？”

“你……”姚雪望着蹲下身子一边捡水果一边道歉的白雪雨，愣了好几秒才缓过神来，张口质问，“你怎么在这里？”

“我……我是……”

白雪雨正欲解释，却被姚雪打断，“你为什么要来这里？你有什么资格来这里?！你凭什么一而再，再而三地跟我抢男人?！你是不是就爱当小三?”在医院里遇到白雪雨，让姚雪很意外，看着白雪雨一双无辜的眼睛，她禁不住怒火中烧。她就恨她这个样子，一张无辜的脸，装出一副可怜的模样……昨天姚雪与程思豪约会的时候，被程思豪的老婆撞了个正着，吃了程思豪老婆的一顿泼骂，心情还没有恢复过来，此刻，又在这里遇到了白雪雨，她一肚子的火，全向着白雪雨发了出来。

“雪雪，你误会了……”

姚雪见有几个人用异样的眼神看着白雪雨，心头闪过一个念头，她和程思豪之间算是完了，如今她能抓住司徒昊这根病草，总比什么也没得抓要好！她很清楚女人的青春有限，她等不起。而今，在这演艺圈里，新人辈出，没有程思豪的支持，又没有后台，她会很快被淹没的，这点她很清楚。姚雪想了想，有意地提高了说话的分贝，“误会什么？我跟你说过我和司徒昊之间的关系了，为什么你要到这里缠着他？我把你当成好朋友，为什么你要追到这里勾引他？我到底哪里对不起你了？为什么你要一而再，再而三地打扰我的生活？你做一次小三还不够，还要做第二次吗?”

“我……”白雪雨一脸苍白地看着咄咄逼人的姚雪，一时间不知道该说什么好。她不敢相信此刻与她说话的人是姚雪，是那个她相处多年的好朋友雪雪。也许，是因为雪雪太爱司徒昊了吧？

“雪雪，我跟他真的不是你想的那种关系。”

姚雪冷笑道：“不是？那你来这里做什么?”

“我……我是因为……难道你心里不清楚吗?”看着姚雪的面孔，白雪雨的心一阵难过。她来这里，雪雪应该知道她是为了什么，雅邻姐说得没错，雪雪真的变了，在时间的隧道中，有些人真的变了很多，很多。

姚雪继续冷声说："那你就更不应该出现在这里，他不需要你的关心，你走，我不想再看到你！"

"姚小姐，这里是医院，你这么大声说话不太好吧？"齐涵涵的声音在姚雪的声音落下时响起。撞见姚雪和白雪雨争执的她，本来是不想站出来说话的，可是，她实在是看不惯姚雪那种趾高气扬的样子。明明自己什么都不是……她又不是昊的女朋友，这么嚣张实在是让人看不下去。司徒昊的事情，没有人比她这个助理知道得更清楚了。

姚雪看了一眼齐涵涵，想说什么又心虚地憋了下来。齐涵涵不是白雪雨，她是司徒昊的助理，司徒昊的很多事情，她是清楚的。虽说她和林易达成了协议，名义上她是司徒昊的女友……姚雪抿了抿嘴，丢下一声冷哼，转身向着司徒昊的病房走去。

齐涵涵见白雪雨脸色很难看，一旁劝慰道："你还好吧？她的话也不全是真的，你别往心里去。"

白雪雨苦涩地抽了下嘴角，说："我没事，雪雪这样说是因为她太在乎司徒昊了。"

"她……"

"谢谢你，我还有事情，先走了。"白雪雨说完，不待齐涵涵说完话，便走进了电梯。

齐涵涵怔怔地望着关闭的电梯门，心里一阵怅然。第一次见到白雪雨，她就感觉到白雪雨会是司徒昊喜欢的人，今天再次见到她，这样的感觉更深了。虽然她不希望白雪雨跟司徒昊在一起，可是白雪雨与姚雪相比，她宁愿选择白雪雨。

司徒昊听到开门声，以为是白雪雨，一眼望去，发现进来的人是姚雪，失落地说："怎么会是你？"这女人没有自尊心吗？明明告诉她了，他喜欢的人不是她，为什么还要缠着他？

"阿昊，你身体好些了吗？"

司徒昊直皱眉头，没给姚雪半分的好脸色，"我的身体不用你管，你要没事就回去吧！"

"阿昊，我担心你才不顾一切地来看你，你怎么可以这样对我？"

看着姚雪一脸委屈的样子，司徒昊心里一阵烦躁。想见的人，不给面子摔门走了，不想见的人，死缠着不走黏糊得像盆糨糊！他一股热情贴在了白雪雨的冷脸上，她却一点儿都不领情，这不喜欢的人哪，偏偏出现在他的面前，阴魂不散地缠着他，硬是撵不走……

"你说完了吗？说完了就出去，以后别来这里，我和你之间不可能！"

"你……司徒昊，你别太过分！你……"姚雪还想对着司徒昊狂轰滥炸一番，不承想齐涵涵出现在门口，只好收起嚣张的气焰，把气硬生生地憋回了肚子，一张漂亮的脸蛋涨得通红。

司徒昊瞟了眼齐涵涵，眼色一沉，"林大有事吗？"

齐涵涵没有直接回答司徒昊的话，而是看向一旁站着的姚雪，眼神里表达的意思不言而喻，意思是：你该识趣地出去了，我们有事情要谈！

姚雪看了看司徒昊，又看了看齐涵涵，脸色又是一阵青一阵白，恼怒地丢下一声冷哼，气冲冲地摔门而去。

"有什么事，你就说吧！"

"林大让我过来问问你什么时候可以回公司。"

司徒昊沉思了一会儿，说："现在还不行，等出院以后再说吧。"

齐涵涵不解地盯着司徒昊，不解地追问："出院？医生不是说你可以出院了吗？又不舒服了吗？"

"我身体没事。你回去告诉林大，等我事情处理完就回去。"

齐涵涵为难地点了点头，转身之际忍不住地追问了句："哦。是和白小姐有关的事情吗？"

“我的私事，不用你管。”

白雪雨进了电梯下了楼，才发现她手里拎着姚雪送给司徒昊的果篮……再次走到病房门口的她，刚巧听到司徒昊与齐涵涵的对话。她知道被司徒昊骗了，一股怒气直冲脑门。

“她说的是不是真的？”

司徒昊佯装不知地问：“我……什么是不是真的？”

白雪雨见司徒昊不回答，气恼地质问：“她刚刚说你可以出院的这件事情，到底是不是真的？你是不是一直在骗我？”

“雨儿，你听我说……”

“我不想听，你喜欢待在医院就慢慢在医院里待着吧！”白雪雨说完气冲冲地冲出了病房，一刻不停地下了楼向着医院外跑了出去。已经可以出院了，却一直欺骗她，把她当成傻瓜了吗？

“雨儿……雨……”司徒昊紧跟着追了几步，在门口处心口猛地传来一阵绞痛，他忍不住捂着心口，踉跄地扶住了门框。

“阿昊，你怎么了？”

“我没事，你快去……追她……快去啊！”

齐涵涵稍作犹豫，快步追了出去，一直追到了医院大门外，“白小姐……白小姐，你等等……我有话要和你说。”

白雪雨冷笑了一声，问：“你要说什么？说我听错了，误会了他？还是说我脑子傻好骗？”

齐涵涵走到白雪雨的面前说：“我知道你被骗心情很不好，你应该生气。你能听我说几句话吗？”

“关于他的事情我不想听！”想到司徒昊身体已经好了，明明可以出院却装病欺骗她，她心里燃烧着的那团烈火就越烧越旺。

她生平最讨厌的就是被人欺骗，被人当成了傻瓜！

“他虽然欺骗了你，可他对你的感情却是真的。白小姐，他是真心喜欢你的！”

白雪雨闻言轻笑一声，“你和我说这些没有意义。我不是他的女朋友，他喜欢的人应该是姚雪。”

“姚雪不是他的女朋友，他喜欢的人是你。”

走出几步的白雪雨停下了脚步，回头看着齐涵涵，十分诧异地问：“你这话是什么意思？”

齐涵涵叹了口气，将憋在心里的话全部说了出来，“我是他的助理，他要是谈女朋友，我肯定知道。姚雪说是他的女朋友，我不知道姚雪为什么要撒这样的谎，其实，他一直都是单身。”

“你说雪雪不是他的女朋友？”

雪雪不是司徒昊的女朋友？那……雪雪为什么跟她说司徒昊是她的男朋友？

“我不相信，雪雪她没有理由骗我。”

齐涵涵非常认真地说：“白小姐，姚雪比你想象的要复杂很多，不管你信不信，我说的都是真话。林大也知道，你可以去问他。”齐涵涵说完见白雪雨一言不发地转身就走，补充道：“你去哪？阿昊刚刚身体不舒服，你不管他了吗？”

看着白雪雨渐渐消失的背影，齐涵涵不由得叹了口气，心里五味杂陈，很不是滋味。关于姚雪与司徒昊之间的事情，于公，她不应该向白雪雨解释；于私，误会解开了对她没有半分好处。她也不清楚自己为什么要帮司徒昊澄清。

但有一点，她很肯定——白雪雨的身上有着一种魅力，让人无法不被吸引的魅力，她的美是由内在散发出来的，也只有这样的她才能打动司徒昊的心吧？

司徒昊向齐涵涵的身后看了看，没有发现白雪雨，问道："她人呢？她是不是不回来了？"

"她……她去散心了吧。她的东西还在这里，会回来的。"说话间，齐涵涵向着白雪雨的包包看了过去。

司徒昊听了齐涵涵的话，心里的焦虑稍稍平息了一些。可是，想到白雪雨的硬脾气，他着急地给白雪雨打了一个又一个电话，而电话那头始终没有人接听。司徒昊的焦急齐涵涵看在眼里，她做司徒昊的助理这么久，他这样担心紧张一个人，还是第一次见到。司徒昊脸上的表情，清清楚楚地告诉她，他喜欢上了白雪雨，也许比喜欢还要深，可能已经爱上了白雪雨。

白雪雨在医院外面转悠了一圈，回到医院的时候，气已经消了大半。当她推开病房门一看，顿时傻了眼，病房里空空荡荡的没有半个人影，想到先前齐涵涵对她说司徒昊不舒服的话，神经蓦然间紧绷起来。

"医生，这病房里的病人去哪了？"

前来病房打扫卫生的护工，一边向病房里走，一边说："哦，他刚去办理出院手续，现在应该还在主治医生那里。"

"谢谢。"白雪雨听到司徒昊没有病发，暗松了口气，向着心脏科主治医生的办公室走去。

"昊昊，你真的要出院吗？刚刚你的心再次绞痛，我觉得你应该再留院观察两天。"

司徒昊宽慰地笑了笑，说："郭叔叔，你不用担心，我没事。你看，这些药我都备上了。"既然已经被白雪雨发现了自己装病的事情，现在继续赖在医院，已经没有必要了。

"你呀，长这么大，脾气是一点儿也没变。你要坚持出院，我也拦不住你，不过，我有个条件，你每天都要给我打两通电话，向我汇报你的身体状况。”

司徒昊一口答应了下来，“好。我答应你，每天两通电话。”

“昊昊，别忘记按时吃药，还有，一个星期要来做一次复查。”

“郭叔叔，你越来越啰唆了！走啦!”司徒昊说完转身之际不忘抬手摆了摆。刚走几步，他的脚步顿住了。白雪雨就站在门口，双眸淡如秋水，盯着他看。一直等不到她回来，他正打算出去寻找她的……司徒昊心头一喜，脸上的笑容灿烂绽放，“雨儿，你回来啦?”

白雪雨盯着面色憔悴的司徒昊，担心地问：“心脏又疼了吗？医生怎么说，现在怎么样了？有没有好些?”

看着为他紧张的白雪雨，司徒昊傻气地笑了，“你不生我的气啦?”白雪雨的关心，让他感到很温暖，从心里深处感到温暖。

“你别这样嬉皮笑脸的好不好？心还在疼吗？身体不舒服还出什么院?”

司徒昊拉住白雪雨的手往他的怀里一带，拉近了白雪雨跟他的距离，双眸含笑地望着白雪雨，“你在紧张我?”

白雪雨被司徒昊深邃的目光弄得心慌意乱，别开了瞬间变红的脸颊，看了眼正望着他们笑得意味深长的郭医生，说：“你身体不舒服，我……我关心你……这不是很正常吗?”

司徒昊一笑，不再追问下去，转口又问：“原来是这样……我现在出院回家，你愿意陪我一起回去吗?”

“我……你的身体现在能出院吗?”

“我身体没事。雨儿，你愿意吗?”

看着司徒昊憔悴的笑脸，白雪雨还是放心不下，半晌才点了点头，“我答应过伯母照顾你，好吧！你真的可以出院吗?”

“这可是你自己答应的，走吧!”司徒昊话落拉着白雪雨的手就走，他没有想到白雪雨会答应下来，心里乐开了花。

“司徒昊，你快放手，放手啊！人家都看着呢！”

“不放。他们要看就让他们看着好了，我就要拉着你的手一起回家！”回家？白雪雨望着司徒昊温和的笑脸，一阵失神。家，这个字在她的世界里，早已经淡得不能再淡了。自从她的爸爸妈妈离开，自从穆遂离开，她就没敢再去想它……家，她还可以有自己的家吗？

从医院回到家中的司徒昊，在白雪雨的细心照料下，脸上的气色渐渐红润了起来。坐在客厅沙发上看杂志的他，听到厨房里传出来的叮叮当当切菜声，扬起了嘴角，他起身走到厨房门口，双手环抱倚靠着门框，痴迷地望着白雪雨在厨房里忙碌的身影，脸上洋溢出幸福的笑容。

“别傻站着，准备碗筷。”

“哦。”司徒昊傻气地笑着应声，忙乎着端菜准备碗筷。

他喜欢这样的感觉，有一个他喜欢的女人，系着红色的围裙，一边在厨房里忙碌着，为他做可口的饭菜，一边吆喝着他准备碗筷。虽然平平淡淡，却是真真切切，让他感觉很幸福。

吃饭时，白雪雨瞅着吃饭中的司徒昊，乌黑的双眸仿似一潭深水，“我明天回去。”

司徒昊闻言蓦然停下手中的筷子。这几天他担心的事情还是发生了，她还是开了口。瞅着白雪雨面容上的平静和坚定，司徒昊沉默了许久，问：“可以不走吗？”

“不可以。”

司徒昊的心里一阵失望，他心情低落地问：“不能为了我留下来吗？”

“我已经给伯母打过电话，伯母过两天就回来。冰箱里有吃的，都是今天上午买好的。你的三餐，我已经按照你平时喜欢的口味交代过保姆阿姨。”

“这几天机票不太好买，我打电话问问……”

白雪雨回话道：“机票我已经买好了，明天上午的。”

“机票都已经买好了？”司徒昊苦涩地扯了下嘴角，“就算是我要开口求你，你还是要走，是吗？”

“是。”

白雪雨斩钉截铁的回答，伤了司徒昊的心。他噌地一下站了起来，一股烦躁和难过直冲脑门。他目光硬冷地盯着白雪雨，片刻，苦涩地笑了，“雨儿，你心里明明喜欢我，为什么不能和我在一起？你到底是怎么想的？要是你真的不喜欢我的职业，我可以改行。”

“我说过，我们之间不可能。”

司徒昊大步走到白雪雨跟前，抓住白雪雨的手，高声问：“为什么不可能？是因为你不相信我对你的真心？还是因为我有着一具随时可能丢命的破烂身体？”

“你不可以这样说自己。”

司徒昊冷笑了一声，“那是为什么？你总是说我们之间不可能，那你告诉我为什么不可能。”司徒昊见白雪雨不回答，又继续说：“我不管你承不承认喜欢我，我是喜欢你的。”

“我只是一个普普通通的女孩，不值得你这么用情，你会遇到更好的女孩！”

“值不值得，我心里比你清楚！除了你白雪雨，别的女孩再好我也不要，我就认定你了！”

认定？真是够专横霸道的！对，他的性格好像就是这样的飞扬跋扈！人失忆了，性格可真是一点儿都没有变，这大概就是所谓的“江山易改，本性难移”吧？

白雪雨盯着司徒昊问：“你为什么非要找我？”

司徒昊的目光像是一盏白炽灯，锁定她照着她，将想要躲进暗处的她，照得通明，无处可逃，只能面对。

司徒昊一把抓起白雪雨的手放在他的心口处，说：“不是我非要找你，是它选择了非你不可，是它认定了你！第一次见到你，它就为你痛。你拒绝我，它就会难过。你紧张我，它就会高兴快乐！是它，是它告诉我，我不能没有你！”

“你说什么？我……我不懂……”司徒昊说是他的心认定了她，还是穆遂的心认定了她？白雪雨的手，因为司徒昊的话不由自主地颤抖了起来，眼泪顺着脸颊流了下来。

“雨儿，让我照顾你。时间会证明我对你的心，绝对不会输给那个送你相机的男人。”

白雪雨一把挥开司徒昊为她擦泪的手，接连退出了好几步，难过地说：“不……不！我们真的不可能，对不起！在这个世界上，没有人可以跟他比，更不可能有人能取代他在我心里的位置。”她的手，还能够感受到他的心跳，这心跳不只是司徒昊的，还是穆遂的！

她和司徒昊之间……是不可能的！

“我知道那个人在你心里的位置很重要，可是，时间可以证明一切，我愿意陪着你一起走下去！”

“别说了，我累了。”

时间一点点地流逝，夜渐渐地深了下来，司徒昊守在白雪雨的房门外，接连敲了好几次房门，白雪雨也没有给他开门。想到天一亮，白雪雨就要离开他，司徒昊是一筹莫展，他实在想不出能够留下白雪雨的办法。

思来想去，他就是想不明白，白雪雨心里有他，他能感觉得到，可是，她为什么不给他机会让他追求她呢？到底是为什么？他与白雪雨之间的死结到底在哪？是那个相机里的男人吗？

若是夜能变长，他希望这个夜可以很长很长，长到没有天明，这样白雪雨就不会离开了。可是，愿望终究是愿望，听到开门声的司徒昊，苦涩地笑了。

“你……你在这里坐了一夜吗？”白雪雨看着守着门口的司徒昊，心里一半担忧一半难过。司徒昊对她的感情，她很清楚，可是，她没法接受。

“我怕你一声不响地走了。”

白雪雨听得鼻子一酸，心头仿佛压着千斤大石，沉重得快要喘不过气来。傻瓜，真是个大傻瓜，身体不舒服还在这里守了一夜。为什么要是她？为什么他偏偏喜欢的人是她？

“笨蛋，地上凉，我扶你起来。”

“可不可以不走？”

白雪雨为难地叹了口气，“我先扶你到床上休息。”

司徒昊没有听到回答，凄然地抽了下嘴角，再次开口追问：“可不可以留在我身边？”

“你别这样好不好？你这样会让我和你连朋友都做不成的。”白雪雨说完，松开了扶着司徒昊的手，走进房间拎起行李包，“我走了，你好好照顾自己。”

“雨儿，我不会放弃的。我要回去，我跟你一起回去。”

白雪雨听了狠狠地瞪了眼司徒昊，气恼地说：“司徒昊，你别闹了好不好？你的生活在这里，你的世界也应该在这里。我已经跟你说得很清楚了，我跟你真的不可能。”

司徒昊死皮赖脸地跟到门口，意志坚决地说：“我不管，你走到哪，我就跟到哪！”

“你真是不可理喻！”白雪雨气恼地说完，用力打开了房门，被门外站着的齐涵涵吓了一跳。

齐涵涵怕白雪雨误会，立马解释：“我……我不是有意偷听你们说话的，我是来告诉阿昊，明天有一个慈善活动，林大说这个活动阿昊最好不要缺席。”

“雨儿……涵涵，我明天没有时间出席。”

齐涵涵见司徒昊要追白雪雨，立即拉住司徒昊，急忙说：“阿昊，是月馨慈善。你以前跟我说过，做事一定要善始善终，就算你想要退出演艺圈，也应该将手头上的工作做完，不是吗？”

“月馨慈善？”

齐涵涵立马点头，“嗯。”

“我知道了。你去告诉林大，明天的慈善活动我会准时出席。还有，把我手中没有完结的工作整理好送过来。”若是别的活动，他可以不去，可是月馨慈善的活动，他是一定要参加的。小时候，他的身体不好，他的爸爸病重，月馨慈善曾帮过他们家。齐涵涵说得没错，做事情应该善始善终。白雪雨的那股硬脾气，一时半会儿是很难改变的。他应该快点处理完手里的工作，这样他才有大把大把的时间去软磨硬泡！

他才不管什么不可能，铁杵尚能磨成针，他就不信她一个有血有肉的人会对他的执著无动于衷！

合肥市。

坐在客厅里看电视的赵雅邻听到脚步声，回头看向揉着太阳穴，脸上睡意未能尽退的白雪雨问：“睡好了吗？”

白雪雨蹙着眉头，带着抱怨的口吻说：“嗯，一点多啦？你怎么也不叫我一声啊？”

赵雅邻瞅着白雪雨，说：“我这还不是心疼你嘛，你一宿没睡，我要是不让你补补美容觉，你现在可就变成国宝啦！”

“哦，那就谢谢啦！”

“客气客气！呵呵！这些天你在北京都是怎么过的？快跟我说说。”昨天白雪雨回来，她就有一堆的问题想问，可是见白雪雨一脸疲惫，就忍了下来。这会儿见到白雪雨气色恢复了过来，便忍不住追问了起来。她很想知道白雪雨和司徒昊在北京发生了什么，尤其是感情上，是不是有所发展。楚邵没有机会了，司徒昊要是可以给白雪雨幸福，那她也会非常高兴的。

“吃饭，睡觉，照顾病人。”

病人？司徒昊在她的心里只是一个病人？这也太悲惨了吧？如果连司徒昊跟白雪雨都没有缘分，那雪雨不是要孤独终老了吗？孤独终老？赵雅邻一想到这四个字，脑海里浮现出一个画面，画中有一个上了年纪的女人，生病了没有人为她煎药，倒在洗手间里没有人扶她起来……只是这样想想，她就受不了。雪雨要是那个女人……无法想象，受不了，决不可以！

“只是这样吗？你跟司徒昊之间有没有发展啊？”

白雪雨被问得一愣，沉默了一会儿，抬起眸子看着赵雅邻，笑说：“雅邻姐，岁月不饶人啊，你变得八卦了哦！”

赵雅邻不乐意白雪雨给她戴了顶八卦高帽，立即为自己辩解说：“雪雨，我可不是八卦哦，我是关心你，要不是你的事情，我才懒得管呢！”

“好，是我说错话啦，我道歉！”

赵雅邻抬了抬下巴说：“哼，本来就是！”

“爱情说说说，有爱就要说出来。大家好，我是主持人小晶。这期节目我们请到的明星嘉宾是谁呢？对，就是我们的笑面王子——阿昊！”

主持人的声音未落，白雪雨和赵雅邻的目光一致向着电视屏幕看去。

“阿昊，你好，欢迎你来参加我们的《爱情说说说》节目。”

赵雅邻眨了眨漂亮的大眼睛，确定没有看错，诧异地追问：“雪雨，他怎么上这个节目啦？明星的感情一般不都是不公开的吗？”

“我怎么知道啊！”白雪雨盯着屏幕上的司徒昊，心都开始打鼓了。他的气色还不错，怎么上这个节目了？他不会在节目里乱说吧？

赵雅邻一把从白雪雨的手中抢过遥控器，对着想要换台的白雪雨笑着说：“哎哎！别换台呀！听听他要说些什么嘛！”

“阿昊，外界传闻你和雪雪是恋人关系，这是真的吗？”

司徒昊笑了笑说：“关于我和姚雪之间的关系，外界有一些误传，其实，我和她只是朋友关系。”

“金童玉女，原来不是恋人关系呀？有点可惜哦！那阿昊现在有心上人了吗？”

“有，目前还在单恋中。”

主持人一阵惊呼，不敢相信地问：“啊！真的吗？不会吧！她是谁？也是圈子里的人吗？”

“不是。”

赵雅邻贼溜溜的眼睛从电视屏幕上移到白雪雨的脸上，上上下下扫了好几遍，问：“雪雨，他说的是你吧？哎，你们之间真的没有发生什么吗？例如邂逅，约会……”

“你别胡思乱想，我跟他什么关系都没有！”

主持人又继续提问：“不知道是哪位漂亮的女孩这么幸运哦！阿昊，她是个什么样的女孩子呢？”

司徒昊想了想，说：“她……话不多，很文静，脾气倔，独立要强，不过很善良。”

“哇！真的越听越好奇了哦！那她知道你喜欢她吗？”

司徒昊笑着点了点头，说：“昨天向她表白了，不过被她拒绝了。”

“啊?！不会吧？怎么会有这种事？她有说为什么吗？你会不会放弃？”

“也许……是我不够优秀吧！不过，我不会放弃。”

“哇，好浪漫，好羡慕哦！爱情说说说，有爱就要说出来，我是主持人小晶，这期节目请到的明星嘉宾是阿昊。阿昊，你有什么想要对她说的吗？”

电视里的司徒昊脸上的笑容敛了去，双眸漆黑如墨，表情认真地说：“在爱情的道路上，我不是最开始牵你手的人，只要你相信我，我会牵着你的手，陪你一起走接下来的人生，绝不放手！”

赵雅邻张着嘴巴愣了好几秒，回神后盯着白雪雨，眨了眨眼睛，“雪雨，他这是在向你表白吗？”

“无聊。”白雪雨面色复杂，丢下两个字后起身走向洗手间。司徒昊表白的话语，仿佛一块大石头，砸在她的心湖上，原先平静的湖面泛起了涟漪。

“雪雨，你是怎么想的？”赵雅邻起身跟在白雪雨的身后追问。

“什么怎么想的？”

赵雅邻挑了挑眉头，说：“当然是司徒昊的真情告白啊！人家都在电视节目里向你表白了，嗯，还算诚恳。”赵雅邻见白雪雨不回答她的问话，又自言自语道：“外貌还算过得去，和明星恋爱……职业有点不太好，性格嘛……不太了解，以后可以多观察观察……总的来说，他没有太大的毛病，与楚邵相比……嗯，他的脸皮要比楚邵厚多了！不过男孩子脸皮厚点，也不是什么错。雪雨，要是他对你是真心的，我觉得还不错耶！你说是不是？”

白雪雨皱着眉头白了一眼赵雅邻，心烦地说：“雅邻姐，你好吵啊！”

“我……我吵啊？我吵吗？吵就吵。哎，你有没有喜欢他？哪怕一点点……”

“雅邻姐，你要超过唐僧了！”

赵雅邻勾了勾嘴角，出口反驳：“唐僧？你见过天底下有这么美丽漂亮而且超级迷人的唐僧吗？最重要的是，还是个女的！”赵雅邻话落，冲着白雪雨俏皮一笑，继续说：“雪雨，你还没有回答我呢！你觉得司徒昊到底怎么样？”

“我……雅邻姐，你可不可以不要问了，我现在真的不想谈这些。”

“哦，好好好，不问就不问了，你别难受，我错了。”

“雅邻姐，我知道你关心我，你给我点时间好不好？现在我的心情真的好乱……”

“那你就什么也别想了，等你什么时候想说再告诉我！”赵雅邻见白雪雨心情不好，不忍心再问下去。可是不问，她心里又痒痒……刚刚雪雨说她心情乱？乱？乱得好呀！不乱的话，那就没戏了。看来，司徒昊比楚邵有两下子！

白雪雨一边吃着东西，一边说：“雅邻姐，明天下午我去学校，电脑里有我写好的几首新歌，你帮我传过去。”

“哦。新歌？还是给雨甜吗？”

赵雅邻见白雪雨点头，叹了口气，走到电脑前，有些惋惜地说：“这些歌要是换你唱，肯定比雨甜唱得好听。”

白雪雨明亮的眼睛泛着笑意，“你这是爱屋及乌，你真以为我是全能的啊？”

赵雅邻走到电脑前，一边阅读歌词，一边点头说："当然啊！哎，这首《幸福只有零度》我喜欢。天空没有阳光，冷风吹过，气温只有零度。熙攘中相遇，你看着我，我看着你，微笑暖了你我。如果相爱是缘分，携手走过春夏秋冬，会不会遇见幸福？绿草听风，百花争荣，幸福填满了笑容，那个时候，我还相信我们会是传说。可是，谁又会想到，相爱容易难相守。快乐只有三年多，爱情经不住生活打磨。相爱到头，你看不到落单的我，独自寻找破碎了的梦。天空没有阳光，冷风吹过，幸福只有零度。难过地分手，你看着我，我看着你，微笑冷了你我。如果相遇就错过，没有看过潮起潮落，会不会避免疼痛……雪雨，我觉着这首歌可以做主打歌！雨甜唱，我觉得有点可惜哦！"

赵雅邻听过白雪雨唱歌，次数虽不是很多，记忆却很深刻。白雪雨的歌声特别清新甜美，让人听了还想再听。

清晨，一阵固执的门铃声打扰了睡梦中的赵雅邻和白雪雨，躲在暖被窝里的赵雅邻有些烦躁地翻了个身，说："谁啊？好吵！雪雨，你去开门好不好？"

白雪雨从阁楼的床上爬了起来，睡意蒙眬地打开了门。当她看清楚门外站着的人时，睡意猛然间消失，"你怎么来了？"

司徒昊抬了抬帽檐，一双乌黑油亮的大眼睛，深深地盯着白雪雨，"想你了。"

白雪雨听得心跳乱了半拍，"你找错门了。"话落，重重地关上了房门。

"谁呀？"赵雅邻被一记重重的关门声给震醒了，诧异地看着走回来的白雪雨，问道。

"啊……是，找错门了。"

“是吗？”赵雅邻半信半疑地审视着白雪雨，正要开口，敲门声又响了起来。赵雅邻一骨碌从床上爬了起来，皮笑肉不笑地说：“看来不是找错门哦！”

白雪雨立马拦住要去开门的赵雅邻，急声说：“你继续睡，我去。”

“谁啊？”赵雅邻见白雪雨拦着不让她去，好奇心全被吊了上来，哪有心思继续睡觉，半眯凤目坏笑地追问。

“不重要的人。”白雪雨说话间气恼地冲到门口，一把打开房门对着蹲在门外的司徒昊，没有好气地问道，“你到底有完没完？司徒昊……你怎么了？”

赵雅邻跟到门口，感觉不对不由得说：“雪雨，他怎么了？是不是不舒服啊？”

“你怎么了？”

赵雅邻原本担心司徒昊的，可是，在她准备去扶司徒昊的时候，不巧视线捕捉到司徒昊嘴角的弧度，心里立即明白了过来，接戏演戏地对白雪雨说：“雪雨，先别说了，外面好冷，还是先扶他进屋吧。”

白雪雨将司徒昊扶到沙发坐下，为司徒昊倒了一杯热开水，一脸担忧，“好点了吗？要不我……我送你去医院。”

“不要担心，我现在好多了。”司徒昊一听白雪雨要送他去医院，即刻表现得精神了许多。

白雪雨见司徒昊的脸色苍白，担心地问：“是心口又疼了吗？”

司徒昊伸手握住白雪雨的手，痴痴地说：“看到你，就不疼了。”

“没事就好！”赵雅邻带有深意地审视着司徒昊，心里一时间很复杂。她一直希望白雪雨走出悲伤，可以重新再爱。若是那个人是楚邵，她倒是放心，可是，她对司徒昊却没有什么了解。司徒昊的人品是好是坏，她不清楚。司徒昊对白雪雨的心是真是假，她也不确定。

他的这招苦肉计，用得倒是恰到好处……在白雪雨与他正式交往之前，她要先把把关。

这家伙太聪明了，放心不下！

“雪雨，他一定还没吃早饭，我不知道他喜欢的口味，你去买些吃的回来，好吗?”

赵雅邻支开了白雪雨，在司徒昊的对面坐了下来，还未来得及开口，被司徒昊抢了个先，“你是雨儿的好朋友，我希望你能支持我们在一起，我对雨儿是真心的。”

赵雅邻歪了下嘴角，收起脸上的笑意，“真心不是挂在嘴上说的，现在花言巧语的人多了。你说你对雨儿是真心的，那你怎么证明你对雨儿是真心的呢?”

司徒昊想了想，说：“怎么证明，我没有想过。我们还不熟悉，我说我对她真心，你也不会相信。要是让我献媚或者自残来表示真心，会显得虚伪和造作。时间可以证明一切，我会是带给雨儿幸福的男人。”

赵雅邻紧起眉头，沉默了好一会儿，说：“雨儿受过感情的伤，她心里的伤很重，我不希望她被人欺骗伤害，更不会让别人玩弄她的感情，你能理解我这个做朋友的心吗?”

“你能这么护着雨儿，我理解，也很感谢。”

赵雅邻听了司徒昊的话，脸色柔和了一些，“哎，感谢的话暂时还轮不上你来说。目前你还不是雨儿的男朋友。我和雨儿之间的感情，比你想象的要深，我们之间不只是友情，在我的心中，雨儿是我的亲人，亲妹妹一样。”

“我不会伤害雨儿，也不会让别人伤害她。”

“我不放心。要是放心，我就不会支开雪雨了。”

司徒昊追问：“那你觉得我怎么做你才放心?”

“嗯，这个我还没有想好，等我想好了再说吧！我警告你啊，你要是敢欺负雪雨，让雪雨伤心，我第一个找你算账！”

司徒昊高兴地笑问：“你不反对了？”

“初试，马虎过关。你喜欢雪雨，你对雪雨的事情了解多少？你知道雪雨心里还爱着一个人吗？”赵雅邻见司徒昊看着她沉默不语，继续说，“雪雨爱过的那个人叫穆遂。他们很相爱，要不是穆遂去北京出差发生了交通事故，他们现在应该有自己的家庭了。穆遂离开几年啦，雪雨对他的爱始终没变。雪雨说：穆遂像是一棵树，已经在她的心上生根发芽了。你能接受雪雨心里还爱着另外一个人吗？”

“是相机里的那个人吗？”

赵雅邻诧异地看着司徒昊，“你知道？是雪雨跟你说的吗？”

“那个相机我见过。每个人都有过去，要是不能接受雨儿的过去，我就不会出现在这里。”

赵雅邻无比认真地问：“那要不是过去，而是一棵生根发芽并且根深蒂固的树呢？不只是过去，是现在，也许还有将来。”

司徒昊沉默了好一会儿，点了点头，“我知道。你能跟我多说说关于雨儿的事情吗？”

“那我就告诉你一件事，雪雨下个星期三生日。”赵雅邻原本对司徒昊有些偏见，经过这么一番谈话下来，对司徒昊多了点好感。茫茫人海中，司徒昊能与雪雨相遇，也许真是上天注定的缘分，不然，怎么偏偏就是司徒昊呢？自从白雪雨回来，她就一直没有找到合适的机会与白雪雨开诚布公地谈谈感情上的事情，也许，真的该找个时间谈谈了。

赵雅邻又接着说：“雪雨父母走得早，她一直生活得很坚强，可是，也生活得特别孤单。雪雨她不是那种很容易与人走得近的女孩子，想要走进她的心，就必须有足够的耐心和真诚。”

“我不只有耐心和真诚，我还有用不完的爱。”

司徒昊又听了许多关于白雪雨的事情，心里对白雪雨更心疼了。他一直以为自己是不幸的，从小没了亲生父亲，后来又被亲生母亲抛弃，由养父养母抚养长大，可与白雪雨相比，他是幸运的，也是幸福的。至少，他还有亲人，还有爱他的养父养母以及可爱的妹妹。而白雪雨呢？她现在只是个孤儿，一个失去心爱男友的孤儿！

他会用他的生命来守护她，爱她！

时间荏苒，转眼到了周三。

灰蓝的天空下着蒙蒙细雨，滴滴晶莹，透着冬日的寒冷。白雪雨走出教室，望着外面的地面，眼神有淡淡的忧伤。

今天，雨夹雪，是她的生日。记得，那还是一个可以做梦的年纪，那也是个雨夹雪的日子，她的妈妈对她说，只要她真诚地对着天空许愿，她许的愿就会实现。如果真的可以梦想成真，她多希望她的爸爸妈妈还活着，还活在她的身边……

“雨儿，我可以约你去一个地方吗？”司徒昊说话间向着白雪雨走了过来。

白雪雨望着一身黑色大衣的司徒昊，有那么一刻的失神。司徒昊脸上的笑容，在这个雨夹雪的日子里，像是一道暖热的阳光，直入她的心底，让她感到一阵温暖。

“我还有作业要批阅，没有时间。”

“明天再批。今天是个特别的日子，我要带你去一个地方，走吧！”司徒昊说完，接过白雪雨手中的教科书，拉着白雪雨的手，向他的车子走去。

“司徒昊，你又要做什么？我跟你说了我不去，你放手……”

司徒昊不顾白雪雨的反对，将白雪雨塞进车里，看了眼气鼓鼓的白雪雨，快速地扯了下唇角，驾车离开了孤儿院。

白雪雨蹙着眉头，恼火地瞪着司徒昊，“你要带我去哪?”

司徒昊淡淡一笑，回答：“到了你就知道了。”

“到底去哪? 你能不能尊重我的意见，不要这样一意孤行好不好?”

司徒昊看了眼白雪雨，答非所问道：“昨晚又熬夜了吧? 睡一会儿吧，到了我会叫醒你。”白雪雨本来一肚子的闷火要冲着司徒昊发，火气还没有发出来，就被司徒昊这么一句关心话给浇灭了。白雪雨看了眼司徒昊，欲言又止，倚靠着座椅的她，不一会儿就困倦地入了梦乡。

一个小时后。

白雪雨眨了眨疲累的眼睛，狐疑地看向窗外追问：“到了吗?”

司徒昊点了点头，“嗯，到了。”

白雪雨蹙着眉头问：“我睡了很久吗? 你怎么不叫我一声啊?”

“看你睡得香，就没舍得叫醒你。以后你少熬夜，对你身体不好。”

浓浓的睡意散去，脑子清醒的白雪雨瞅着窗外的景色，越看越觉得熟悉，不禁诧异地追问：“这里……这里是……”

“走吧!”司徒昊点头下了车，一手为白雪雨撑伞，一手牵着白雪雨，向着白雪雨父母的墓地走去。他要是想等白雪雨主动介绍爸爸妈妈给他认识，恐怕要等到地老天荒了。

白雪雨拽回手，说：“你……你在这里等我，就好。”

司徒昊目光幽深，平静地问：“你不打算介绍伯父伯母给我认识吗?”

白雪雨抿了抿嘴说：“我……我有话想和爸爸妈妈说，你在场……不方便。”

司徒昊快速地皱了下眉头，“我们之间还有什么不方便的？走吧，我还有一肚子的话要跟伯父伯母说呢！”

“你有话要对我爸妈说？哎，司徒昊……你别乱说话……”

“放心，我只说该说的话。”司徒昊说话时眸间闪过一道诡秘的笑意，转瞬即逝。

“爸爸妈妈，你们还好吗？雨儿来看你们了……”

司徒昊接过白雪雨的话说：“不好！伯父伯母，我说得没有错吧？你们一定很担心雨儿，因为雨儿都没有好好照顾自己，对不对？”

“司徒昊你别乱说话！爸爸妈妈，你们别听他胡说，雨儿一直过得很好，每天都是开开心心的……”

“说谎！伯父伯母，你们别相信她的话，雨儿在说谎。”司徒昊不顾白雪雨的白眼，继续说，“伯父伯母，你们好，我先做个自我介绍，我是雨儿的男朋友，我叫司徒昊。生活关系简单，没有什么不良的生活习惯。”

白雪雨立即否认说：“你别乱说！爸爸妈妈你们别听他乱说！”

司徒昊抢过话继续说：“伯父伯母，我没有乱说。今天是雨儿的生日，也是我第一次来见你们，你们还不了解我对不对？不过，没关系，我以后会常和雨儿一起来看望你们的。伯父伯母，我喜欢雨儿！”

“你非要这样吗？”司徒昊的步步紧逼，让白雪雨有点乱了阵脚。她承认，她的确喜欢司徒昊，可是，她真的不知道该怎么办……

“雨儿，今天当着伯父伯母的面，我有话要对你说，必须说，非说不可！我知道你心里爱着一个人，爱得很深，可是，不管你爱得多深，他已不能陪你继续走下去。而我可以，我可以陪你一起走今后的人生。我愿意为你遮风挡雨，不让你冻着淋着。你孤单了，我可以陪你说话；你累了，我肩膀给你靠；你病了，我给你熬粥煎药；你走不动，我可以背着你走……总之，无论你遇到了什么，无论你变成什么样，我都愿意陪着你，保护你，不让任何人欺负你伤害你！”

“为什么？值得吗？”

司徒昊一脸坚定地瞅着白雪雨，“值得！雨儿，我……我爱你。让我陪着你一起走今后的路，好不好？”

白雪雨望着司徒昊的双眸渐渐模糊了，伫立在寒风中的她，被司徒昊的这番话给打动了，她心口处那道紧闭的心门，被固执霸道的司徒昊硬是凿出一个大窟窿，让她无所遁形。

她想起赵雅邻前几天对她说的话，赵雅邻对她说：路有转角，爱亦有转角。上帝从她的身边带走了穆遂，让她和穆遂在半路分道扬镳，可却在另外一处为她打开了一扇窗户，为她送来了一个司徒昊，不是别人，偏偏是司徒昊！

为什么偏偏是司徒昊呢？难道真的是冥冥之中注定的缘分？

司徒昊真的是穆遂派来保护她的吗？

她可以接受司徒昊吗？

一双乌黑的眼睛盯着司徒昊向她伸过来的大手，内心一阵挣扎，抬目看着司徒昊坚持而又固执的一张脸，白雪雨犹豫了许久才缓缓地伸出了她的手。

也许是司徒昊的话太富有魅力；也许是她一个人走得太累太辛苦；也许是她想放开穆遂，让她和穆遂都可以自由。也许可以有很多的理由，也许只是也许……在这满天雪花飞舞的日子，在她父母的墓前，她想给这个固执而又坚持的男人一个机会，也给她自己一个可以重新获得幸福的机会。

第十一章　忽远忽近的距离

北京，龙腾大厦。

姚雪一个人坐在窗口，连续打了几个电话都没有打通的她，心情有些烦躁不安。今天上午，她有一个广告单子本该是程思豪负责的，可是，拍摄时来的却是另外一个编导……程思豪是为了避嫌吗？想一想，自从上次她与程思豪约会被程思豪的老婆撞见后，她与程思豪好像都没有单独见过面了……她也许无法再依靠程思豪了，公司里的人原本就没有几个是喜欢她的……这样下去不行！怎么办才好呢？看着窗外纷飞的雪花，姚雪的心很乱，很乱。

对了，司徒昊！她要是可以和司徒昊在一起的话，她才不会在乎那个程思豪呢！好不容易走到今天，她付出了那么多……她是绝对不能放弃的！

这几天，她都没有遇到司徒昊，司徒昊去哪了？望着天空飘落的雪花，姚雪脑子忽然闪过一个念头——他难道是去找白雪雨了吗？想到这里，姚雪刚想起身走出休息室，便被门外的说话声给打断了。

“哎，瑶瑶，你说这年头到底是怎么了？怎么就有那么多不要脸的女人呢？正经人不做，要去做别人的小三，偷别人的东西，你说是不是太贱了?”

瑶瑶快速地扫了一眼姚雪，接话道：“我怎么知道，我又不是小三。你这话应该去问问那些当小三的女人。”

“我才不招小三呢，免得晦气!”

“哎，美琪，今天的《星风》报纸你看了吗？这句话写得好——幸福，有时候只是一步之遥。只要你够勇敢，冰山也有融化时，只要你够努力，铁杵也能磨成针！演艺明星司徒昊痴情打动美人心……”

“阿昊痴情打动美人心？快给我看看!”

姚雪听到这里，立即拿起她身边桌子上的报纸看了起来，她的脸色随着她的眼睛一行行往下阅读而变得越来越暗。报纸上的图片有些模糊，白雪雨的脸也只拍到了很少的一部分，她还是很肯定地认出来了。

白雪雨跟司徒昊在一起了?

白雪雨不是爱穆遂爱得死去活来吗？她怎么可以跟司徒昊在一起呢？不，这不是真的，就算是真的她也不答应!

姚雪气冲冲地走出休息室，找到助理陈思思，“你给我安排一下，我明天要回合肥。”

陈思思先是一愣，立马追了两步，“姚小姐，明天上午有一个服装走秀的活动需要您参加，后天还有一个广告需要拍摄，要是明天赶去合肥……时间上恐怕来不及。”

姚雪闻言秀眉蓦地皱起，有些不耐烦地说：“你就不能安排一下，推迟一下吗?”

陈思思面有为难地看着姚雪说：“这……恐怕不行。”

姚雪不耐烦地说：“那就推掉不做了!”

陈思思思索道：“姚小姐，要是单方面撕毁合约，需要付十倍的赔偿金。而且，耀华公司在演艺界的影响很大，要是得罪了他们，以后……对您的演艺事业，恐怕不太好……”

姚雪看着陈思思欲言又止，她是个聪明人，陈思思的话有没有道理她心里很清楚。

目前，她失去了程思豪做后盾，不能给自己树敌……权衡之下，姚雪决定还是先处理完手头上的事情，再去找司徒昊。

她不能拿她辛辛苦苦努力得来的事业冒险！

她输不起！

不过，一想到白雪雨与司徒昊走到了一起，她的心就充满了嫉妒和愤怒。她不能容忍司徒昊选择的人不是她而是白雪雨，她不能忍受再一次输给了白雪雨，输给谁都可以，就是不能输给白雪雨！

厨房里香气四溢，将看电视的赵雅邻吸引了过去。望着厨房里为司徒昊煲汤的白雪雨，赵雅邻欣慰地笑了。

“雅邻姐，你笑什么？”白雪雨看到赵雅邻看着自己笑，不解地问道。

“看你这样，好开心。”

白雪雨不解地看了看自己，问：“我怎么了？”

赵雅邻解释说：“我的意思是看到你现在的状态这么好，我很开心。”白雪雨能够接受司徒昊的追求，重新开始，对于赵雅邻来说是件特别开心的事情。穆遂给白雪雨的打击太大，伤心了这么多年，身为好朋友的她，最希望的莫过于好友可以获得幸福的生活。虽说她的心里更希望能给白雪雨幸福的人是楚邵，可缘分这东西说不清。也许，司徒昊才是最适合白雪雨的吧？只要好友幸福，这才是最重要的。

白雪雨闻言浅浅一笑，指了指桌上的一碗汤，说：“这碗是给你的，趁热喝。”白雪雨说话间解下身上的围裙，拎起装着热汤的保温桶，向着厨房门外走。

“雪雨，把伞带上，外面下着小雨呢。”赵雅邻冲着白雪雨的背影补了一句。

白雪雨回头冲着赵雅邻笑了下，说：“嗯。你赶快喝汤吧，等会儿该凉了。”

“知道啦。”看着白雪雨的笑脸，赵雅邻心里有些感激司徒昊了。能够让雪雨重新开始的人，能够给雪雨带去幸福的人，就是她的家人。原以为那个人会是楚邵，她也曾极力地撮合楚邵和雪雨，不承想，有心栽花花不开，无心插柳柳成荫，半路杀出了个程咬金，雪雨让司徒昊给半路劫去了，这兴许就是所谓的缘分吧？

司徒昊冰冷着一张俊脸，独自一个人坐在客厅的沙发上，修长的手指间夹着香烟。早上，他起了一个大早，准备去找白雪雨，在出门前，接了一通姚雪打来的电话，原本晴朗的好心情被搅得一片阴沉，他的脑海里，不断浮现出姚雪的话——

“你以为白雪雨真的会爱你吗？我告诉你，她只不过是把你当猴子耍！她答应和你交往，只是因为你身体里那颗属于穆遂的心脏，白雪雨只不过是把你当成穆遂的替身……”

不，不是！姚雪是在撒谎！邮箱里的那些资料也一定是假的！天底下不会有这么巧合的事情！给他捐赠心脏的人不是白雪雨的前男友，不是那个叫穆遂的男人！他不是自作多情，白雪雨对他的关心，答应跟他交往，是真心地喜欢他！替身？他司徒昊怎么会是别人的替身？不，他绝不会是穆遂的替身！

啪的一声，司徒昊心烦意乱地一把将茶几上的烟灰缸用力地摔在了地上，顷刻间，烟灰缸碎成了好几块，把刚用钥匙打开房门的白雪雨吓了一跳。

白雪雨走进屋子，瞅了一眼地上碎成好几片的烟灰缸，将目光移到司徒昊的右手上，一双秀眉蹙起，“你怎么抽烟了？你不知道抽烟对你的身体不好吗？”

司徒昊紧紧盯着白雪雨，看着白雪雨走到茶几前放下了她手中的保温桶，而后从他的手中夺去半支香烟，掐灭，再走到落地窗前打开了窗户，然后回到他的面前，打开保温桶。

“你在乎的是我的身体，还是我？”

白雪雨听了一愣，瞅着司徒昊一张阴沉的脸，狐疑地问：“出什么事了吗？”

“没有。”

白雪雨看了眼司徒昊，欲言又止。她见司徒昊不想跟她说，也不想多问，只是将保温桶里的汤端了出来，向司徒昊的面前推了推，“冬天多喝点热汤对身体好，你趁热喝。”

司徒昊望着蹲在地上捡碎玻璃片的白雪雨，问：“你还没有回答我的问题。”

白雪雨捡玻璃碎片的手微微一顿，没有抬头看向司徒昊，她的心里起了疑惑，暗思司徒昊提出的问题。他问她在乎的是他的身体，还是他？为什么会这样问？在乎他的身体不就是在乎他吗？

司徒昊见白雪雨对他的问话沉默不语，心里更乱了。

他问的问题有那么难回答吗？为什么她不回答？难道她真的是因为他身体里的那颗心才和他在一起的吗？这些日子，还有在医院里的那些日子，她对他的照顾，都是因为穆遂的心吗？

那他算什么？

司徒昊心乱如麻地一把拽起了白雪雨，不顾白雪雨的惊诧，二话不说便向白雪雨的双唇吻去。回过神来的白雪雨挣扎着一把推开了他。

司徒昊一个踉跄跌坐在沙发上，失落地望着白雪雨，“为什么？”

白雪雨错愕地望着被她一把推开的司徒昊，心里有些内疚。她知道她伤了司徒昊，她不是故意的，她也不知道为什么会推开司徒昊，也许是太突然了……

“我……我，汤再不喝要凉了，吃凉的对身体不好。”

司徒昊苦涩地扯了下嘴角，黯然地问：“你就那么抗拒我吗？我让你那么讨厌吗？”

“不是的，我……对不起，我不是故意推开你的，只是……是太突然了，所以……”

“突然？”司徒昊闻言从沙发上站了起来，走近白雪雨，目光幽深似潭，“我想吻你，可以吗？”

“我……”白雪雨望着司徒昊的双眸低垂了下来，她的心跳乱了节拍，她很想逃，却还是鬼使神差地点了点头。

司徒昊瞅着向他点了点头的白雪雨，双唇间扬起漂亮的弧度，先前的烦躁和失落，瞬间消失得无影无踪。白雪雨的紧张羞涩，深深地落入他的双眸中。

窗外，沙沙地下着雨雪，落地窗的玻璃上映着一对相拥的身影，在如此寒冷的冬日，两颗孤独的心，在默默无言中彼此靠近。

这个吻就像过了一个世纪那么绵长，不知过了多久，两人才依依不舍地分开。

“汤都凉了，我去热一下。”白雪雨红着脸说。

司徒昊痴迷地望着白雪雨，笑着摇了摇头，“不用。今天是个好日子，我们去外面吃火锅。”说话间，司徒昊拉起白雪雨的手，向着门外走去。

白雪雨听了一愣，不确定地问：“我们去吃火锅？”

司徒昊回道："嗯，冬天最适合吃火锅了。"

白雪雨皱起眉头，反对地说："还是不要了，吃火锅对你身体不好。"

司徒昊微微一笑，坚持说："偶尔一次，不会有事的。再说了，我的身体没有你想象的那么差。"

"可是……"

司徒昊接过白雪雨的话说："别可是了，你不是也特别爱吃火锅吗?"

白雪雨还想劝他，可见司徒昊兴致勃勃的样子，话到了嘴边又咽了回去，由着司徒昊拉着出了门。俩人后来走进了一家老字号的火锅店。

司徒昊点了许多他和白雪雨都喜欢的菜，合上菜单后，望着白雪雨问了一句："想喝点什么？红的还是白的?"

白雪雨白了一眼司徒昊，对着身边站着的服务员说："小姐，红的白的都不要，给我们来瓶果汁，加热。"

"我今天想喝酒，只喝一点儿。"

白雪雨一口否决了司徒昊的要求，"不行。医生的话难道你忘记了吗？你现在的身体状况不能喝酒。"

司徒昊看着白雪雨面容上的坚决，愉悦的心情蒙上了一层灰雾。姚雪的话再次浮上了他的心头。他很想问白雪雨，她对他的在乎，到底是在乎他的身体，还是在乎穆遂的心。白雪雨越是关心他的身体，他心里就越是犯疑。

"既然不能喝酒，那给我来杯咖啡。"

"咖啡也不行!"

司徒昊一脸坚持地说道："我今天就要喝咖啡，小姐我要一杯咖啡。"

“你别这么任性好不好？小姐，要果汁。”

“身体是我自己的，我自己知道该怎么做。小姐，咖啡白酒全要。”

白雪雨说道：“司徒昊，你别这样蛮不讲理好不好？你能不能考虑一下你的身体，不要糟蹋你的身体！”

司徒昊闻言，心口处一股因嫉妒而急速升温的怒火直冲脑门，很不高兴地冲口质问：“我蛮不讲理，糟蹋身体？呵呵！雨儿，你告诉我，你到底是在乎我的身体，还是在乎我的人？”

白雪雨看着生气的司徒昊，心里一阵憋闷，脸色一沉，脱口问道：“你这话是什么意思？”

“什么意思？你心里清楚。”吃凉的对他的身体不好，吃火锅对他的身体不好，喝酒对他的身体不好，喝咖啡对他的身体也不好！身体，身体……她在乎的难道就只是他的身体吗？他一个活生生的人，他那么喜欢她，难道他的爱就比不上一个死去的人的器官吗？

“你把我当成什么人了？你把话给我说清楚！”

司徒昊点了点头，说：“好！雨儿，你告诉我，你跟我在一起，无微不至地照顾我，到底是在乎我身体内的这颗属于穆遂的心脏，还是在乎我？”

白雪雨被司徒昊问得一愣，双手紧握，心里传来一阵疼痛的她，一时间回不上话来。

白雪雨的沉默不语将司徒昊心里的妒火全部点燃了，浓浓的妒火不受控制地冲上了他的脑海，越烧越旺。他恼火地问道：“你为什么不回答我？雨儿，在你的心里，难道我的爱和我的人都比不过这颗心脏在你心里的地位吗？”

“你怎么可以这样说？真的太过分了！”白雪雨脸色一片苍白，瞅着司徒昊的双目布满了悲伤，她头也不回地起身冲出了火锅店。

司徒昊紧跟着追了出去，一把抓住白雪雨的胳膊质问："过分？白雪雨，难道我问我爱的人是不是在乎我，就是过分吗？你知不知道，即使你多么爱那个人，他和你也不会在一起了，他永远都不会跟你在一起了！"

"放手！你给我放手！"白雪雨气愤地挣开了司徒昊拽着她的手，"你真的很过分，太过分了！"

她哭了？她的眼泪是为了那个死去的穆遂掉的吧？那个人已经死了，他才是活生生的人，他才是一心想给她幸福的人啊！为什么她就看不见他？为什么？司徒昊一脸的苦涩，朝着渐渐离去的白雪雨大吼："白雪雨，你知不知道你很冷漠？你知不知道你特别的冷漠？你的心就是铁做的，所以你感觉不到我对你的感情！白雪雨，你知不知道？我才是能给你幸福的人，我才是能陪着你一起看日出日落的人，我才是可以陪着你一直走下去的人，你知不知道？你到底知不知道？"

赵雅邻看着躺在床上看书的白雪雨，嗑着瓜子的她走到窗前探头往楼下看了看，又走到白雪雨跟前狐疑地探问："电话不接直接关了机，门也不许开，哎，你和他是不是吵架了？"

"没有。"白雪雨干净利落的回答，更让赵雅邻怀疑。分明脸上写着生气，还不承认？

"哦？没有吗？真的吗？那……你为什么不理他啊？"赵雅邻拖着声调继续追问。

白雪雨冷声接话道："雅邻姐，你可以让我安静地看一会儿书吗？"

"哦。那你看吧，我不打扰你了。"赵雅邻说完，走到窗口前故意提高了声调自言自语道，"今天气温这么低，外面又是寒风又是雨雪，一定很冷吧？他为什么站在下面不回家呢？难道是脑子有问题？这么冻着，就算是身壮如牛的人，恐怕也吃不消吧！雪雨，你说是不是?”

白雪雨没有回答赵雅邻，抬眼看向窗外，看书的心思全被打乱了。想到司徒昊还在下面忍受着寒风雨雪，心里忍不住担心起来。

“雅邻姐，你让他回去。”

赵雅邻目光流转，快速地扫了眼白雪雨，一口拒绝了白雪雨的要求，“我才不去呢，让他冻冻也好！谁叫他欺负你，惹你生气啊?”

“他没有欺负我。”

赵雅邻背着白雪雨偷偷地歪了下嘴角，狐疑地探问：“没有欺负你……你们没有吵架吗?”

“没有，我们没有吵架。”

赵雅邻说道：“没有吵架？我才不信呢！雪雨，你别替他说话。他肯定欺负你了，不然你高高兴兴地出门，怎么会伤心难过地回来啊?”

“是……其实是我的原因，不全怪他。雅邻姐，你让他先回家，他身体不好……”

赵雅邻摇了摇头，说：“既然你担心他，你自己让他回去好了。司徒昊的脾气又臭又倔，我的话他不会听的。”

白雪雨咬了咬嘴唇，央求说：“我现在还不想见他，你就帮帮我好吗?”

“好吧。你的手机给我，我在电话里跟他说。”

白雪雨将她的手机递给了赵雅邻，“你叫他回去就好了，别在电话里乱说。”

“知道啦!”赵雅邻在心里暗暗一笑。她当然不会在电话里乱说，她会很认真地说!

赵雅邻打通电话，对着电话说：“司徒昊，你听好了，雪雨说她不想见你，你别在下面站着，很碍眼的！还有，身体不好的人呢，就应该有自知之明！逞能冻出个好歹，那就是自不量力，跟我们可没任何关系！”

白雪雨望着赵雅邻先是一愣，回过神来立即抢过手机，想要解释，电话已经挂断了。

“雅邻姐，你怎么这样说他啊？”白雪雨皱起眉，带着埋怨的口吻说。

赵雅邻一脸无辜地望着白雪雨说：“雪雨，我说错话了吗？我的话不伤人吧？”赵雅邻说到这里，瞅向窗外站着的身影，又继续说：“我这样说他，他还在下面没走，应该没有受伤吧？”

白雪雨闻言忍不住走到窗前往外看，她的心情十分复杂。她与司徒昊之间虽然认识不久，可是她知道，司徒昊不只是脾气又臭又倔，还特别敏感，他比任何人都要容易受伤。刚刚雅邻姐的那番话，肯定是伤到他了……

赵雅邻见白雪雨担心地看向窗外，添油加醋地在一旁说：“雪雨，司徒昊不会是冻坏脑子了吧？他怎么都不动啊？动僵了吗？好像……不太对劲哦！”

白雪雨听得心里更加担心了，起身拿起外套向外走，“我去看看。”

赵雅邻看着匆匆出门的白雪雨的背影，得意地挑了挑眉头，一抹笑容爬上了她的娇颜。司徒昊对她说的那番话没有反应纯属正常，因为她根本就没有拨通电话。以她对白雪雨的了解，她可是很肯定白雪雨要出去找司徒昊的！

“这么冷的天，你站在这里吹冷风，是不是傻了？”望着司徒昊发紫的双唇，白雪雨忍不住心疼，心口处堆积的火气瞬间化成了空气，被寒风吹得无影无踪。

司徒昊瞅着向他走近的白雪雨，快步上前，一把将白雪雨拥入怀中，“是，我不只是傻了，我都要疯了！雨儿，不要不理我，我会疯的。”

“值得吗?”司徒昊沙哑的声音，听得白雪雨心都要碎了。

司徒昊斩钉截铁地回道：“为了你，值得。”

“冷吗?”白雪雨心里又是一阵感动。

司徒昊一副可怜兮兮的样子，点头道：“冷，特别的冷，不只是冷，还特别的饿。”

“活该。”白雪雨闻言忍不住笑了，“走吧！我们去吃火锅。”

司徒昊立即反对道：“不吃火锅。今天打死我也不要再吃火锅了。要不是去吃火锅，就不会发生那么多的事。”

白雪雨莞尔一笑，“那你想吃什么?”

司徒昊握着白雪雨的手，一边走一边说：“我想回家吃，吃你亲手做的菜。”

“可你不是很饿吗？自己做的话要很长时间。”

司徒昊坚持地说：“我不管，我就是要在家里吃。你给我做的汤，我都还没喝呢!”

晚饭后，司徒昊倚靠着门框，瞅着在水槽前洗碗的白雪雨，舒心地笑了。能够这样看着她，感觉真好。

“雨儿，晚上可不可以不走？我想你留下来陪我。”

白雪雨洗盘子的手猛然一顿，“我……我还有事……”

“就一晚，好不好？今天……我感觉好孤单，我保证什么也不会做。”他想留下白雪雨，将她留在他的视线之内，哪怕只是这样什么也不做地看着她，他的心也会觉得很温暖。

司徒昊见白雪雨不说话，又说：“雨儿，可以吗？我昨天买了好几本漫画书。”

“漫画书？”

“嗯，准备送给孩子们的。”司徒昊连连点头。

白雪雨一听是看漫画书，眼睛放出了光芒，一口答应了下来，“好吧，看在漫画书的分上！不过你的漫画书要好看才行。”

“绝对好看！有《火影》《网球王子》《犬夜叉》《死亡笔记》……”

夜，静悄悄地来临。夜色在漫画书一页页的翻页声中越来越深。

冬夜，在司徒昊的印象中，一直以来都是黑暗的、冰冷的、疼痛的、漫长的……可是，今天却不一样。这么多年以来，他第一次觉得冬夜是短暂的、温暖的……

瞅着白雪雨熟睡的面容，司徒昊的目光温柔似水。忽然间，他的心头冒出了一个念头，一个他曾经以为自己这一生都不会有的念头。他想结婚，想跟眼前的这个女人结婚。他想娶她，他想守护她一生一世！

“不要……不要走……不要离开我……”白雪雨梦中说起了梦话。

司徒昊唇边划过一道似水般温柔的笑容，他放下了手中的漫画书，握住了白雪雨挥在半空的手，“雨儿，你放心，我不会离开你的。”

“不要走……遂……遂……不要走，不要离开我……”

司徒昊听清白雪雨的梦话后，脸上的笑意冷了下来，心情一片阴沉，心口处瞬间堆满了羡慕和妒忌。晚饭前，他还以为他说服了自己，可以不在乎穆遂在白雪雨心中的地位，此刻，听着白雪雨在梦中喊着穆遂的名字，他的心就仿佛被一块大石头给砸碎了，颇不是滋味。

穆遂？又是穆遂，就连做梦也想着他吗？

雨儿，你对穆遂的爱到底有多深？在你的心里有我的位置吗？什么时候你才会像爱穆遂那样爱我？会有那一天吗？要是会有，我到底还要等多久呢？

天地之间白茫茫的一片，街道两边的绿化树上，草丛里，无不堆积着厚厚的白雪。姚雪站在她再熟悉不过的街头，抬头望向那些她再熟悉不过的建筑。她的心情，如这深冬的天气，一片冰冷。过往的那些不开心的记忆，一段段浮出脑海……

“我到底哪里比不上白雪雨？为什么你就不能给我一个机会？你知不知道？白雪雨爱的人是穆遂，她一点儿都不爱你！”

“姚雪，感情的事情无法勉强，就算雪雨爱的人不是我，我的心里还是无法不喜欢她……”

她曾在这里惨痛地失败过！她已经输过一次，这一次，说什么她也不会放弃！她可以输给任何人，就是不能输给白雪雨！想到这，姚雪拉着她的红色行李箱，朝司徒昊住的小区走去。

司徒昊一个人躺在蓝色的沙发上，无趣地翻看着他没有看完的漫画书，原本喜爱看漫画的他，翻了没几页，就无趣地将书丢在了一旁。白雪雨不在他的身边，他感觉时间就像是那黄昏下散步的老人，走得无比的慢。白雪雨不在，就连他住的这个房子，也宽敞了许多，冷清了许多。

雪雨昨天在电话里说她今天不能过来，不知道她今天有什么重要的事情……想着一天都见不到白雪雨，他心口就忍不住难受。拿着遥控器无趣地换着频道，正在这时，他的门铃响了。

他在这个城市除了白雪雨和赵雅邻，没别的朋友，还有谁会按他的门铃？难道是雨儿回来了？司徒昊想到这里，一骨碌从沙发上站了起来，大步流星地冲到门口打开了房门。

“怎么是你？”司徒昊看着门外站着的人是姚雪不是白雪雨，心里一阵失望。

姚雪一脸笑容地反问："不请我进去坐坐吗？"

司徒昊犹豫了一下，让姚雪进了屋，"你有什么事吗？"

"没有事，我就不能来看你吗？"

司徒昊没有回答姚雪的问题，可他脸上的表情，已经很清楚地写着答案。姚雪有些尴尬地笑了笑，转变话题道："几天不见，你瘦了。在这里过得还好吗？什么时候回去？"

司徒昊看了眼姚雪的行李箱，眉头微微皱起，答道："我在这里过得很好。"

姚雪一脸忧伤地说："你在这里过得很好？那就好……可我这几天过得一点儿都不好……你知道为什么吗？"

司徒昊语气冷淡地开口说："不想知道。"

姚雪一脸受伤地看着司徒昊问道："司徒昊，难道你就这么讨厌我吗？"

司徒昊别开脸不看姚雪，"不是我讨厌你。而是，我不认为你的事情和我有关。我已经有女朋友了，我想你也会找到合适你的人。"

"可我喜欢的人是你！昊，难道你真的忘了我们以前在一起的那些甜蜜的日子吗？"

司徒昊的记忆没有完全恢复，他不知道他和姚雪到底经历过什么，对于姚雪所说的男女朋友关系，他心里是一直抱着怀疑的态度。看着一脸难过的姚雪，他的心一点点的难过感觉都没有。如果他们真的相爱过，他怎么会感觉姚雪这么陌生呢？他是失忆了，过去的记忆没有完全恢复，可是，要是他和姚雪真的相爱过，他怎么会把这么重要的记忆给忘得干干净净呢？

话说回来，就算他以前跟姚雪是恋人关系，那也是过去的事情了。为了他们各自都好，他也应该坦诚相待。不喜欢的人勉强在一起，留下的只会是痛苦。

他不只要忠于自己的心，还要清楚地告诉姚雪，他的心只有白雪雨，容不下别人了。

沉默了片刻的司徒昊，转目直视着姚雪，平静地说："对不起。我想不起来我们之间有过什么，即使有过什么，那也过去了。姚雪，我们都是成年人，你应该清楚，爱情是不能勉强的，我现在喜欢的人是白雪雨！"

姚雪盯着司徒昊坚定不移的脸，心情跌入谷底。

白雪雨，为什么又是白雪雨？为什么总是白雪雨？过去，楚邵为了白雪雨坚决地拒绝了她的爱，让她至今想起仍会感觉耻辱！如今，这个司徒昊也为了白雪雨拒绝她，可笑的是就连拒绝的话都极为相似，这让她的心如何平衡？

她到底哪里比不上白雪雨？为什么白雪雨总是那么幸运？院长喜欢她，老师同学喜欢她，就连与自己先结交成为好朋友的赵雅邻也喜欢她，处处维护她，为了白雪雨甚至可以与她断交！这也就算了，为什么她喜欢的男人，全部都喜欢她？

她不服气，她更不甘心！

姚雪愤愤不平地问司徒昊："你怎么可以这么残忍地对我？我到底哪里比不上白雪雨了？为什么你宁愿选择她而不选择我？"

司徒昊心里禁不住一阵烦躁，"喜欢一个人没有理由，不喜欢一个人同样也没有理由。你和雨儿之间根本就不需要相比。我喜欢她，就是喜欢她。爱情是一种感觉，我对你没有那种感觉。"

姚雪恼羞成怒地反问："感觉？呵呵！你了解她吗？你知不知道她是什么样的女人？你又知不知道在她的心里爱的人是谁？你以为她爱你吗？"

"不管她爱不爱我，这是我和雨儿之间的事情，不用你管。"

姚雪望着司徒昊一阵惊愕，她没有想到一向笑容灿烂的司徒昊，竟会对她如此的冷漠，他毫不掩饰的坦白与拒绝，着实打击了一向好胜的她，伤了她的自尊心。

司徒昊，你以为我愿意冒着寒冷的天气来到这里看你吗？你以为我姚雪真的非你不可吗？呵呵！要不是因为你的身份和你在演艺圈的名气，还有那个女人是白雪雨，你以为我会单纯因为喜欢你而跑到这里承受你的冷眼和羞辱吗？

哼！曾经的姚雪也许会那么蠢，可如今的姚雪绝对不会！

“你到底把我当成什么人了？你以为我来这里就是为了抢回你吗？你……你可知道……我的心有多难受？我来这里……是不希望你被骗，不希望你因为白雪雨而受伤！你以为白雪雨跟你在一起，无微不至地照顾你，真的是因为她喜欢你，爱上你了吗？她只不过是关心你的身体……”

司徒昊的心被姚雪的话给刺疼了，心烦意乱地呵斥道：“不要再说了！”

司徒昊面色涨红，走到沙发的一角坐了下来，心情烦躁地点燃了一支香烟，猛地狠吸了几口，被呛咳了一阵。关于白雪雨在乎的到底是他还是他的身体，这样的问题烦扰着他，让他耿耿于怀。

理智上，他曾不止一次地劝慰自己，不要计较这个问题，他应该包容和接受白雪雨……可是，在情感上，他是一个占有欲极强的男人，他付出了爱，不仅想要得到回报，还希望他得到的爱是完完整整的。他付出的越多，想要得到的就越多。

姚雪见司徒昊面色烦躁，有被她说动的迹象，心里忍不住一阵窃喜，她又继续说：“如果你真的不喜欢我，你爱上了别的女人，我不阻拦，可是，那个女人要是白雪雨，我坚决不答应！你知道吗？我与白雪雨相处多年，她是什么样的人，没有人会比我更清楚了。她是一个贪慕虚荣的女人……”

司徒昊一口打断了姚雪的话，冷声说："雨儿不是那种女人，我不允许你诋毁她！"

姚雪见司徒昊出口维护白雪雨，心头一阵恼怒，反驳道："那是你还不够了解她！你以为她细心照顾你就是喜欢你吗？我告诉你，你要是这样以为那就大错特错了。她对你温柔似水，细致入微的体贴和照顾，不过是她对付男人惯用的手段！"

司徒昊一阵心烦气躁，姚雪的话让他听了忍不住火冒三丈，他立马怒斥道："姚雪，你的话说得太过分了！雨儿是什么样的人，我心里很清楚。与你相比，她至少不会在人后恶言诋毁别人！"

"我恶言诋毁？我说这些又是为了谁？还不都是为了你吗？你以为我想背后说人是非吗？我是不想让你被白雪雨欺骗，才和你说这些。"

"够了！你的好意我心领了。我要休息了，你走吧！"司徒昊说完，做了个送客的手势。

姚雪盯着司徒昊一张烦恼的脸，心里五味杂陈。一样的态度和表情，曾经的楚邵，如今的司徒昊，在他们的眼中，只有一个女人——白雪雨！

"白雪雨不爱你，你冲我发什么火啊？"

司徒昊恼怒地质问："谁说她不爱我？"

姚雪大声说："那就证明看看！要是你能证明她的心里有你，爱你，我从今以后绝不会在你面前出现打扰你！"

"你给我出去！"司徒昊说完，见姚雪不动，一把抓起姚雪的胳膊便向门外走，毫不怜香惜玉。

"司徒昊，你就是一个不敢面对现实的胆小鬼，你放开我，我自己会走！"

"证明是吧？呵呵！"司徒昊冷笑了两声，转身抓起姚雪的行李箱直接放在了门外，“我不想再见到你!”话落，砰的一声，门被重重地关上了。

姚雪的声音在门外又响了一阵，说了些什么，司徒昊是一句也没有听进去，他也没有心思去听，因为他的心已经长满了小草。姚雪的一番话，说到他的死穴了。白雪雨到底爱不爱他，这个问题他也没弄清楚。他曾试图弄明白，结果没弄明白不说，还险些失去了白雪雨……他就只好退而求其次，努力说服自己不要计较和纠结在爱与不爱的问题上，只要白雪雨在他的身边，就可以让他觉得满足和幸福了。可是，经过姚雪这么一闹腾，他才明白，他很计较，更是在乎得不得了。他爱白雪雨，不仅不能不计较爱不爱的问题，他更想得到白雪雨的爱，不是同情，不是怜悯，也不是施舍，而是实实在在的爱。越是在乎白雪雨，他心里的计较就越深，对爱的渴望就越浓……

白雪雨下了车，紧了紧毛呢大衣，对着准备下车的赵雅邻说：“雅邻姐，我想一个人上去。”

赵雅邻向山上看了一眼，面有迟疑，“不用我陪你吗?”

“不用。我想单独待一会儿。”

“那好吧，我在车里等你。”

“雅邻姐，你先回去吧，我想多待一会儿，你要是在这里等我，我心里会着急……”

“雪雨，我还是等你吧！你别为我着急，我……我在车上睡一会儿。”

白雪雨坚持地说：“雅邻姐，真的不用，你回去吧，我自己能照顾自己。”

赵雅邻又看了眼车外，皱起眉头，“大冷的天，你要我把你丢在这山上啊？要换成是你，你能放心吗？还有，这里偏僻车少，我走了你怎么回去啊？”

“雅邻姐，你就放心吧！要是下来晚了没有车，我就住山下的小旅馆。”

赵雅邻见白雪雨坚持，只好答应了下来，临走前还不放心地叮嘱了一句：“雪雨，山上冷，你别在上面待太久，知道吗？有事给我打电话。”

“嗯，你慢点开车。”

“好。”赵雅邻坐在车里，看着向山上走去的白雪雨，心里有些不放心。拿起手机想给司徒昊打个电话，可想起白雪雨早晨说到司徒昊身体不太舒服，犹豫了一下，拨通了楚邵的电话。

楚邵坐在办公桌前正盯着白雪雨的照片失神，见是赵雅邻来的电话，忙接通了电话，“雅邻，有事吗？”

“嗯，有点儿事，你在忙吗？”

“还行，你有什么事？”

当然有事！雪雨不让她陪，她想让楚邵过来……可是，赵雅邻转念一想，到了嘴边的话又咽回了肚子。雪雨现在是司徒昊的女朋友，她要是找来楚邵，这不是给雪雨添乱吗？

“哦，那个……也没有什么事情，就是几天没有联系了，问候你一声。”

楚邵沉默了一会儿，问：“雪雨最近……还好吗？”

“雪雨她最近挺好的，比以前开心多了。”

楚邵拿着手机沉默了好一会儿，“是吗？那就好……你还有别的事吗？”

赵雅邻回说：“没有了，你忙吧！”

“那我先忙了。”楚邵挂了电话，一脸的失落。听了赵雅邻的话，他的心里很不是滋味。喜欢白雪雨好几年了，一开始因为穆遂，他没有追求的机会……后来他有了追求白雪雨的机会，该花的心思也花了，该做的事情他也全做了，却不承想只换来了四个字——没有缘分。这让他怎么甘心呢？他竭尽所能地爱着白雪雨，无怨无悔，到头来却被一个与白雪雨认识不久的司徒昊给抢了去……

他到底哪里比不上司徒昊？

“楚总，这是下周的工作行程表。”助理的话打断了楚邵的思绪。

“嗯。”楚邵看了眼助理放在桌子上的行程表，忽然脑子闪过了一个念头，开口问，“今天星期几？”

“楚总，今天星期三啊！”

“星期三？”楚邵拿起桌子上的日历，盯着日历上画圈的日期，立马从椅子上站了起来，一手拿起外套，一手拿起办公桌上的钥匙边走边说，“我出去一趟。”

名苑小区。

姚雪拎着行李箱，不甘心地回头望向司徒昊所住的住宅楼，面色比这寒冬腊月的天气还要冷。司徒昊竟然把她给轰出来了？呵呵！她何时受过这种眼色？

为什么？为什么她总是输给白雪雨？她到底哪里不如白雪雨了？她在同一个坑摔了两次跟头，全是因为白雪雨，叫她怎么服气？

如今，她是爱情事业都不顺利，今后的路该怎么走，她还没有想好。她为事业付出了那么多，只要有希望，她是绝不会放弃的！如果司徒昊是一扇门，她一定要敲开这道门，敲不开就算是撬，她也要把这扇门给撬开！想到这里，姚雪拖着箱子又向着司徒昊的住处走去。

司徒昊将姚雪赶出门后，接连打了好几通电话给白雪雨，电话一直没能打通，心情越来越差。姚雪的话让他心烦意乱，联系不上白雪雨更让他担忧。

雨儿说今天有事不能陪他，不知道是什么事，这么冷的天，她去哪了。

司徒昊正寻思给赵雅邻打电话问问时，传来一阵敲门声，他欣喜地几个大步冲到门前打开了门，“怎么是你?”

“等一下!”姚雪说话时阻止了想要关上门的司徒昊。

“你还有什么事，就一次说完。”

“你想好了没有？你真的能肯定她爱你吗?”

“你来就是为了和我说这些吗？说完了吧？要是你说完了，你走吧!”

姚雪冷言质问：“司徒昊你被鬼迷心窍了是不是？她到底有什么好?”

“在我看来，就算雨儿什么都不好，也会比你好!”

姚雪闻言，脸色一阵青一阵白，“司徒昊，你……你别太过分了!”

司徒昊冷笑道：“再过分也比不上你！我再警告你一次，别让我听到你诋毁雨儿的话!”

“呵呵！真是一往情深啊！既然你那么爱她，你知道她今天在哪吗？现在又和什么人在一起吗?”

司徒昊面冷如霜，双目定格在姚雪的脸上，狐疑地追问：“你这话是什么意思?”

“怎么？你不知道她去哪了吗?”

司徒昊冷扫了一眼姚雪身边的行李箱，“那也用不着你管!”司徒昊说完推开了姚雪的手，把门砰的一声关上了。

姚雪被震耳的关门声吓了一跳，盯着大门的她一脸艴然，双手直发颤，对着房门一阵猛拍。砰砰砰！姚雪拍得手心发麻，不见司徒昊开门，怒气冲冲地说：“司徒昊，你浑蛋！我告诉你，你视如珍宝的那个女人，现在正陪着另外一个男人呢！”

司徒昊在屋里听到姚雪的话，一把打开了房门，目光犀利地瞪着姚雪，怒道：“你再敢诋毁雨儿，你信不信我会让你后悔？”

姚雪见司徒昊一脸阴霾，横眉怒目，吓得连退几步。在小区下面她打了一通电话，从赵雅邻的口中得知白雪雨的行踪。白雪雨那么爱穆遂，赵雅邻说的话应该不会有假。想到这，她抬头道：“我说的全是真的，你若不信，跟我走，我会证明我说的话全是真话！”

司徒昊愤愤地说道：“好！你说，雨儿现在在哪？和谁在一起？”

“我带你去，不过，你总该让我先把行李箱放下吧？”

司徒昊面色铁青，一言不发地开车，车速快得让姚雪心惊肉跳。司徒昊的心里有好多个问号，他想知道白雪雨在哪，陪在她身边的人是谁，更想知道白雪雨到底有没有爱过他，这些问题他通通都想知道，迫不及待！

爱一个人，爱得越深，想要得到的就会越多。他爱白雪雨，爱得很认真，爱得不顾一切……

吱的一声，司徒昊将车刹在了山脚下，心急如焚的他却没有马上下车，而是盯着通向山上的小路，久久不语。

姚雪见司徒昊一直坐在车里不说话，也没有下车的迹象，忍不住地催道：“你不下车吗？你爱的人就在山上，只要你上山，你就可以得到你想要的答案。怎么？你不想知道吗？还是你没有勇气上山？”

司徒昊听了姚雪的话，没有回答。

答案就在山上，他怎么会不想知道呢？他的心迫切地想知道。可是，与此同时，他又特别害怕，他害怕得到的答案不是他想要的……

姚雪在车里坐得心烦，忍不住地催问：“你到底要不要上山？要是不上去就回去，天色不早了！”

司徒昊打开了车窗的玻璃，点燃了一支烟，吸了几口，问道：“你和雨儿之间到底有什么过节？为什么你这么恨雨儿？”

姚雪愣了一下，说：“你这话是什么意思？我听不明白。”

司徒昊话语冷淡，“你应该明白我在问什么！让你那么恨雨儿的原因是什么？”

姚雪被问得一阵哑然。她为什么恨白雪雨？这个问题仔细想来，她也讲不清楚，也许在她的潜意识中，白雪雨就是她的假想敌，时间久了，就变成了真正的敌人。姚雪最恨白雪雨总是那么幸运，她什么都不用做，就轻松地把自己想要的东西抢走！

“她从我的身边抢走了你，我不该恨她吗？”

“仇恨只会让你变得丑陋和痛苦，你不该恨雨儿，一直以来都是我心甘情愿地喜欢她。”司徒昊说完，打开车门，头也不回地向着上山小道走去。

山上的小草屋，白雪雨坐在火堆边翻看着她和穆遂一起写的日记，一行行，一页页，这些原本要等到她和穆遂头发白了，脸上长满了皱纹，背也驼了的时候，一起坐在夕阳下翻看的……

人生恍如一场梦，转眼已是物是人非。

楚邵见白雪雨将翻阅过的日记一页页地撕下来丢进火堆里，忍不住问：“既然写了，为什么要烧掉？”

白雪雨黯然地说：“没有留下来的必要了。”

楚邵看了眼火堆上燃烧着的纸张，没有再问下去，他的目光在白雪雨的脸上短暂地停了一会儿，问：“你过得还好吗？”

白雪雨沉默了许久，点了点头。

“是吗？听雅邻说……你跟司徒昊在交往，是真的吗？”

“嗯。”

雪雨亲口承认了，看来是千真万确的事情了。再次抬目看向白雪雨，他很想问自己到底哪里不如司徒昊，为什么她选择的是司徒昊而不是他？他真的没有机会吗？这些问题他很想问却没有问出口。

他想起曾经姚雪问他类似的问题，不禁自嘲地扯了下嘴角，一抹含有复杂情绪的淡笑划过唇角，变成一记无声的叹息，“他对你还好吗？”

白雪雨淡淡地说：“他对我很好。”

楚邵闻言心里一阵低落，想了想，又补充说：“雨儿，要是你还不确定……我可以等你。”

“楚邵，我现在过得很好，我相信你会找到比我更好的女孩。”

楚邵苦涩地说：“是吗？”

白雪雨很坚定地说：“嗯，你一定会幸福的。”

楚邵心里一阵难过，抬眼看向屋外，“但愿吧！天色也不早了，我们回去吧！”

“好。”白雪雨应声起身，正要帮楚邵一起灭火时，脚下一滑，整个身体向地面倒去。说时迟那时快，楚邵伸出手一把扶住了将要倒地的白雪雨。

白雪雨面色尴尬地解释：“我……我脚有些麻了，谢谢。”白雪雨的话刚说完，她视线里便闯入一个熟悉的身影。她错愕地瞅着渐渐走近的司徒昊，一时间愣住了。

司徒昊的目光落在楚邵扶在白雪雨腰间的双手上，脸色极其难看，“你说有重要的事，就是在这里跟他在一起吗？”

“我……”白雪雨回过神，推开了楚邵扶在她腰间的手，正要解释，却被闯入小草屋的姚雪给打断了。

“阿昊，我没有骗你吧！”

“雪雪你……”

姚雪打断了白雪雨的话，“住口，你不配叫我的名字！白雪雨，我到底哪里对不起你了，啊？为什么你总是破坏我的幸福，和我过不去呢？”

“我没有……”

姚雪冷笑一声，“没有？真的没有吗？呵呵！一个楚邵为你神魂颠倒还不够吗？你是不是要这世界上所有的男人都围绕着你转啊？为什么你总要和我抢？”

楚邵冷声斥道：“姚雪，你说话别太过分，雪雨她什么都不欠你的！”

姚雪被楚邵的话刺得心里一痛，转头对着司徒昊说：“阿昊，你看到了吗？他们在一起，背着你在这里约会！你亲眼见到了，该相信我说的话了吧？她不爱你的，她就是一个三心二意的女人！你若不信，你可以亲口问问她，问她心里到底爱着谁！”

司徒昊咬着牙，问：“雨儿，你心里到底爱谁？你有没有爱过我？”

“我……”白雪雨瞅着司徒昊和愤怒满面的姚雪，心情很乱，一时间不知道该说些什么。

司徒昊见白雪雨不回答他，心里更不是滋味，苦涩地笑了，难过地问：“你为什么不回答我？难道……你跟我在一起，对我的关心，全是假的吗？你是不是没有爱过我？”

楚邵很不客气地对着司徒昊说：“司徒昊，你怎么可以这样质问雪雨？雪雨她是你的女朋友，你怎么可以不相信她？”

司徒昊双目充满了愤怒，白雪雨的沉默让他心寒，他抬手指着楚邵说：“你给我闭嘴，我和雨儿之间的事情，用不着你插嘴！”

姚雪心里一阵窃喜，她没有想到老天都在帮助她。她只知道白雪雨是来看穆遂的，不承想还有意外的收获，楚邵竟然和白雪雨在一起！刚刚那种情形，就算是司徒昊心里不想误会都很难吧！

姚雪添油加醋地插口道："阿昊，你看到了吗？他们之间可真是情意绵绵啊！"

"你也给我闭嘴！"司徒昊扭头呵斥姚雪，转而又问白雪雨，"你说，你为什么接近我？你照顾我，对我好，不是因为你爱我是不是？你是不是爱他？"

"在你心里，一直都是这样想我的吗？"白雪雨委屈地问。

"那你说我该怎么想你？你告诉我到底该怎么想？"司徒昊失控地问。

白雪雨看着误会她的司徒昊，心情又烦又乱，听了司徒昊说的一番误会她的话，即使想解释的她，也不想再多说什么了，尤其是在这样的情景下。

白雪雨的闷不吭声，使得司徒昊的心情更加激动，翻江倒海的醋意和怒火直冲脑门，心口也阵阵刺痛了起来，他一把抓起白雪雨的手腕质问："你为什么不回答我？你说，我对你的感情对你来说到底算什么？你说话啊！"

楚邵见白雪雨疼得皱眉，立马去拽司徒昊抓着白雪雨的手，"司徒昊，你快放手，你弄疼雪雨了！"

司徒昊抬手便是一拳重重地捶在楚邵的左脸上。没有防备的楚邵被司徒昊打倒在地上，嘴角流出了鲜血。

白雪雨见势先是一愣，反应过来，立马推开了想要再次上前与楚邵打架的司徒昊，"司徒昊，你这是做什么？"

司徒昊愤声质问："怎么？我打他你心疼了吗？"

"我们之间的事情和楚邵无关，你不要这样无的放矢好不好？"

司徒昊见白雪雨一副保护楚邵的架势，更是怒不可遏，"无的放矢？呵呵！好！你给我让开！"

“我不让！你有火就冲着我来好了。”

楚邵被司徒昊的一拳给打火了，从地上爬起来的他拉开了挡在他身前的白雪雨，本来儒雅的俊容此时涨得通红，“雪雨，我没事，你让开!”

白雪雨一把拽住了要和司徒昊打架的楚邵，目光中带有几分恳求，“楚邵，不要！他身体不好……不要……”

身体？又是身体？她在乎的始终是他的身体吗？不对，她在乎他的身体，恐怕也是因为他身体里的那颗心！他算什么？自始至终，他司徒昊在她的心里又算什么？

“我的身体用不着你担心!”

姚雪在一旁静观，怕司徒昊和白雪雨再说下去会解开了误会，上前抱着司徒昊的胳膊，一边拉着往回走，一边说：“阿昊，你看清她是什么样的人了吧？她根本就不值得你爱，更不值得你为她伤心，我们走吧!”

司徒昊心口传来阵阵抽痛，疼痛剧烈，他瞅着白雪雨，心里满是悲伤。他一把甩开抱着他胳膊的姚雪，在白雪雨的双目注视下，头也不回地愤然离去。

白雪雨见司徒昊的步伐有些不稳，担心司徒昊的身体不舒服想要追上去，没追几步就被姚雪给拦下了，“白雪雨，你站住！你既然已经拥有楚邵的爱了，你就高抬贵手放过阿昊吧！你知不知道，因为你，已经有很多人受到伤害了，这还不够吗？你是不是要所有爱你的人都变得不幸？你要是给不了阿昊一颗完整的心，那你就别再纠缠阿昊了，你知不知道，你只会让他陷入难过和痛苦中!”姚雪说完，小跑着追向往山下走去的司徒昊。

“我只会给爱我的人带去不幸？也许……我不该回来……”白雪雨被姚雪的话弄得心很乱。

楚邵立马安慰道："雪雨，你别把姚雪的胡言乱语放在心上，她这样说……雪雨！雪雨你怎么了？雪雨……"楚邵一把抱住倒向地面的白雪雨，整个人的神经都紧绷了起来。

"头好痛……我想睡一会儿……"

楚邵用手试了下白雪雨的额头，紧张地一把抱起发烧的白雪雨向山下跑去，"雪雨，你别睡，我这就带你去看医生。"

而在山下，姚雪正追着司徒昊狂喊。

"阿昊，你等等我啊，你让我上车……阿昊……"

司徒昊对姚雪的话充耳不闻，在姚雪的注视下头也不回地急速驾车离去。

"司徒昊，你这浑蛋！"

楚邵在山下遇到姚雪，面色冰冷如霜，对着姚雪斥道："姚雪，你给我听着，雪雨要是有什么事，我决不饶你！"楚邵说完愤然地抱着白雪雨向着他的车子走去。车子启动后，他驾车从姚雪的视线里消失，将姚雪一个人丢在山下。

"白雪雨的死活跟我有什么关系？你们都疯了，全是疯子！"

姚雪站在空无一人的山脚下，望着一眼看不到边的弯道，第一次如此强烈地感觉到挫败，在感情上，她竟是如此的无力……两个男人相继驾车离去，他们谁也没有把她放在心上……在他们的眼中，只有白雪雨！

山下医院。

楚邵望着床上昏迷不醒的白雪雨，心里十万分的焦急和心疼。他太粗心大意了，雪雨不舒服他竟然没有发现，他要稍微细心点，雪雨就不会病得这么重！

"护士小姐，她会不会有事？"

“放心吧，今夜退了烧，就会没事了。”为白雪雨换药水的护士说道。

“谢谢。”楚邵听了护士的话，一颗悬着的心算是放下了。他守在白雪雨的床前，看着白雪雨纤瘦的脸颊，心疼不已。

司徒昊到底是怎么照顾雪雨的？要是陪在雪雨身边的人是他，他是绝对不会让雪雨瘦成这样的！想到司徒昊对雪雨的态度，他就很不高兴。不过，也真是太赶巧了，他今天不过是扶了一把雪雨，竟让司徒昊给撞见误会了……

雪雨，为什么你选择的是他？为什么你不选择我？为什么你不给我一个爱你的机会呢？你知道我有多爱你吗？楚邵看着熟睡中的白雪雨，默默地想。

护士为白雪雨换好了药水，对着楚邵好意地劝说：“你女朋友她一时半会儿是不会醒过来的，旁边的病床今晚没有人，你可以先睡会儿。”

“谢谢，我不困，这样守着她我才放心。”

“你女朋友真幸福！”

女朋友？楚邵瞅着白雪雨，神色不禁黯然了许多。他的确很想成为白雪雨的男朋友，如果可以，他好想就这样握着她的手……

“遂……遂……”

楚邵听到白雪雨的呢喃声，握着白雪雨的手不由得一紧，而后轻柔地擦去白雪雨眼角流出的泪水，心头一阵抽搐。雪雨，你到底还要痛多久？你到底还要为穆遂痛多久才能好起来？

“遂……遂……司徒昊……不是那样……”

楚邵为白雪雨擦泪的手再度停了下来，微红的眼睛鲜明地写着不甘心。如果是穆遂，他还能接受，可若是司徒昊的话，他该怎么说服自己甘心呢？为什么是司徒昊呢？

“不是……为什么不相信我……”梦中的白雪雨眉头紧蹙。

雪雨，你是在为司徒昊误会你的事情而耿耿于怀吗？如果你的选择是司徒昊，我怎么能放心呢？

许久，楚邵起身走出病房，站在走廊的窗口处，点燃了一支香烟。夜，不觉间深了下来，将他重重围住。清冷的廊道，北风阵阵，夜幕之下的楚邵，一张俊逸的脸写满忧伤。

清晨，阳光透过玻璃窗洒落在病房里。白雪雨从昏睡中醒了过来，全身乏力的她环视了一眼病房，凌乱的思绪渐渐清晰。

昨天自己病了吗？

楚邵取药回来，见到白雪雨醒了过来，欣喜地几个大步冲到了床前，“雪雨，你总算醒了！感觉怎么样？还有哪里不舒服吗？”

白雪雨蹙着眉头，看了一眼楚邵，问：“我睡了多久？”

楚邵一边为白雪雨倒水，一边说：“你昨天受了风寒，一直到下半夜才退了烧，雅邻那边我已经打过电话了，你不用担心。”

白雪雨望着楚邵一双布满红丝的眼睛以及像阳光一般温暖的笑容，心里既感动又觉得亏欠。楚邵对她真的很好，可是，她真的没有办法回报他想要的感情。

“楚邵，谢谢你。”

楚邵脸上的笑容微微一凝，“跟我还要说谢谢吗？”

白雪雨一脸认真地说：“要。”

白雪雨的道谢，在楚邵听来就好似一堵墙，一堵划分出他们之间关系的墙，墙上面清晰地刻着“只是朋友”几个大字。

“为什么？因为他的关系吗？”

白雪雨怔了下，接口说：“不是的……总之很感谢，还有……对不起！”她对楚邵是由衷的感谢，感谢他这么真心地爱她，也是由衷感到抱歉，因为她能做的只能是拒绝。

楚邵面色一阵阴郁，沉默了一会儿，抬眼看向白雪雨，“是因为爱他，才选择他的吗？”白雪雨是什么样的人，楚邵心里很清楚，可他还是忍不住地问出了口，也许是不甘心，也许是为了更加确定。

白雪雨望着楚邵的眼睛不由得沉了下来，爱？这个字最近一直在困扰着她，让她很烦恼。司徒昊不止一次地问过她，到底爱不爱他，雅邻也不止一次地问过她到底爱不爱司徒昊，现在楚邵又问了同样的问题……

她爱司徒昊吗？

“我……”白雪雨欲言又止，她想给楚邵正面的回答，也想给司徒昊想要的答案，可是，望着窗外的她，怎么也说不出口。

她要是变心了，穆遂会不会太孤单了？

楚邵微微动了下嘴角，脸上闪过一抹苦涩的笑容，“我明白了。”白雪雨虽然没有正面回答他，可她的沉默已经明确地告诉了他，她喜欢司徒昊。

为什么是司徒昊？因为他们有着对音乐的共同喜好？也许，不尽然。早在北京遇到司徒昊的时候，他就有所预感了……

司徒昊真的可靠吗？他是个值得信赖的人吗？

如果，司徒昊真的能给雪雨幸福，即使那个人不是他……他也会说服自己放弃白雪雨，只要那个人能给雪雨幸福。可是，回想到昨日在山上的情形，他的心仍有些疑惑，司徒昊和姚雪之间到底还有哪些事情，他要查清楚！

如果，司徒昊不能给雪雨幸福，他一定会尽他所能阻止他！

“雪雨，如果还有可能，我希望你慎重考虑，我……不希望你再受伤。”

曾经，在楚邵的心中，求爱只有两种结果：一、成功，比翼双飞；二、失败，分道扬镳。而爱一个人，也只有两种结果：一、相爱；二、相憎。然而，当他真的经历了，在失败的面前，他竟发现他曾经的想法是错的，感情不是1+1=2的数学公式，就像他在求爱的战场上败下阵来，也不能拿白雪雨当陌路人一样，即使不能相爱，即使他没有大度到笑脸祝福，他也舍不得去憎恨白雪雨。

叮咚——叮咚——

一阵刺耳的门铃声，搅得司徒昊的心情极其烦躁。

他瞅着烟灰缸里的烟头，痛苦地笑了笑。从沙发上爬起来的他一阵眩晕，未站稳便摔倒在地上。背上的疼痛，将精神有些恍惚的他给刺醒。

三天了，白雪雨没有来看过他，就连一通电话也没有。哪怕是发一条短信，即使内容简短到只有一个标点符号，他的心也不会这么疼痛！

他等了整整三天，守了整整三天，却只得到了一个答案——他对白雪雨来说，不重要，充其量不过是因为他拥有了一颗特殊的心脏，仅此而已！

门铃声急促而又固执地响着，这样按门铃的人绝对不会是白雪雨。从门铃的声音中，他竟然能得知是不是白雪雨来吗？呵呵，他竟然没有发觉自己越来越在乎白雪雨了……

司徒昊又一次艰难地站了起来，脚步有些凌乱地向着门口晃去。打开房门看清来人，司徒昊不禁一愣，在他还没有回过神的时候，便被门外的楚邵一把揪住了衣襟，迎面就是狠狠的一拳，重重地打在他的脸颊上。

司徒昊连踉跄摇晃都没有，直接被楚邵打倒在地上。

司徒昊幽暗的双眸闪过一丝错愕，回过神后，他冷冷地扯了一下嘴角，由心底涌出的苦涩爬上了双唇。

“你这浑蛋，竟然还笑得出来？你给我起来！”楚邵盯着司徒昊的笑脸，恼怒至极，上前一把拽起地上的司徒昊，毫不犹豫地又是狠狠的一拳。

“你说，你到底和姚雪是怎么回事？你为什么要伤害雪雨？为什么？”

司徒昊一阵冷笑，用手背擦去唇上鲜红的血迹，冷淡地问：“现在说这些还有意义吗？她现在回到你的身边不是很好吗？”司徒昊说完，有些吃力地从地上爬了起来，转身向卧室走去。

“你……”楚邵闻言，心里又是一阵窝火，大步冲上前去又是一拳，将司徒昊再次打趴在了地上。

挨了楚邵几记重拳，压抑的满腹愤懑瞬间被点燃，司徒昊起身出手快如闪电，还了楚邵一记狠拳头。一来一往，两个男人几个回合下来，脸上都挂了彩，瘫在地上喘着粗气。

楚邵起身从茶几上拿起一支烟，抽了起来，“你老实地告诉我，你心里爱的人是不是雪雨？”

“呵呵！是又怎么样？不是又怎么样？”

楚邵目光锐利，冰冷地看向司徒昊，“如果你爱她，就不要伤害她。我不允许任何人伤害她，更不会让伤害她的人出现在她的身边！”楚邵说话间，狠狠地掐灭手中燃着的半支烟。

“呵呵！凭什么？你凭什么？你是她什么人？她爱你吗？”

楚邵手指指着心口说道：“就凭我爱她！这里，不允许她受伤！”

那天接白雪雨从医院回家，她在半道下了车，他不放心偷偷地跟在她的身后。从菜市场一直跟到司徒昊的住宅楼下面，目送着白雪雨走进电梯……他不知道那天白雪雨跟司徒昊之间发生了什么，可他知道，一定发生了什么事。不然，白雪雨也不会那副表情地走进酒吧，白雪雨不是那种会喝闷酒的女孩子。

“心？哈哈！心？哈哈……”

楚邵被司徒昊的笑声激怒，额头上青筋紧绷，揪起司徒昊质问：“你笑什么？”

司徒昊一把推开楚邵，扯开他的衣服露出胸膛，“笑什么？哈哈！心？我笑是因为可笑！看到了吗？这里！”

“什么意思？”楚邵盯着司徒昊心口上的疤痕，有些诧异和不解地问：“你做过心脏方面的手术？”

司徒昊又是一阵悲笑，幽暗的双目布满了痛苦，“你知道我现在的心是谁的吗？”

楚邵的脑海里闪过一个念头，有些不敢相信地盯着司徒昊，“你……什么意思？”

“不错！是他的！因为这颗心是属于他的，那个她爱的人，穆遂！”

“这……这怎么可能……怎么会……”司徒昊的心是穆遂的？这怎么会……世界上怎么会有如此巧合的事情？真是太让人意外了！楚邵不敢相信地望着司徒昊的心口，一脸的诧异。

“他，一直活在她的心里。她爱的人是穆遂！我对她来说算什么？呵呵！我对她来说，不过是一个替身！不，算不上！我对她来说，充其量……是个容器，一个承载她心爱男人的心脏的容器！现在，你知道我笑什么了吧？”

楚邵脸上的诧异之色渐渐退去，脸色一片幽深。世界上，竟然有如此巧合的事情？难道这一切都是冥冥之中注定的？在这一刻，楚邵的心仿佛也被撕出了个口子。他终于明白了，他和白雪雨之间的缘分，真的是太浅，太浅了……他凄然一笑，喃喃自语道：“真没有想到，我们都输给了一个死去的人！”

白雪雨选择司徒昊，楚邵一直觉得不甘心，他觉得相比之下，他与白雪雨的缘分要比司徒昊与白雪雨的缘分更加深。现在，看着司徒昊，他才明白他错了。

他又能比什么呢？他和白雪雨之间的缘分，充其量是——朋友。

楚邵深深地叹了口气，颇为感慨地说："你和雪雨之间的缘分，也许是上天早就安排好的。命运实在是太让人难以琢磨了！"

司徒昊悲切地笑了笑，"缘分？呵呵，这样的关系也能称为缘分吗？"

"难道不是……喂，司徒昊，你怎么了？"楚邵一把扶住向着地面倒去的司徒昊，见司徒昊脸色发白，焦急地问。

司徒昊勉强地蜷缩在沙发上，"我……我没事。"

楚邵不放心地问："到底要不要紧？要是不行，我帮你叫车。"

"我没那么脆弱。"

楚邵听到司徒昊肚子里发出的咕咕声，不由得皱起了眉头，"你不会是几天没有吃饭了吧？"

"不关你的事。"

楚邵看了眼虚弱的司徒昊，径自走到了冰箱前，从冰箱里拿出了鸡蛋和面条走进厨房。不一会儿的工夫，他端出了一碗热腾腾的鸡蛋面，走到司徒昊的跟前，"出于人道主义，给你煮了一碗面，趁热吃吧！"

司徒昊瞟了一眼面前放着的鸡蛋面，冷脸说："我的事情不用你管！"

"没有人高兴为自己的情敌做饭。你可以不吃，身体是你自己的。"楚邵说到这里，摘下了身上的围裙，见司徒昊没有动筷子，又补充了句，"一个男人连自己都照顾不好的话，很逊！像绝食、自杀这类的把戏，只有心智不全的人才会去做。"

司徒昊恼怒地否认道："谁说我玩绝食，自杀了？"

“不是吗？”楚邵冲着司徒昊耸了下肩，其意不言而喻。

司徒昊最终放下了面子，他盯着面前的鸡蛋面，拿起筷子，开口问：“穆遂到底是什么样的人？曾经我以为，那些生离死别的爱情，只有故事里才有，电视里才会上演。”

楚邵盯着自己手指间的香烟，脑海里浮现出一张阳光般的笑脸，那是穆遂的面容。乌黑的头发，洁白的牙齿，天蓝色T恤……

“Pure water！”沉默半晌，楚邵说道。

“Pure water？”司徒昊喃喃地重复道，在楚邵的眼中，穆遂是纯净水吗？那在雨儿的心中，穆遂会是什么？挚爱？那自己呢？病人？

“你要是真的爱雪雨，就不应该和姚雪纠缠不清。”楚邵话落，熄灭了手中的香烟，重重地叹了口气，起身向着门口走去。此刻，心情处于低谷的他，只想去找一个安静的地方，好好地痛快地喝上几杯。

司徒昊苦涩一笑，“她会在乎吗？我和谁在一起，她会在乎吗？在她的眼中，我不过是个替身，也许还不如一个替身！”

“如果你是因为纠结于‘是不是替身’而伤害雪雨……呵呵，你知不知道？若是可以，我甘愿做一个替身。哪怕她爱的不是我，只要她愿意留在我身边，我也会觉得很开心。其实，兴许……雪雨她是真的爱你。”

司徒昊闻言，双目闪出一道光亮，“你这话是什么意思？”

楚邵回头看着司徒昊，静默了几秒，淡淡地挑了下嘴角，“这个问题，原本我不该回答你的，可是看在我们爱着同一个女人的分上，我告诉你——雪雨在昏迷的时候，嘴里叫着你们……她叫着你们的名字，却没有叫我的名字，一次也没有……其实，真的爱一个人，她对你的爱是多是少，有那么重要吗？”

司徒昊有些不敢相信地望着楚邵追问：“雨儿她怎么了？”

“只是感染了风寒，已经没事了。”

已经没事了？那就好。

“你说雨儿昏迷的时候，有叫我的名字，是真的吗？”司徒昊轻笑一声，带有几分自嘲地说，“那又能代表什么？要是她真的在乎我，这三天来就不会对我不闻不问，一条短信也没有了。”

“不闻不问？”楚邵狐疑地看着司徒昊问，“雪雨她没见过你吗？不对，要是雪雨没有见过你，她怎么会那么难过？前天，我明明见她进了电梯……”

“雨儿来找过我？”前天雨儿来找过他？那是什么时候？前天……前天姚雪有来找过他，难道是那个时候？他警告姚雪不要再纠缠他，后来，姚雪突然抱住他……

当时，他有听到一阵离开的脚步声，如果不是幻觉的话，那是……雨儿？

“雨儿来找过我？她来找过我，那……她不是不在乎我的对不对？那天的事情……我要跟雨儿解释清楚！”

司徒昊说话间起身，快步向门口跑去。

楚邵喊住司徒昊，“你知道她现在人在哪里吗？”

司徒昊的脚步立马停下，回头问：“她在哪？”

“我怎么能确定你是不是真心爱她？”

司徒昊信誓旦旦地说：“我会用我的生命来爱她，守护她。”

“你能活那么久吗？”

司徒昊回嘴说：“绝对会比你活得长！”

楚邵挑了下嘴角，“希望你的命比你的嘴要硬。雪雨心情不好的时候，喜欢去樱花街附近的一家奶茶馆。”

“谢谢。”司徒昊向楚邵很真诚地道了声谢，转身健步如飞地离开。

楚邵望着一溜烟消失的背影，微笑划过双唇，他默默地祝福那个曾经让他嫉妒的男人。

如果，只有司徒昊才能给雪雨带去幸福，只要她感觉幸福，那个人是谁又有什么关系呢？

对他来说，这也许是唯一的，也是最好的选择。

即使失败了，也要败得有风度，这是他楚邵的爱情座右铭！

一阵冷风吹过，空荡荡的走道上响起了一声长长的叹息声，楚邵紧了紧大衣，伴着沉重的脚步声，他的目光渐渐幽暗下来。

这么寒冷的天，这么身心疲惫的他，是该给自己放个长假了……

第十二章　我愿意

樱花街。

走出奶茶馆的司徒昊，一脸的焦急。这是最后一家了，还是没有。白雪雨的手机打不通，赵雅邻也不知道她现在在哪里……雨儿，到底在哪？楚邵说她在樱花街附近的一家奶茶馆，可他已经将这一片所有卖奶茶的地方都找了个遍……

如果一直找不到雨儿，如果就这么失去了雨儿……不，他不能失去她。他要找到她，他要向她解释清楚。没有任何一刻，比此时更让他清醒了，他绝对不能失去她。

“真的爱一个人，她对你的爱是多是少，有那么重要吗？”楚邵的话在他的身边响起。

与失去她相比，不重要了！

与有可能再也见不到她相比，更是微不足道！

只要她爱他，哪怕是一点点，他也会不顾一切，用尽所有的力量，将她留在他的身边！

“若是可以，我甘愿做一个替身。哪怕她爱的不是我，只要她愿意留在我身边，我也会觉得很开心。其实，兴许……雪雨她是真的爱你。”

楚邵的话还在司徒昊的脑海中盘旋，回响。

雨儿找过他，雨儿的心里有他的，可他做了什么？他竟然被嫉妒和醋意给冲昏了脑子……他以为她不爱他，他以为她只是同情他怜悯他，他以为她对他好，不过是因为他拥有着穆遂的心……可事实上，雨儿心里有他，呵呵，她心里有他！

他要找到她，刻不容缓，必须，马上！

焦急、担忧、心慌，还有深深的害怕与自责，伴随着司徒昊的脚步，穿街过巷。

找到她，他再也不要放开她！

“姐姐，你好！今天是我家新店开张的第一天，店里的冰激凌全部可以免费品尝哦，你要不要进去看看？我家店就在那！”

白雪雨的眼光定格在几米多远的招牌上，有些不确定地问：“冰激凌？”

“嗯！我家的冰激凌有很多口味，你如果有时间的话，可以进去尝尝。”

零点爱？奇特的店名，奇特的店。让她忍不住想起了一个人……

我感觉到那彻骨的疼痛/在我脑海中大声的回响/如果能全部忘记该多好/备受折磨的心就能掩藏/继续前行/带着悲伤/坚守对爱/依然相信前面有光亮……

低沉的大提琴声，婉转而悲伤的歌声，从“零点爱”的店里传了出来，吸引了准备离开的白雪雨。她停下脚步，转身朝店里走去。

这家店上下两层，整体布局大方而不失典雅，装修风格柔和而又清爽，让人一眼望去感到放松。店里的人不多，白雪雨选了一张临近窗户的桌子前坐了下来。

“谁点的一月香紫?”

“回寒总，是二十号桌的小姐。”

问话的女人四十多岁，一双如墨般漆黑的大眼睛看向白雪雨，当她看清白雪雨的容貌后，一阵诧异。回过神后，对身边的秘书吩咐了几句，独自向着白雪雨的座位走了过来。

“我可以坐在这里吗?”

望着窗外的白雪雨闻言，看向她，礼貌地点了下头。

中年女人看着白雪雨，一脸温和的笑容，“一月香紫，它味道怎么样?”

“味道……有些特别。”

“你以前经常吃这种口味的冰激凌吗?”

白雪雨摇头说：“没有，这是第一次吃。因为一个朋友提起过……所以……”

中年女人闻言又继续说：“有人说，喜欢这种冰激凌的人，会非常勇敢和坚强，我猜想你的那位朋友……他在生活里一定很勇敢。”

勇敢？白雪雨不由得皱起了眉头，她的脑海中闪过一幅画面，那是司徒昊在医院里疼痛的样子。

“他很勇敢，很坚强。身体明明很痛，却还要挤出一张笑脸，装出不疼的样子……”

中年女人闻言，关心地问：“你朋友的身体很不好吗?”

白雪雨点了点头，“嗯。他身体不太好。”两天没有见到司徒昊了，不知道他的身体怎么样了，有没有按时吃饭。呵呵，他应该很好吧？有姚雪在他的身边……

中年女人见白雪雨像有心事，想开导她，于是试探着问：“你能和我说说他吗？我是说你的那位朋友，他是你的男朋友吗?”

“我不知道。”她不知道她与司徒昊之间是不是真的合适，她不知道她能不能就此放开穆遂，她更不知道她还有没有力气去爱。曾经，她爱得太认真，太用力了，现在的她，好疲累，好矛盾，也好懦弱。

中年女人伸出双手握住白雪雨的手，一脸慈爱地柔声问：“你们吵架了吗?”

白雪雨点了点头，想了想又摇了摇头，“我和他也许不适合。他要的爱太多，我可能给不了……”

中年女人弯唇一笑，温柔地说：“我想他一定很爱你，因为爱得很深，才会想得到更多。孩子，你有追求幸福的权利，像你这个年纪，就应该无所顾忌地谈恋爱，勇敢地爱!”

“勇敢地爱?”

中年女人满带祝福的口吻说：“嗯。在有机会付出爱的时候，努力地爱，给他一个追求幸福的机会，也给你自己一个获得幸福的机会，以后才不会后悔，你说呢?”中年女人说到这里，转头看向玻璃窗外，幽深的眸子，有着伤感和疼痛。在这个世界上，不是所有的人，都有机会对自己爱的人付出爱，哪怕是至亲……

在有机会付出爱的时候，努力地爱吗?

走在空荡的街道上，白雪雨的脑海里还盘旋着中年女人的话语。她很想勇敢地爱，可是想到那天在司徒昊的家门口所见到的那一幕，她又犹豫了。

她只想过简单的生活……

“雨儿!”

白雪雨闻声，停住了脚步。

她怎么好像听到了司徒昊的声音?错觉，一定是错觉。怎么会脑子里想到他，就听到他在叫她呢?他现在也不会出现在这里呀!

“雨儿!”

她好像真的听到了司徒昊的声音，还有急促的脚步声……

“雨儿，不要离开我。”司徒昊快步冲到白雪雨的跟前，一把将白雪雨抱在怀里，忐忑不安的心，这才放了下来。

今天，他找了好久，真的找了好久，整个樱花街附近的几条街都找遍了，问遍了，都没找到她……还好，他终于找到她了!

被司徒昊抱得太紧，白雪雨吃疼地皱起了眉头，“你……你放开我。”

“我不要！我再也不要放开你了。雨儿，你知道吗？以前的我，从来没有害怕过什么，可是今天我害怕极了……我一个人在大街上找你找了好久，一直都找不到，心里好怕，好怕把你给弄丢了……”

司徒昊沙哑的声音，听得白雪雨心里一阵酸涩，心湖泛起了层层波澜。认识司徒昊这么久，在她的心中，司徒昊就是一只骄傲的孔雀，这样柔软的话语，她还是第一回听到。虽然听起来很不习惯，可是却让她很感动。

司徒昊见白雪雨不说话，以为白雪雨还在为他和姚雪之间发生的那一幕对他有误会不愿意搭理他，急忙解释：“雨儿，你还在生我的气吗？其实……那天你看到的……那是误会。我和姚雪之间没有暧昧关系，你要相信我，我不是那种朝三暮四的男人，更不是那种受了伤去找其他女人寻找安慰的男人。雨儿，那天，真的是个误会!”

司徒昊一番解释，等不到白雪雨的回应，心里更加焦急了，立马转过白雪雨的身子，很诚恳地说：“雨儿，你不要不理我，我和姚雪之间真的什么也没有，我……我发誓!”

“发誓就能证明吗?”白雪雨望着司徒昊一张紧张不安的脸，不禁心软了。那天，她因为担心司徒昊去找他，不承想撞见了那一幕，当时她确有误会，有生气，还有她不得不承认的醋意，所以，才会心烦意乱地跑开。后来，静下心来想一想，她觉得也许是自己误会了司徒昊。在猜疑与信任之间选择的话，她会选择信任。依她对司徒昊的了解，她相信他不是那种玩弄感情的男人。

司徒昊被白雪雨问得一愣，沉默了一会儿，拿起白雪雨的手放在自己的心口处，“如果我的话不足以让你相信，那……你给我时间，我会证明给你看。雨儿，你知道吗？在这个世界上，能让我动心的女孩，只有你。”

白雪雨皱起眉头，“为什么？为什么是我？”为什么要喜欢她？她只是一个很普通很普通的女孩子。

司徒昊指着心口，一脸认真地说：“是它，除了你，它谁也不想要。也许，是他不希望你一个人继续孤单下去，才会让我来到你的身边。”

“遂……遂……他一直都在我心中，以前在，现在在，还有以后也会在，我从来没有想过要忘记他，所以……”

司徒昊一脸诚恳地望着白雪雨，说道：“我知道。那个人，他是你深爱过的人，只要你愿意，你可以永远将他放在你心中。雨儿，我也会像你爱他那样，很认真地爱你！无论是悲伤难过，还是开心幸福，我都会像现在这样，紧紧地握着你的手，绝不放开。”

“如果……要是到了最后……伤害了你，怎么办？”

司徒昊闻言唇角不由得扬起，眼底无限温柔，“什么都不用想，与其花时间去想那些还没有发生的，还不如专心地向我走过来。以后……就算会走得再累，爱得再痛，我都会守在你的身边，保护着你，哪也不去，不会再让你孤单一个人。”寒风下，司徒昊向着白雪雨缓缓地张开了双臂。他脸上的笑容，像阳光一般的温暖炫目，将整个冬天都暖热了。

“傻瓜……”温热的泪水，再也抑制不住，夺眶而出，“你知不知道，你很傻？”

司徒昊粲然一笑，“我知道。那你知不知道，傻瓜若是认定了一个人，会怎么样？”

白雪雨抬起美目，唇瓣微扬，迎视他深邃的黑目，“会怎么样？”

“如果他爱的人一直站着不动，他会这样一直坚持下去！”

她曾以为，爱到绝望，心如止水。不承想，当她遇见了他，爱有了转角。望着他那双充满温柔的眼睛，她的心湖泛起了层层涟漪。

如果，他是上帝为她开的另外一扇窗，她想走近他。她白皙的娇容上露出一抹微笑，不再有任何的迟疑，她轻迈莲步，奔入那个为她展开的怀抱。

黄昏的街头，雪花纷纷扬扬地飘落着，注定要相逢的两个人，因为真爱而紧紧相拥。低沉的大提琴声，犹如山涧流泉，优美地吟唱着，歌声中充满了对爱情的祝福……

（全书完）